W0214712

Les bâtisseurs du vent

Aly Deminne

Les bâtisseurs du vent

Roman

Flammarion

© Flammarion, 2019.
ISBN : 978-2-0814-4470-6

I

De naître

Le père de Maksim Vladimirovitch Voronov, Vladimir Ilitch, avait une curieuse mais douce réflexion sur la richesse ; réflexion qu'il aimait lâcher dans le petit logis des Voronov, rue Munovskaya de Voronej : « Pauvre est le riche qui considère toujours son *tout* comme *pas assez*. Riche est le pauvre qui parvient toujours à faire du *peu* qu'il a son *suffisant*. De fait, il vaut mille fois mieux être un pauvre riche qu'un riche pauvre. »

C'est avec cette conviction au cœur que Maksim Vladimirovitch Voronov avait grandi là-bas dans son Union soviétique. C'est avec cette pensée en tête qu'il avait veillé à bâtir sa vie. Et à son tour, Maksim, une fois père, avait veillé à transmettre le tout à son fils Andreï.

Veuf, Maksim Vladimirovitch quitta son berceau pour faire vivre ses espoirs. Avec son fils encore jeune, il s'engagea dans un voyage qui dura dix-huit jours. Après avoir traversé d'est en ouest l'Europe, bifurquant par la Tchécoslovaquie pour contourner l'Allemagne divisée par son mur, les Polonais s'arrêtèrent, épuisés, aux abords d'une frontière, dans une plate campagne.

Leur nouveau pays les accueillit mollement. Époque oblige, et Histoire surtout, l'endroit acceptait toutes paires de bras prêtes à aider. Ou plutôt ; aptes à résister aux travaux délicats, repoussants, rebutants. Et, n'ayant jamais eu peur de se retrousser les manches, Maksim en profita justement.

Père et fils échouèrent dans un bourg reculé et se virent refoulés dans ses bas-fonds. De ce fait, ils posèrent leurs valises dans une rue écartée, en contrebas du tout.

L'*allée du Vhan*, nom du passage, accueillait depuis son esquisse les exclus ; du réfugié au perdu, du retraité au déchu. Un cocon pour les uns, un camp pour les autres ; un endroit différent. Et ce fut au 114 de ce chemin que s'installèrent les Soviets.

En tôles d'abord, leur chez-eux prit bientôt belle forme. De ses mains d'ouvrier œuvrant à l'utile, Maksim réussit à rendre l'habitat aussi confortable que charmant. Et le fils, de suite, s'y plut furieusement. Et au-dedans comme au-dehors. Car dans l'allée du Vhan, le gamin fut frappé d'amitié pour ses voisins. L'Ouzbek de l'entrée, les Italiens d'à côté, et les Ukrainiens, les Algériens,… ; le monde entier à portée de main. Il accrocha illico avec Fabrizio qui jouait au ballon comme personne. Il apprécia Stas et ses *gummas* qu'il faisait frire dans son jardin pour les distribuer aux gamins du Vhan. Lui en dévorait toujours trop. Mais ça croustillait. Et Dieu, qu'il aimait quand ça croustillait !

Bien vite cependant, le père Voronov dut se rendre à l'évidence ; son fils n'était pas fait pour l'école. Et l'intéressé fut bien heureux qu'il l'ait remarqué. Pour vérité, il avait pris une sale habitude ; celle de rentrer des leçons la gueule cabossée. Les autres, apparemment, n'aimaient pas son accent. Ils le traitaient de *communiste*, de *profiteur*, de *pouilleux*, de *pestiféré*. Ils le traitaient de tous les noms sans jamais l'appeler par le sien, et cette manie mettait à mal les nerfs du gamin. Sans autre choix donc, le père le forma à son métier ; bâtisseur. C'était, tout du moins, ainsi qu'il s'était lui-même défini. Car dans leur nouveau pays, le titre était moins glorieux ; *homme à tout faire* ou *factotum*, termes qu'il trouvait réducteurs. Portant avec eux le sentiment d'un inférieur. « Il excelle à faire le tout à peu près, mais est capable de ne rien faire entièrement », voilà selon lui ce que portaient ces noms. Or il était capable de faire le tout parfaitement. Car Maksim Vladimirovitch Voronov était entier charpentier ou couvreur. Il était magistral maçon ou peintre. Il était complet plombier ou électricien. Et il n'aimait pas être réduit.

L'été de son quinzième anniversaire, le fils Voronov fut emmené sur son premier chantier. Ils étaient déjà quatre à y œuvrer : son père, l'Ouzbek Stas, son cousin Lars, et un imposant Kazakh prénommé Alexey. Ce dernier n'avait pas élu domicile au Vhan. Il logeait de l'autre côté de la frontière dans un autre pays. Un pays qui n'était pas non plus le sien. Il cumulait, en somme. Il était né dans un pays, vivait dans un deuxième et travaillait dans un troisième ; un véritable citoyen du monde.

Le chantier en question était celui d'une maison ; une de ces résidences secondaires que se font construire les riches gens pour y passer quelques jours par an.

En tout et pour tout, au rythme qui était le leur, ils arrivaient à construire une habitation en sept mois. Sept mois à supporter les commentaires des gestionnaires des chantiers, des commandeurs qui n'avaient jamais eu d'autre outil dans les mains qu'un stylo pour signer. *Je ne suis pas sûr que tu saches lire un plan* était la remarque la plus entendue. *Tu devrais plutôt faire comme ça !* en était une autre répandue. Mais pas une fois, le père Voronov n'avait été témoin d'un aisé frappant du marteau. Tout comme, jusqu'ici, Andreï.

Il fallut deux semaines pour apprendre au gamin le plus gros du métier. Il excellait d'inné en calculs, en projections, en idées. Guère difficile donc de l'acclimater.

Et l'équipe tourna ainsi quatre années. Le Kazakh au terrassement, les Ouzbeks aux gros œuvres, le père Voronov aux toits et châssis, Andreï aux raccords, au courant, à la plomberie.

L'équilibre instauré s'écroula cependant quelques années plus tard, en janvier 1965, avec la disparition brutale de Lars. L'Ouzbek, âgé de trente et un ans, s'en alla d'une pneumonie. Tout du moins en théorie. Car aucun médecin n'avait daigné le visiter, prétextant des honoraires trop élevés pour un logeant du Vhan. Stas, son cousin, prit mal la chose. Tant qu'il quitta le Vhan dans la foulée.

Ensuite, ce fut au tour d'Alexey. Le travailleur venant d'un autre pays qui n'était pas le sien s'en alla vers un nouvel horizon. Il disparut d'ailleurs sèchement. Il circula qu'il avait pris la route vers l'Est et ses mines de charbon, mais nul n'en eut jamais la preuve.

L'hiver emporta sur sa fin le père Voronov. Maksim Vladimirovitch succomba d'une glissade, manière peu orthodoxe de trépasser. Le choc, bien évidemment, fut des plus terribles pour Andreï qui vit ainsi partir sa seule famille. Et s'il n'avait eu ses voisins du Vhan, il est certain que son histoire aurait été bien différente.

À l'âge de vingt-deux ans, et bien qu'il eût perdu ses compagnons, Andreï Maksimévitch Voronov œuvrait toujours dans le bâtiment. Il poursuivait les chantiers avec, pour aides, des acolytes fugaces ; des nomades qui fuyaient l'ancrage, des errants qui cherchaient des petits à-côtés.

Andreï jouissait même d'une excellente réputation dans le domaine de la construction. Pour n'importe quel œuvre, gros ou léger, il suffisait de l'appeler et le tout était fait ou réparé en un temps appréciable. Mais pour clairement dire les choses, ce n'était pas de sa vitesse d'exécution qu'il tirait son clou du sac, mais bien du tarif. Car pour les riches gens, il en était toujours question. Par chance, Andreï avait pris l'habitude de se contenter de peu. D'un toit, d'une bûche dans son feu, et de quoi remplir son estomac une fois le jour tombé. Le reste, à ses yeux, n'était que pincées : pincées attrapées par les pingres pinces qui étaient, au fond, convaincues de leurs nécessités.

Ainsi donc avait échoué en ce lieu Andreï Maksimévitch Voronov. Au 114 de l'allée du Vhan, dans une maison de bois héritée du père. Et l'un dans l'autre, il avançait. Sans se hâter, sans trébucher. Il profitait de ce que la vie lui donnait.

II

De ceux qui voient

À l'été 1969, Andreï s'était vu proposer une montagne de chantiers. Des toitures à poser, des clôtures à installer, des abris de jardin à agrandir ; des menus travaux qu'il avait pu sans mal accumuler, sans difficulté enchaîner. Il les avait d'ailleurs tous acceptés.

En trois mois, il avait ainsi réalisé cinq toitures, deux clôtures, trois abris de jardin, une dépendance et une cour pavée. Et pour le tout, il s'était vu payer moins d'un demi-salaire d'ouvrier. Une aumône. Suffisamment pour vivre, mais d'extrême justesse. Et même si son rapport à l'argent n'était que léger, en ce soir-là, le bâtisseur constata son esprit tourmenté. Dans son fauteuil, celui de son père qu'il s'était approprié, il contemplait même sa monnaie l'air mauvais.

— Tout travail mérite salaire, marmonna-t-il, renfrogné. Salaire décent.

En réponse, son chat miaula tristement. Encore que, sur l'instant, Andreï ignorât s'il répliquait vraiment ou s'il partageait le mal qui le tenait. Car Miouchki montrait bien les signes de souffrance. Il souffrait de la chaleur ; de celle qui berçait son petit monde et qui posait l'état « canicule », et de celle crachée par le feu du salon. Par habitude, son maître l'avait allumé. Et le bois, dans son âtre, crépitait à en déranger le félin. Mais la chose était ainsi ; le feu était allumé tous les soirs. Pour la chaleur en hiver, la lumière en été. Additionné à l'inconfort du chaud, l'animal avait l'agitation croissante. La cause se décelait facilement. Il était tard, et pour cette heure il y avait bruit. Un bruit de vent, un bruit sifflant, bien dérangeant.

— Ça n'annonce rien de bon, mon chat, lui dit d'ailleurs Andreï en un soupir. Un vent qui monte, un ciel chargé… Ça sonne orage.

Miouchki, le froussard, les craignait par-dessus tout. Le tonnerre lui hérissait le poil, les éclairs lui déchiraient les yeux. Pour se préserver, il avait pris l'habitude de se planquer dans l'armoire à chaussures. Mais il n'y allait pas encore, signe qu'il avait toujours l'espoir que le vent tourne. Cet espoir, Andreï ne l'avait pas. Il en avait même un contraire. Car s'il avait mal de voir ainsi son animal, il admirait la foudre. Il aimait la regarder déchirer le ciel. Comme il aimait sa puissance, son tranchant. Il aimait tout autant qu'elle disparaisse aussitôt. Car l'orage – le strict – avait toujours la colère courte. Le soudain de la chose lui plaisait. C'était d'ailleurs pour ça qu'il adorait les secs. L'orage sec amenait beaucoup de spectacle et très peu de dégâts.

Aux premiers grondements – encore lointains, pourtant –, Andreï vit son chat filer dans l'armoire. Et, pour profiter du spectacle, lui, fila au-dehors. À peine eut-il posé un pied à l'extérieur qu'il fut désagréablement frappé par la pluie. Une pluie dense d'été. Une pluie froide, étrange, qui contrariait son idéal sec.

Dans son jardin, à moitié abrité par le tombant du toit, il contempla le bourg. Entre lui et les belles maisons des grandes gens se déployait un champ. Une séparation naturelle, en somme. Entre eux, là-bas, et lui, ici. Au nécessaire le nécessaire, au secondaire les belles résidences.

Un éclair au nord illumina le bourg en attente. L'électricité venait juste de sauter ; un comble lorsqu'on pouvait la voir ainsi tomber du ciel. Et le noir succéda à cette frivole lumière. Il semblait, sur l'instant, ne plus rien y avoir. Rien, à l'exception du bruit. Un bruit brutal, cadencé. Un bruit d'annonce.

Aux premières loges, Voronov compta les foudres. Quatre, cinq. Du nord au sud. Du nord-ouest au sud-est. De par là, mais tombant. Toujours du ciel à la terre.

En clapettes, les yeux rivés vers le loin, Fabrizio, son voisin de par-delà l'allée du Vhan, arriva en courant. Le gamin qui jouait si bien au ballon était devenu un jeune homme maladroit de ses pieds. Il suffisait de le voir marcher. Et ses clapettes n'y étaient pour rien. Il s'était simplement révélé gauche au fil des années.

— Ils n'avaient pas annoncé ce temps-là ! fit-il remarquer d'entrée.

— Ils annoncent rarement juste, constata Andreï.

À peine ce mot dit que la foudre toucha le sol à hauteur du cimetière tout proche. Le fracas les fit tant sursauter que l'Italien en eut mal.

— Y a risque ? s'inquiéta le meurtri.

— Pas le moindre.

— Sûr ?

— Pas du tout, avoua Andreï. Mais le spectacle vaut le risque. En plus, il est gratuit.

— La nature a toujours été bonne, remarqua l'Italien. D'ailleurs, si j'avais pu, je l'aurais épousée depuis longtemps !

Fabrizio plaisantait à moitié. Il avait le cœur à les épouser toutes. Alors la nature, pensez bien ! Mais son camarade ne releva pas, n'ayant plus à l'esprit que le lieu touché, le cimetière dérangé. Et pour cause, le mur qui l'encadrait avait été érigé par son père et ses anciens compères.

— Il n'a pas tenu, se désola-t-il.

— Rien ne peut tenir contre ça.

Un nouvel éclair – le onzième, à compter – vint s'abattre à cinquante mètres à vol d'oiseau. Pas de murets touchés, ni de morts dérangés, mais des saints secoués, une cloche balancée.

— L'église ? cria l'Italien pour passer outre le vacarme.

Une question, une vraie. L'étincelle avait été trop courte pour en être certain. Mais le bruit en cascade donna la réponse. Ça s'effondrait bien. Ça s'effondrait toujours plus. Et en masse. Dans l'éboulement, des tintements métalliques abattaient même le soupçon. La cloche tombait bien, tombait encore, ralentie, sans nul doute, par l'entrecroisement des poutres.

Un dernier coup de tonnerre résonna et mit un terme au boucan. Au dernier écho, même le temps s'arrêta. Et la pluie, elle aussi.

— On va voir ? lança Andreï.

— Voir quoi ? Je doute qu'il y ait des blessés. À part Jésus sur sa croix qui n'en finit plus de saigner. Non, il est tard. Je préfère aller dormir. D'ailleurs, tu devrais faire pareil. Tu as une tête de déterré !

Déjà en route, Fabrizio faisait claquer ses clapettes dans les flaques juste formées et ce clapotis perturbait les pensées de son camarade. Ce dernier finit par hausser les épaules. Signe qu'il n'arrivait pas à se décider. Un tic qui lui venait toujours quand il était pris par un doute ; il haussait les épaules et jetait son dévolu sur la chose qui passait dans son esprit à ce moment-là. Cette fois-ci, ce fut son lit.

Au petit matin, n'y tenant plus, Andreï alla réveiller l'Italien. Par la fenêtre de sa chambre entrouverte, il répéta son prénom jusqu'à ce que l'autre émerge de son sommeil. Et Fabrizio, guère d'humeur, râla grossièrement ;

— Trop tôt ! Trop de lumière, déjà ! Trop !

— Allez, lève-toi qu'on aille voir les dégâts !

— Pourquoi ?

— Parce que je veux voir. Dépêche-toi !

Il daigna se lever mais seulement pour fermer sa fenêtre. Et cela amusa beaucoup Andreï. Il le connaissait ; il savait qu'une fois sorti de son lit, Fabrizio n'allait plus y chercher son confort – tout du moins, pas avant le soir. Sachant cela, il l'attendait souriant et sifflotant côté allée.

— Tu es le diable ! gronda ce dernier en ouvrant finalement sa battante.

— Tu crois ? Si je l'étais, j'aurais des cornes et une queue.

— Pourquoi tout le monde pense le diable comme un monstre cocu et queuté ?

— Parce que ça rassure. Si on donnait au diable le visage et le corps de tout un chacun, ça impliquerait qu'il peut se cacher chez son voisin.

Cette idée effraya tant Fabrizio qu'il avait peine à y penser.

— Tu me donnes le temps de m'habiller ?

— Pour le bien de tous, concéda Andreï.

Et il en profita pour contempler l'horizon. Le village se laissait mal voir d'ici. Il était plus loin et plein est, plein levant. Le soleil rasant piquait ses yeux. Il parvenait à apercevoir l'église, mais ses contours seulement. Et aucun n'était comme il le devait. Plus de pointe vers le ciel, plus de croix au sommet.

Fabrizio sortit enfin habillé. Guère bien, mais suffisamment. Il avait abandonné ses clapettes pour des chaussures plus serrées. L'église n'était pas loin, mais il fallait marcher. Et déjà qu'il éprouvait mille difficultés à ordonner ses pieds non chaussés…

Dans l'allée du Vhan, le peuple misère dormait encore. Il était tôt, et la canicule rongeait les volontés.

De surcroît, et pour beaucoup, l'orage de la veille avait amené angoisse. En témoignaient les quelques toiles qui, sur les toits vieillis, avaient été rabattues pour éviter l'inondation des pièces à vivre. L'étonnant, cependant, n'était pas là. L'étonnant était autour. Autour des toiles, des toits, des logis. L'étonnant était l'absence d'humidité, de dégâts naturels. Plus une flaque d'eau, pas une branche brisée, rien.

— Tu as vu comme elle a tenu ? fit remarquer Fabrizio devant la caravane surannée de Juineski.

L'Ukrainien venait juste de s'y installer. La hâte pouvait encore se lire dans les détails ; dans les cordes tendues, dans les tôles rassemblées, dans les cartons entassés sous une aubette de fortune. Mais le toit n'avait rien laissé passer, à en croire l'absence de protection. À moins, bien sûr, que mille seaux jonchassent son sol. Mais d'ici, ils ne pouvaient les voir.

— Il a eu de la chance, lâcha tout de même Andreï, davantage, presque, pour le souhaiter.

Au dernier tournant de l'allée, déjà, le cimetière se dessina. Et à sa vue, Andreï accéléra l'allure.

Le tour n'était pas grand. Pour atteindre les grilles, il leur suffisait de suivre la montée qui les extirpait du Vhan ; une côte d'une vingtaine de mètres qui longeait à demi le champ et débouchait sur une place ovale qui accueillait, depuis toujours, les larmes des endeuillés. En une minute, ils y étaient.

— Tu ouvres ? demanda l'Italien une fois devant la grille.

Andreï, lui, n'hésita pas et l'ouvrit d'un coup sec.

— Madone ! Je ne croyais pas que tu oserais !

Andreï le regarda bêtement.

— Avec la foudre. L'électricité, tout ça… La grille est en ferraille, il se pouvait qu'elle ait gardé un peu de jus.

— Je doute que ce soit possible, avoua Andreï. Mais tu m'inquiètes. Là, tu me dis que tu m'aurais laissé m'électrocuter ?

— Bah… De nous deux, je suis celui qui connaît le mieux les ficelles du bouche-à-bouche. Au pire, j'aurais pu te réanimer. Ce n'est pas inquiétant, c'est juste logique.

— Tu ne sais même pas faire de bouche-à-bouche !

— Ce n'est pas ce que dit Maria. Ni Liliane. Ni Josie. Ni Susie. Ni Geneviève. Ni…

— Ça va.

Andreï se força à ne pas rire, mais ce fut rude bataille. L'Italien avait le don d'inviter le sourire à chaque occasion. Fort heureusement, Andreï était aidé par l'endroit et par sa gravité naturelle. La grille, d'ailleurs, le lui rappela en grinçant. Les cimetières lui avaient toujours provoqué malaise. L'alignement des tombes, les fleurs, le trop-plein d'âmes ; ce tout lui pesait lourd à chaque fois.

De nouveau sérieux, il se laissa couler sur le sentier caillassé qui se déroulait en serpent. Chacun de ses pas résonnait étrangement. Surtout qu'il n'y avait pas de place pour l'écho. Le lieu était ouvert, les murets n'étaient pas hauts.

Les deux situèrent sans mal les dégâts. C'était le muret nord qui avait pris ; au fond du mortuaire, là où s'alignaient les vieilles sépultures, celles aux pierres verdies et aux noms à demi effacés.

Lorsqu'il aperçut entièrement l'éboulement, Andreï accéléra encore le pas.

— Ça s'est écroulé sur les tombes ? demanda l'Italien, à la traîne.

Andreï ne répondit pas de suite. Et Fabrizio dut arriver à sa hauteur pour obtenir sa réponse.

— Juste ces deux-là, souffla Andreï.

Ensemble et sans concertation, les camarades débarrassèrent les tombes de ces pierres effondrées. Ils savaient, l'un comme l'autre, que personne ne viendrait le faire. Lorsqu'une tombe se voyait frappée d'anonymat, la plupart oubliaient qu'elle protégeait toujours un corps. Et sans l'acharnement d'un parent proche, l'autorité régnante ne se bougeait jamais. Autrement dit, sans l'effort des deux garçons, le muret serait resté ainsi écroulé pour longtemps sur les précieux de jadis.

— Eh quoi les gamins ! cria le fermier du village en passant tout à côté. Cassé pour cassé ?

Andreï leva la main.

D'un pas lent, Louis, le propriétaire du champ qui les séparait du bourg, s'extirpa de son tracteur et les rejoignit. C'était un brave, ce Louis. Il ne jugeait rien, n'avait d'a priori sur personne. Et dans le Vhan, on l'aimait bien.

— C'est l'orage ? lâcha-t-il une fois arrivé au muret en ruine.

— Oui, il a frappé deux fois hier, annonça Fabrizio. Ici et à l'église.

— À l'église ? Bon Diou ! Je suis passé devant et je n'ai rien vu ! se surprit l'ancien. Mais j'ai plus les yeux frais. Et hier, je dormais. Quand il fait chaud, je dors toujours. Ça m'évite de suer. Bref ! M'en vais voir le clocher ! Je vous emmène ?

Il n'eut pas le temps de finir que Fabrizio sautait déjà le reste du muret. L'Italien aurait tout fait pour ne pas marcher. Surtout par pareil temps. Car oui, si le vieux Louis ne suait plus quand il dormait, Fabrizio, lui, transpirait bien quand il marchait.

La route, qui les séparait de l'église, s'avala agréablement. La vitesse du tracteur était idéale ; assez lente pour admirer le pays, assez rapide pour refroidir leur chaleur. Un jour comme celui-là, c'était bon à prendre. Il n'était pas encore huit heures que déjà l'ambiance se moitait. Ça laissait redouter le pire lorsque le soleil allait monter plus haut et abreuver la terre.

Tout du long, Louis leur fit la conversation. Il devait parler fort car sa machine râlait grossier. Et puis, lui était colère. Le clerc voulait lui racheter son champ pour trois petits bouts de pain.

— Il veut faire des maisons ! gronda l'ancien. Le long de la grand-route. Et des grosses, en plus !

Andreï apprit cette nouvelle mitigé. D'un côté, cela lui assurerait des chantiers pour les ans à venir. Il savait que le clerc chercherait à construire à bas coût. Il lui avait déjà construit une maison, avec son père et les Ouzbeks. Et le clerc avait rogné sur tout. Mais d'un autre côté, ça l'ennuyait. Pour le fermier, déjà. Et pour son horizon qui allait être gâché par l'émergence des riches maisons.

— Mais je ne vendrai pas ! assura le fermier. Il devra d'abord m'enterrer ! Et vu comme il picole, pas sûr qu'il y arrive.

— Je n'espère pas, avoua Fabrizio. S'ils se mettent à construire dans le champ, on peut être certains qu'ils nous feront dégager *fissa* ! Les *richards* aiment les vues dégagées. Et le Vhan sera le dernier obstacle qui les empêchera d'avoir celles qu'offre le fleuve.

— Faut pas vous en faire, les gamins. Ça ne se fera pas. Le maïeur laissera pas faire. Surtout le clerc ! Paraît qu'ils sont en margaille, ces deux-là. Une histoire de ventes ou de recettes… Une histoire de petits sous, en gros.

— Les petits sous font toujours des histoires, souffla Andreï.

— T'as bien raison ! Ceux qui en ont passent leur temps à essayer d'en avoir davantage. Ça les bouffe de l'intérieur.

III

De ceux qui découvrent

Le tracteur entama sa montée finale vers le centre du village. L'église, au milieu d'une côte raide, ne se laissait voir que d'en face. Si bien qu'à chaque mètre parcouru, leur appréhension grandissait.

En haut, tout en haut de la rue, un petit groupe descendait à la même vitesse qu'eux grimpaient. Du groupe formé, Andreï distingua quatre silhouettes. Et des quatre, il en reconnut trois ; celles du curé, du bourgmestre et celle de l'apothicaire du bourg.

— Attention, v'là la cavalerie ! nota Fabrizio.

— Mon Dieu, mon Dieu, mon Dieu ! s'exclama sitôt le curé.

Et le père Emmanuel ajouta à ses mots une posture dramatique ; posture qui ne lui allait pas. Car pour bien le connaître, Andreï savait que ce curé n'éprouvait rien pour personne. Guère davantage pour cette église. D'autant qu'il était en charge de deux autres édifices dans les bourgs voisins. Plus beaux, plus grands, plus clinquants aussi. Alors celui-ci, pensez-vous bien, le voir ainsi éventré ne provoquait, en son âme, que faux chagrin.

— Est-ce possible ? rétorqua l'élu. J'ai entendu l'orage, mais je n'imaginais pas de tels dégâts !

Étrange annonce pour une personne qui n'habitait qu'à deux pas.

— Décidément, Dieu nous met rudement à l'épreuve ! avança le curé.

Et le mestre, en tête, pénétra l'édifice vacillant, obligeant par de grands mots le curé et l'apothicaire à le suivre. Seule son épouse eut le droit de rester sur le parvis.

L'arcade de la double porte, sous l'effet des éboulis, s'était partiellement affaissée. Elle tenait toujours, mais seulement par la volonté de saint Servais, gardien du lieu. Le décalage avait eu pour effet de briser les portes et d'écarter les morceaux toujours accrochés aux gonds ; l'un vers l'extérieur, l'autre vers l'intérieur. L'ensemble donnait des consignes opposées ; entrez donc, mais sortez vite. Et sur l'instant, Andreï ignora laquelle suivre. Le curé, lui, ne s'en formalisa pas. Pour quelqu'un qui semblait voir signes de Dieu partout, cela sonnait comme un comble.

À peine s'étaient-ils tous trois engagés dans les ruines qu'un craquement résonna plus haut que du reste encore debout. Il était aussi bref qu'aigu mais bloqua net toute envie chez Louis d'aller jeter un œil. Et aussi vite qu'il en était descendu, le fermier remonta sur son tracteur.

Andreï, pourtant guère peureux, la joua tout aussi prudent. Ça grinçait encore, ça craquait toujours. Et par expérience, il savait qu'à crier de la sorte, l'édifice avait du mal à tenir. Le Polonais redoutait que le tout lâche brusquement.

— Attends donc, dit-il à Fabrizio. Attends de voir.

— Le gamin a raison, marmonna Louis. Attends d'abord de voir si le tout ne leur tombe pas sur le coin de la gueule !

— Voilà qui sonne peu catholique ! rétorqua l'Italien en riant.

Le fermier haussa les épaules avant de se défendre, mollement :

— Je le dis en toute gentillesse. Même si ça arrivait, ils n'en souffriraient que très peu.

— Et comment diable n'en souffriraient-ils *que très peu* ?

— Avec la grosse tête qu'ils ont tous les trois, le tout sera amorti. Ils ne seraient donc pas totalement écrabouillés. Juste, peut-être, un peu écrasouillés.

Fabrizio pouffa. Et plus loin, un nouveau *Mon Dieu, mon Dieu, mon Dieu !* s'échappa du bec du curé. C'était là sa rengaine. À croire qu'il aimait nommer à tout-va le Seigneur et se l'approprier.

Dans la foulée de sa complainte, l'ecclésiastique ressortit, le bourgmestre et l'apothicaire sur les talons. L'élu prenait déjà note. La page de son carnet en cuir se remplissait à vue d'œil. Et l'œil d'Andreï apercevait les chiffres en colonnes. Arrivé en bas de page, il la tournait sans ménagement pour en noircir une nouvelle, de mots cette fois. Clocher, cloche, orgue, terrasses, autel aussi, prie-dieu et dalles.

— Alors ? lança Louis.

— Détruit ! Tout ! lui rétorqua le curé. La nef n'est plus que ruine ! Le chœur semble avoir tenu mais pas le transept. Et le toit, mon Dieu le toit, n'est plus que vide !

Cette église était envers ; l'on y entrait par-dessous le clocher. Guère étonnant donc que le chœur soit épargné. Pour le reste, Andreï avait du mal à imaginer. Il voyait bien les murs informes de la façade et des côtés. Mais rien de plus. Et ce *rien de plus* démangea sa curiosité. Le fermier, lui, montra soudain un vif désintérêt. Cette seule information lui suffisait semble-t-il. C'est, en tout cas, ce que conclut chacun en le voyant rallumer le moteur de son tracteur et saluer l'assemblée d'un geste large.

La pétarade de la machine masqua un temps les pensées des restants. La motrice était vieille et faisait entendre son calamiteux état. Au démarrage, surtout. Une fois dans la descente, elle se calmait et reprenait son souffle de machine agricole.

— Viens donc voir, toi ! balança finalement le maïeur à Andreï, toujours distrait.

Et sans mot dire, le Polonais s'exécuta, Fabrizio sur les talons.

C'est donc ensemble que les deux camarades découvrirent le Sacré comme le curé l'avait décrit ; en ruine. Son sol était jonché de bois, de plâtre jauni, de vieilles ardoises brisées. La cloche, montagne d'acier, trônait dès l'entrée. Sa chute avait été freinée par les poutres, mais pas suffisamment. Andreï voyait bien qu'un de ses côtés s'était déformé à l'impact.

— Comment tient le reste ? marmonna l'Italien.

Les murs longs supportaient normalement le toit. En voir la moitié à terre ne laissait rien présager de bon.

— Je crois qu'il n'y a plus grand-chose qui tienne, finit par reconnaître Andreï.

Le nez pointé vers le ciel, il tentait encore de repérer la ligne qui reliait le tout. Il avait appris par son père qu'il y en avait toujours une. Elle était la base et la hauteur. Elle était ce qui reliait l'ensemble. Elle était aussi pratique pour visualiser une structure. Il suffisait de partir d'un endroit quelconque et on traçait une ligne qu'on faisait bifurquer encore et encore jusqu'à rejoindre le point de départ. On avait le droit de repasser sur les lignes déjà tracées, ça leur donnait même leur importance. Et ainsi, l'on avait la structure. Ici, il en manquait la moitié.

— C'est tout le devant qui a cédé.

Prenant toujours note dans son calepin, le bourgmestre s'approcha de lui :

— Que le devant ?

— Oui, voyez, l'éboulement s'arrête net au second confessionnal.

— Donc il suffit de rebâtir le devant ?

Désespéré par l'ignorance de ce repu, Fabrizio soupira. À force d'avoir tenu compagnie à Andreï sur ses différents chantiers, il avait depuis longtemps compris la structure. Et même s'il se refusait toujours à bâtir, il avait un don pour ce travail. Mais il préférait son fer. C'était d'ailleurs là sa principale activité ; récupérer et conditionner la ferraille. Deux mois par an, aussi, il s'en allait au charbonnage. Mais jamais plus longtemps. *« Les mines… »*, disait-il toujours à ses retours, *« me pèsent sur les poumons. »* Et il avait sans doute raison, il en revenait essoufflé pour des mois.

— Il faut rebâtir le tout, affirma Andreï.

Frappé par la nouvelle, l'élu tapa la mine de son stylo sur la pauvre page blanche qui recevait les coups sans pouvoir les parer.

— Cela coûtera fortune ! s'insurgea l'apothicaire resté en retrait. L'as-tu cette fortune ?

— Ai-je l'air d'avoir quoi que ce soit ? rétorqua le logeant du Vhan.

— C'est bien ce que je pensais ! Tais-toi donc au lieu de parler de la fortune des autres !

Blasé, Andreï se tourna vers son camarade qui mimait le bonhomme. Le numéro lui arracha un sourire.

— Bon ! finit par souffler l'Italien une fois sa performance terminée. C'est pas tout ça, mais y en a qui ont à faire !

La remarque irrita les bourgeois. Et l'effet fut immédiat. Tous trois relevèrent en même temps la tête – monsieur le curé ne fut pas en reste – pour fusiller du regard les deux camarades. Et riant du mécanisme, Fabrizio attrapa Andreï par le bras pour s'échapper avec lui.

IV

De ceux qui essayent

Le soir venu, les habitants du Vhan virent fleurir dans leurs boîtes aux lettres un tract annonçant une réunion dans la grande salle du bourg. L'ordre du rassemblement était clair ; *Reconstruction des édifices détruits par la dernière tempête.*

L'annonce fit directement tiquer Andreï. Le pluriel, précisément, lui sauta aux yeux. *Les* édifices ? Comptaient-ils le muret du cimetière dedans ? Il n'en avait aucune idée, mais il voyait sa curiosité renaître.

Fabrizio, sous son porche, roulait méticuleusement une bobine de cuivre. Avec une dextérité folle, il parvenait à faire à chaque fois une pelote parfaitement ronde.

— C'est quoi ? marmonna-t-il en apercevant le papier.

— Réunion, demain soir, pour l'église, répondit Andreï en venant s'asseoir près de lui.

Le Polonais déplia le papier pour qu'il le lise sans déposer son cuivre.

— *Les* édifices ? remarqua-t-il à son tour.

Andreï haussa les épaules.

— L'église et le muret du cimetière, sans doute.

— Jamais. Je te parie ce que tu veux que le mur des morts ne sera pas réparé avant qu'on les rejoigne.

Il le savait. C'est pourquoi il ne prit pas le pari.

— Ou alors, avança le Polonais, c'est pour attirer la populace. Le pluriel va créer la gravité. Et plus les gens auront l'impression que c'est grave, moins ils auront de mal à casquer.

— Parce qu'ils vont demander aux gens de payer ?

— Pourquoi faire une réunion sinon ?

Fabrizio le regarda en silence. L'idée l'amusait à la vérité.

— Le boxon que ça va être ! Je ne manquerais ça pour rien au monde !

Andreï non plus. Rendez-vous fut donc pris pour le lendemain. Ça laissait du temps. Trop de temps. Le jeune Voronov n'avait pas de chantier. Et il avait en horreur de se laisser ainsi vivre. Sous le porche de son camarade, il l'aida à trier sa montagne d'acier. C'était une sacrée besogne. Il fallait avoir bonne main autant que bon œil. Le fer, le cuivre, l'aluminium, le zinc, le plomb ; le moindre élément devait être extrait de la masse et rassemblé selon sa nature. Andreï était plus absorbé à contempler Fabrizio qu'à véritablement travailler. L'Italien parvenait à reconnaître la matière au toucher. Hormis le cuivre qui avait sa couleur propre, le reste ne se différenciait pas facilement. Le Polonais, pour y parvenir, devait longuement soupeser chaque pièce. Et encore, ça ne suffisait pas toujours. De nombreuses fois, et sans un mot, Fabrizio rattrapait ses erreurs et changeait le morceau de place.

Le soleil d'après-midi faisait fondre le monde sous leurs yeux. Ils ne pouvaient s'empêcher de regarder l'horizon. Et pour cause, ils avaient une vue imprenable. Le porche de l'Italien donnait sur le fleuve. De l'autre côté, ils l'avaient sur l'allée, la rangée de logis d'en face et, plus loin, le bourg. À choisir, Fabrizio préférait ce côté qui lui offrait l'eau, les arbres, les cygnes, les pêcheurs. Le silence aussi. Cet ensemble rassurait son âme. Andreï, lui, l'aimait moins. Il aimait pêcher la perche, l'anguille, le brochet, le sandre, le barbeau ; un régal bien préparé. Mais pas le reste. Ce qu'il avait en horreur, c'était le reflet. Celui du soleil sur l'eau souvent trop lente par temps clair, et trop rapide par temps mitigé. Cela le contraignait toujours à plisser les yeux.

Comme rarement, Andreï passa son soir et sa matinée au lit. La dernière fois qu'il avait prolongé son sommeil, il souffrait de maladie. Ici, il souffrait de chaleur. Une maladie aussi, en soi.

Miouchki, lui, bâillait sa vie sur le couvre-lit raboulotté au pied. De là, il attrapait le petit vent qui s'engouffrait par la fenêtre laissée ouverte. Mais le vent, avec le soleil, était devenu chaud depuis son lever. Et c'est mal à l'aise qu'il se retrouvait désormais.

— Se lever ou ne pas se lever ? marmonna le maître, pensif. Se lever !

Et sans tergiverser, il se leva vivement. Car en cas contraire, il le savait, ça pouvait durer des heures. Le bougre se connaissait. À commencer à hésiter, il n'arrêtait plus. Il devait donc décapiter le flottement dès sa naissance.

Au-dehors, le soleil assommait déjà le monde. Le Polonais observa de la fenêtre la pelouse brûlée. Le jaune lui donnait un aspect mauvais. Plus que séchée, elle semblait piétinée.

Une odeur alléchante s'échappait du jardin de Fabrizio. Ça sentait bon la viande grillée, les tomates juste cueillies. Ça sentait bon le pain aussi. Et l'Italien faisait son pain comme personne.

Alors forcément, Andreï se laissa porter jusque chez lui.

Déjà attablé chez son camarade d'en face, Juineski, le vieil Ukrainien, se régalait d'olives. Elles étaient fraîches et piquantes. Elles donnaient soif également. Et sans mot dire, Fabrizio quitta sa grillade bouteille à la main.

— Du rouge ! annonça-t-il fièrement. C'est pas un grand cru, mais c'est bien du rouge !

Sans y réfléchir, Juineski avala d'une traite le contenu de son verre tout juste servi, ce qu'il regretta dans la foulée.

— Quelle piquette ! toussa-t-il.

— À ce point-là ? se surprit l'hôte.

Moins franc, Fabrizio n'y trempa que le bout des lèvres, bien suffisant pour juger du produit.

— Je comprends mieux pourquoi ce salopard de Français me l'a offerte ! avoua-t-il alors.

— Lequel de Français ? réagit Andreï.

— Celui qui vient à la douane boire tous les midis.

Voronov identifia sans mal Norbert. Et il ne pouvait s'y tromper. Norbert et sa panse soufflée ! Cet énergumène avait un physique terrifiant. Une sorte d'hybride, le fruit de l'accouplement maladroit d'un ours et d'une génisse ; un rejeton imposant et mâchouillant. Toute la journée, le bougre mâchouillait. Et Andreï n'avait pas honte d'avouer qu'il n'aimait pas ce Français. À la vérité, c'était bien lui qui l'y avait poussé. Dès son arrivée dans ce pays, il s'était vu affublé par ce frontalier du surnom de *merdeux*. Un surnom qu'il n'avait pas compris de suite, barrière de la langue oblige. Mais une fois que ce fût fait, le mot lui avait amené la rage, une rage qui revenait à chaque fois qu'il l'entendait ou même qu'il entendait quelqu'un parler de lui. C'était d'ailleurs pour ça qu'Andreï ne s'aventurait plus dans ce coin du bourg. Pour ça, et aussi parce que les frontières lui dérangeaient le cœur. Il voyait d'un mauvais œil le cloisonnement des horizons. Pourquoi diable s'acharnait-on à empêcher quelqu'un d'atteindre la ligne qu'il admirait au loin ? C'était d'une vive cruauté, comme de susciter l'envie du rêveur avant d'emprisonner son idéal. Car c'était bien ainsi qu'il envisageait l'affaire ; en empêchant qui que ce soit d'aller plus loin, c'était le loin que l'on mettait en cage. Et le loin, c'était le monde. Et le monde, c'était l'humain. Privé d'humain, le monde revenait à son état de terre. Une terre qui pouvait soutenir et nourrir. Mais dès lors qui ? L'humain privé d'y venir ? Non. Ça n'allait pas. Ça ne pouvait pas. Si choisir c'était renoncer, alors empêcher c'était détruire. Empêcher qui que ce soit de passer une frontière, c'était détruire ce qu'il y avait derrière. Pour éviter toutes brouilles, Andreï avait donc depuis longtemps décrété qu'il ne mettrait plus un pied aux abords d'une frontière. Fabrizio, lui, s'y rendait encore pour en apprendre sur les passages, sur les nouveaux arrivants. D'ailleurs, c'était lui qui avait accueilli Juineski. Et c'était un brave homme, cet Ukrainien. Guère bavard, mais courageux. Dans son pays, il avait travaillé au port d'Odessa jusqu'à ce qu'une de ses mains se paralyse. Il avait alors cherché un autre travail, mais la chance l'avait abandonné. Il avait donc dû chercher plus loin et s'était mis à vagabonder. La Tchécoslovaquie un temps. L'Allemagne de l'Est aussi. Mais cette dernière soufflait encore un sentiment douloureux qui lui déchirait l'âme. Sur place, il avait longuement observé ces Allemands, et il n'avait pas réussi à comprendre comment ces faiseurs de guerres, de misères, s'en sortaient avec sourire alors que ses propres frères ayant survécu aux massacres se retrouvaient percés de peine, de mélancolie et d'amertume aussi. Perdu, il n'avait pu se résoudre à vivre dans ce pays, avec eux. Alors qu'ici, il avait finalement trouvé un point de chute idéal, un endroit reposant. Et à son âge, c'est tout ce dont il avait désormais besoin.

— La réunion ? lança Fabrizio en apportant à table ses bouquets de viandes grillées. Toujours partant ?

Juineski, qui n'avait pas encore de boîte aux lettres, découvrit le prospectus.

— Sans moi, annonça-t-il en s'acharnant sur son morceau de lard crépitant. Les gens de là-bas me regardent bizarrement. Ça me met mal à l'aise.

Là-bas, c'était le bourg. Et les gens du bourg les regardaient bien étrangement. Mélange de curiosité et d'animosité ; comme si tous ceux du Vhan n'étaient qu'animaux inconnus ou, pire, mal connus.

— On te racontera ! assura Fabrizio.

Sur cette promesse, ils se turent et profitèrent du repas autant que du calme qui régnait au Vhan. Ça n'allait pas durer. Les gamins, attablés pour l'instant, prendraient bientôt possession du chemin et du bord du fleuve. Il y en avait une quinzaine en été. Soit ils habitaient là à l'année, soit ils venaient d'ailleurs, des grandes villes minières ou portuaires du pays. On les reconnaissait facilement, ces gamins-là. Ils étaient natifs d'autres pays mais n'en avaient déjà plus l'accent. L'immersion dans les fourmilières. Mais Andreï n'était pas dupe. Il savait que dans les grandes villes, les écoles s'acharnaient à gommer les sursauts de chacun. Il y avait un moule, et tous devaient s'y fondre à l'extrême. Ça faisait la différence. Ici, dans le bourg, il n'y avait qu'une toute petite école. Et le moule du ministère de l'Éducation n'avait, semble-t-il, jamais été livré. Chacun conservait donc son sursaut. Tout du moins jusqu'à ce qu'il s'en aille compléter ailleurs l'apprentissage. Et là, le choc était terrible. Même le Polonais, qui n'y connaissait pourtant rien au système, se doutait du fossé existant entre une grande école Saint-Joseph et une classe de village. Car il se dessinait là, le fossé ; à la classe. Pour vingt dans une école de ville, il n'y en avait qu'une au village. Une unique. Et ici, que le gamin ait six ou onze ans, il avait la même maîtresse, le même tableau, et apprenait au sein de la même pièce. Ça rassemblait bien, à l'intérieur. Mais la séparation venait tout de même ; elle venait après ; une fois sortie. D'ailleurs, la cour de récréation était divisée en deux parties ; une pavée et l'autre bétonnée. Aux pauvres le béton qui érafle les genoux, aux riches les pavés qui entaillent les chairs. Le mieux aurait été de paver l'ensemble, de bons sentiments autant que de belles dalles, mais ç'a aurait coûté. Et le riche n'était dépensier que pour lui ou ses semblables.

Repas terminé, les trois hommes s'installèrent plus confortablement. Les chaises de jardin de Fabrizio avaient une assise parfaite. Elles étaient larges et couvertes d'épais rembourrages. L'Italien avait aussi veillé à installer le tout à l'ombre. Tout du moins pour l'instant. Le saule pleureur leur offrait gracieusement ses lancéolées comme pare-soleil. Et l'herbe sous leurs pieds en témoignait. Elle était toujours verte, contrairement à plus loin. Elle sentait encore bon, elle sentait les jardins.

Le vieil Ukrainien fut le premier à s'endormir. L'on avait coutume de dire par ici que l'estomac plein draguait sommeil. Et à déjà percevoir son ronflement, ça se vérifiait. Le voir ainsi roupiller donna des envies à Andreï. Pourtant, il n'était pas fatigué et n'avait pas le sommeil digestif. Mais la chaleur l'assommait. La moiteur le torturait.

— Tu veux jouer aux cartes ? marmonna Fabrizio.

— Dieu, non !

— Tant mieux. Je n'aurais pas eu la force d'aller chercher le jeu.

C'est alors que les gamins sortirent de partout en hurlant. Et directement, ils plongèrent dans le fleuve. Aux *plouf* répondirent des trompettes de cygnes agacés, des cancanes de canards surpris. Et bien sûr, dans le lot, s'envolèrent les rires des gamins. Ça donnait presque envie de les rejoindre. Le bruit de l'eau, surtout.

— On devrait aller se baigner… Plus tard…, marmonna Andreï.

Ses paupières, à moitié closes, ne laissaient déjà plus passer que le mouvement hypnotique des feuilles du saule, juste au-dessus de sa tête.

— Plus tard, répéta Fabrizio, dans un ronflement.

Il était loin désormais. Sans doute plus loin même qu'Andreï. Juineski, quant à lui, rêvait déjà.

L'Italien émergea lorsque le soleil, en chute libre, passant sous la ramée naturelle du saule, parvint à faire ruisseler ses rayons sur lui. Andreï en était encore épargné, mais ça n'allait pas durer. Juineski, lui, n'était déjà plus là. Par politesse, il avait rangé la vaisselle avant de partir. À la vérité, il ne l'avait que rassemblée et empilée plus loin, là où les mouches ne s'aventuraient pas. Mais c'était un beau geste.

Une fois debout, Fabrizio hésita à réveiller le Polonais. Il l'observa un temps souriant et pensa : *À tous les coups, il rêve d'une fille !* La chose n'était sûre que pour lui. Et à ainsi hésiter, il laissa à un autre la décision et l'acte. Un gamin, le plus jeune des Hongrois, balança son ballon dans leur direction. Et le cuir cabossé atterrit directement sur l'entrejambe du dormeur qui, forcément, se réveilla en hurlant.

— Pardon ! Pardon m'sieur ! s'excusa le gamin.

Andreï lui pardonna d'une main. L'autre étant trop occupée à soutenir la zone touchée pour la soulager. Plié en deux, il soufflait et souffrait.

— Il venait de bien haut ! constata Fabrizio. En chute libre, directement dans les roubignolles !

— Ça te fait rire, pas vrai ? balbutia Andreï.

— Évidemment ! Comme toi à ma place !

Voronov le reconnut. À sa place, on l'aurait entendu rire jusqu'au pays. Mais là, ça lui sonnait mal dans le pantalon. Et les rires de Fabrizio n'arrangeaient rien.

— Quelle heure il est ? lâcha-t-il pour concentrer son esprit sur autre chose.

— Passé dix-sept heures, répondit l'Italien. On irait bien pêcher. Les gamins ont déserté les rives.

— Je te suis, souffla-t-il sans le suivre vraiment.

La douleur piquait toujours. Il avait besoin de temps pour que s'éloigne le choc.

Comme annoncé par Fabrizio, la rive avait été abandonnée. Et l'endroit où ils pêchaient les attendait. Leur bivouac en toiles tendues, leur parapluie inclinable car cassé, et les deux chaises prêtes à les accueillir trônaient sur le ponton qu'ils avaient construit de leurs mains. Le reste était déjà là. Andreï se chargea des bocaux grouillant de vers, des amorces communes et de l'épuisette. Fabrizio, lui, des cannes et de leurs supports.

Dès le départ, ça moulina sec. Le courant était féroce. À peine la ligne était-elle lancée qu'ils devaient recommencer la manœuvre. Ça les occupait, mais ça ne les aidait en rien à attraper quoi que ce soit. Le poisson, quel qu'il fût, n'avait pas le temps de mordre. Andreï doutait même qu'il ait le temps de voir l'hameçon et, frétillant accroché, l'appât terrien. Mais peu importait, au fond.

Malgré le courant qui se calmait peu à peu, les poissons ne mordaient toujours pas. De temps à autre, ils avaient une touche. Mais ce n'était que pour la blague. D'ailleurs, ils la visualisaient très bien. Andreï imaginait une truite repérant l'hameçon et le ver gesticulant, il la voyait en faire le tour, s'interroger puis deviner la supercherie et toucher l'appât sans s'y accrocher pour ainsi donner au pêcheur l'illusion qu'il y était presque.

— Foutue truite ! regretta-t-il.

Fabrizio acquiesça à sa fronde.

— Tiens, je ne t'ai pas dit… confia soudain l'Italien. J'ai vu les gendarmes chez les nouveaux du fond du Vhan ce matin. Et aux mots portés par le vent, j'ai cru comprendre que les gradés les traitaient déjà de voleurs. Tout ça parce qu'un repu du bourg a vu disparaître sa tondeuse il y a deux semaines !

— Ils n'étaient pas encore là il y a deux semaines !

— Je sais. Mais ça n'a pas empêché les képis de venir leur chercher misère et de les traiter de voleurs ! Et j'y ai réfléchi, tu sais. J'ai réfléchi au pourquoi les riches gens nous traitent toujours de voleurs… Les nantis aiment l'argent, pas vrai ? Ils l'aiment, ils le veulent, alors ils pensent que tout le monde est comme eux, y compris les plus pauvres. Et comme ils pensent le pauvre sans honneur, ils avancent que le pauvre est voleur.

— Peut-être. Mais le problème est qu'ils pensent trop. Et aussi qu'ils pensent mal.

— Préjugé ?

— Pire, stupidité et hypocrisie. Les plus grands voleurs du monde sont les mieux lotis. La plupart d'entre eux ne se contentent plus de ne voler que le solide. Ils volent aussi l'impalpable ; la dignité, la gentillesse, la charité. Ils volent la justice aussi. J'ai même lu dans la gazette qu'un ancien ministre condamné par un tribunal à trois mois fermes ne fera pas un jour de prison. Il aurait préféré dédommager ses victimes.

— Victimes de quoi ?

— Accident de la route. Le ministre avait un verre ou deux dans le nez. Un récidiviste, qui plus est. Et pourtant… Un chèque et il retrouve son confort. Alors qu'un des nôtres, un du peuple, en pareil cas, récidiviste ou pas, aurait dormi en prison ! Comme je te le dis, ils volent la justice ; l'institution garante du respect des lois et, devant elle, le principe d'égalité.

— Il n'y a jamais eu d'égalité, marmonna Fabrizio. Pas au sens étendu, mondial. Il en existe seulement quelques bribes.

— Et où donc ?

— Ici, par exemple. Dans le Vhan, il subsiste une parfaite égalité. Une égalité fermement respectée.

— Dans notre rue seulement ? C'est déprimant.

— Pas qu'ici. J'ai bon espoir qu'elle existe ailleurs aussi. Comme j'ai bon espoir qu'elle se propage un jour, comme une de ces maladies épidémiques. Comme la rougeole, tu vois. Je rêve d'une épidémie d'égalité qui frapperait l'ensemble des habitants du monde.

— J'en connais pas mal qui n'y survivraient pas !

— Et moi donc ! rit Fabrizio.

Le soleil, plongeant à l'horizon, vint frapper leurs yeux. Et comme ils faisaient face à l'ouest, aucun ne vit plus son bouchon. D'ailleurs, aucun ne vit même plus l'eau. Pourtant, pas plus Fabrizio qu'Andreï ne lâcha l'affaire. Ils espéraient encore que ça morde. Une fois, une seule fois ; même le plus petit des poissons du fleuve. Il serait relâché de suite. Juste pour dire qu'ils avaient attrapé quelque chose. Mais rien ; rien ne vint. Et le soleil plongea davantage.

Dans un soupir, soudain, l'Italien brisa le silence qui s'était de nouveau installé ;

— On ne va rien attraper, affirma-t-il.

Il sonnait faux. Le bougre y croyait encore.

Un temps considérable fila encore. Derrière eux, deux promeneurs du bourg passèrent en discutant bruyamment et effrayèrent sûrement les poissons prêts à mordre.

— Nous devrions presser le pas, déclara l'un d'eux.

— Certainement. Pas question d'arriver en retard à la réunion.

La réunion ; les camarades l'avaient presque oubliée. Et sans mot dire pour ne pas avouer aux bourgeois leur utile rappel, les deux du Vhan se regardèrent du coin de l'œil et attendirent qu'ils s'éloignent.

Une fois les deux hommes partis, Fabrizio moulina sec pour ramener son hameçon. Dans un contre-rythme, Andreï en fit autant. Hameçons accrochés, cannes rassemblées, épuisette secouée ; ils balancèrent le tout sur leurs épaules et quittèrent le bord du fleuve pour s'en retourner chez eux, se changer rapidement et filer à la réunion.

V

De ceux qui se brouillent

Le monde déjà rassemblé dans la grande salle du bourg étonna les camarades. À la louche, Andreï compta une soixantaine d'âmes ; un record. Et d'autres arrivaient encore.

Impressionnés, aucun des deux ne parlait, ni avec les autres ni même entre eux. Ils se faufilaient simplement entre les masses.

— Elle est là…, souffla Fabrizio en apercevant au loin une de ses dernières conquêtes.

La prénommée Églantine, d'apparence fatiguée, se laissait couler sur une chaise en dessous d'un géant, symbole du village.

— Et Catherine aussi ! lâcha-t-il comme frappé.

— Et Olivia…, plaisanta Andreï. Et par là-bas, il y a Solange. Et Marie-Claire juste là. Oh et regarde, près du bar…

— Arrête ! le houspilla son camarade. Quel inconfort ! Voronov éclata de rire.

— Comment tu te sens ? Encerclé ?

L'Italien acquiesça vivement.

— Entre nous, y a-t-il une fille dans ce bourg que tu n'aies jamais courtisée ?

Des plus sérieux, Fabrizio réfléchit. Cela dura une plombe. Andreï eut même le temps de passer en revue chaque bourgeois qui avait pris la peine de se déplacer. Il avait repéré le bourgmestre, forcément, entouré de sa clique ; le curé Emmanuel qui n'en finissait plus d'égrener des *Mon Dieu, mon Dieu, mon Dieu !* à en irriter le Seigneur ; quelques enfants de chœur, aussi, qui tournaient autour de lui – les fils du médecin, de l'orfèvre, de l'apothicaire, les enfants des professeurs des écoles catholiques voisines ; les Sacré-Cœur et autres Notre-Dame. Plus loin, il repéra aussi les retraités de l'État, ceux qui faisaient aujourd'hui fructifier leur argent dans l'immobilier et se jouaient d'actions et de dividendes. Autrement dit, étaient rassemblés dans cette salle ceux du bourg qui venaient en conquête pour s'épargner de devoir donner un sou.

— Si vous voulez bien prendre place, nous allons commencer, déclara le bourgmestre entièrement de blanc vêtu. L'accoutrement de l'élu déplut à Andreï. Le blanc était la teinte de l'immaculé, de l'innocence ; deux états qui lui étaient étrangers. Au moins, le curé avait la décence d'apparaître en noir ; la couleur du deuil ; celui des convictions chrétiennes. Mortes convictions qui avaient, depuis longtemps, laissé place à la marchandisation des rites.

— Comme vous l'avez sans doute remarqué, commença l'élu, la dernière tempête a provoqué de terribles dégâts à notre église, ainsi qu'à un autre édifice secondaire.

— « Édifice secondaire », répéta à voix basse Fabrizio. C'est sûr que les morts ne sont jamais les premiers à se plaindre.

Andreï l'avait prédit et se réjouit de l'avoir justement fait. Le mort, en sa qualité de non-électeur, n'avait pas la moindre importance aux yeux du politicien.

— Il nous faut en priorité rebâtir l'église ! tonna le curé.

Un brouhaha d'approbation se propagea dans l'assistance.

— Absolument, ajouta le mestre. Nous avons chiffré ce qui doit être fait pour que le Sacré retrouve sa fonction, et je peux déjà avancer un prix.

Au mot « prix », le brouhaha cessa net, ce qui fit pouffer de rire les deux logeants du Vhan. Surtout que le prix n'avait pas encore été donné. L'élu n'avait pas encore prononcé le mot que déjà les bourses se recroquevillaient dans les poches.

— Pour le tout, nous avançons le montant de quelque 215 000 francs.

Le prix était lâché et, avec lui, le cœur de bon nombre de bourgeois.

— 215 000 francs ? Pour l'église ? s'insurgea le clerc. Vous ne savez pas compter !

— Nous avons recompté vingt fois, se défendit le curé.

— Eh bien, recomptez donc vingt fois de plus ! 215 000 francs ! C'est une fortune !

C'était ce que le clerc avait dû dépenser pour sa collection de Bordeaux et autres Bourgogne.

— Il me semble, s'avança le frère de l'apothicaire, que monsieur le clerc n'a pas tout à fait tort. 215 000 francs, dites-vous ? Cela me semble déraisonnable ! Surtout que je l'ai vue, moi, l'église. J'y suis allé ce matin pour me faire une idée. La moitié de l'édifice est toujours là. Et les pierres de l'autre moitié, quoique à terre, sont toujours utilisables. Cela ne devrait donc coûter que l'enduit pour ressouder l'ensemble et le temps des hommes pour le faire.

De nouveau, un brouhaha s'éleva. Certains l'acclamèrent, d'autres ajoutèrent quelques précisions ou réserves. Mais l'idée générale plaisait à tous. L'idée de réduire le prix, bien évidemment.

— Les choses ne sont pas si simples, expliqua le mestre. Nous y sommes aussi retournés avec un expert en bâtiment ; l'entrepreneur Rémy.

À l'évocation de son nom, certains grognèrent. Rémy, Martin Rémy, n'était pas franchement apprécié ici. Pourtant, Andreï le savait ; l'homme était compétent dans son domaine. Mais il avait un ignoble défaut aux yeux des nantis ; il demandait toujours le prix juste. Andreï l'aimait beaucoup. Et c'était réciproque. Ils étaient concurrents, mais aucun n'en voulait à l'autre. Rémy le savait pertinemment. Lorsqu'un bourgeois refusait de payer, il ne cédait jamais. Qu'Andreï hérite dès lors du chantier ne lui faisait rien. Même s'il y a fort à parier que cela ennuyait le cœur *égalité* de l'entrepreneur qui devait se morfondre de voir si bon ouvrier travailler pour misère. Mais à chacun sa croix à porter et sa vie à vivre.

— Ce charlatan ? claqua une voix juste derrière.

Et une autre l'imita en écho.

— Il a savamment calculé, assura le bourgmestre.

— Qu'en est-il du diocèse ? demanda le chef de chorale. N'est-ce pas à eux de payer ?

— Par Dieu, non ! affirma le curé. Le diocèse a déjà tant donné pour notre paroisse. Vous n'imaginez même pas combien il leur en coûte à l'année pour le conserver en l'état ! C'est impossible qu'il intervienne.

— Qui alors ? Qui va payer ces 215 000 francs ? La commune ?

Cette fois, ce fut au bourgmestre de faire le tragédien ;

— La commune ? Ses caisses sont vides !

— Les caisses de la commune sont vides ? répéta le clerc. Mais comment ?

— Les routes, mon cher ami. Et l'école. Et l'entretien, le ramassage des déchets. Vous ne payez pas assez d'impôts, voilà le problème !

Et de là commença la grande bagarre. Le clerc, dès lors, insulta le bourgmestre qui insulta le banquier qui insulta l'avocat. Puis l'apothicaire s'y mit, et le retraité de la poste, et les échevins actuels et anciens, et le gestionnaire de la salle. Même le curé agrémentait la cacophonie de ses *Mon Dieu, mon Dieu, mon Dieu !*

Au milieu du tout, seuls Andreï et Fabrizio restaient assis pour profiter du spectacle. C'était la salle des fêtes, après tout.

Le jeune Polonais se délectait des insultes proférées, même s'il ne les comprenait pas toujours. Il s'amusait de leurs rimes. Leurs reparties, à chacun, étaient tout aussi épatantes. Ça fusait des quatre coins. Et quand les maris s'essoufflaient, c'était au tour de leurs dames de prendre le relais. *Catin !* était l'insulte à la mode. *Cocu !*, chez les hommes, se répandait aussi vite. À croire que tout le monde pratiquait adultérines galipettes par ici.

À bien écouter, on pouvait en apprendre de bonnes car la colère, chez ces gens, les amenait à lâcher sans enrobage de sales vérités. Ainsi, les deux camarades notèrent que l'ancien comptable du bourg avait eu une aventure passionnée il y a de cela dix ans avec l'épouse du boulanger. Et qu'il n'était pas étonnant que le garçon de neuf ans de ce dernier présentât meilleure disposition au calcul qu'au pétrissage de la brioche. La bombe lâchée n'eut cependant guère de résonance car une autre et une autre et une autre encore explosèrent à la suite. Les ondes s'entrechoquaient et s'annulaient. Temporairement tout du moins. Car tôt ou tard, ils allaient tous repenser aux mots dits et entendus. Et c'était là que les coups allaient entailler les chairs et faire mal.

La dispute générale s'éternisa. Fabrizio avait pris repère sur la vieille horloge qui trônait au milieu du mur de la salle. Le cadran supportait la marque d'une célèbre bière. Et tous ces gens auraient eu, sur l'instant, grand besoin d'en boire quelques gorgées.

— Chers concitoyens, reprenez-vous ! tonna soudain l'élu. Cessez donc ! Il nous faut trouver l'argent pour reconstruire l'église !

— Et pourquoi ? rétorqua une voix tout miel dans l'assistance. Pourquoi le faut-il tant ?

— Mais c'est l'église, voyons ! s'emporta le curé. C'est la maison du Seigneur !

— Justement ! Si c'est sa baraque, il n'a qu'à la payer ! Quand j'ai construit la mienne, j'ai dû casquer tout seul !

Ces belles paroles venaient du vieil Ernest, ancien gérant du café de la grand-place ; café vendu depuis longtemps car le propriétaire avait pris la fâcheuse habitude de boire sa recette.

Et ça ricana à la suite. Il y eut, pour dire, deux types de ricaneurs ; ceux qui jugèrent son intervention ridicule, et ceux qui se trouvèrent heureux d'entendre tout haut ce qu'ils pensaient tout bas. Andreï et Fabrizio les différenciaient aisément. Le ricaneur heureux avait la raillerie aiguë. Le moqueur, lui, l'avait plus grave. Et, à bien savoir, les deux logeants du Vhan prenaient plaisir à voir de quel côté chacun penchait.

— Le Seigneur ne peut payer ! s'insurgea de nouveau le curé. Ne croyez-vous pas qu'il a déjà assez fait pour chacun d'entre vous ? Si le ciel est bleu, c'est grâce au Seigneur ! Si l'oiseau chante, c'est grâce au Seigneur !

— Si j'ai une belle paire de roubignolles, c'est grâce au Seigneur ! balança Ernest en imitant l'orateur en soutane.

L'Ernest ne tenait plus sur ses pieds. Il vacillait tantôt à gauche, tantôt à droite, si bien et si fort qu'aucun ne pouvait vraiment lui en vouloir. À l'exception du curé qui, lui, n'abandonnait pas son air exaspéré. Et les mains jointes sur sa poitrine – mains couvrant sa croix d'or –, Andreï le voyait répéter, avec les yeux écarquillés d'un désespéré de Courbet, de rapides mais piquants *Mon Dieu, mon Dieu, mon Dieu !*

— Écoutez ! intervint le bourgmestre. Comme il se fait tard, je laisse chacun rentrer chez soi pour réfléchir au calme. Le prix est ce qu'il est, à savoir 215 000 francs pour la reconstruction de notre église.

— De *notre* église ! insista le curé.

— Nous organiserons une nouvelle réunion la semaine prochaine, reprit l'élu. Et nous prendrons une décision. Il le faut.

La grande ruée vers la double porte de l'entrée commença. Le vacarme, aussi, s'étala bien vite. Celui des chaises qu'on traîne, des corps qui se bousculent ; les râles communs des gens pressés.

— Et qu'en est-il du prochain office ? marmonna une vieille dame toujours assise au premier rang.

C'était Paulette, la toute vieille et aigrie Paulette. Elle avait été l'épouse du précédent bourgmestre qui n'était plus depuis dix ans. Il avait vu son cœur lâcher au cours d'un exercice trop intense. La version officielle affirmait qu'il était mort en retournant la terre de son jardin lors d'un été caniculaire. La version officieuse évoquait bien un exercice, mais d'un tout autre genre. Le coureur de jupons, dans cette version, serait mort alors qu'il batifolait sous sa pergola avec sa jeune secrétaire. Quoi qu'il en soit, le résultat était le même.

Et Paulette insista ;

— Pour dimanche matin ? L'office ?

— Excellente question de Mme Fievet ! lança le curé.

Et tout le monde s'arrêta dans la foulée. La plupart n'allaient même pas à la messe, mais chacun tenait, semble-t-il, à connaître la réponse.

— Nous ferons temporairement l'office ici, dans la salle des fêtes, affirma le sacristain.

Le vacarme reprit et l'amoncellement des corps à l'entrée grossit à vue d'œil. Andreï et Fabrizio restaient encore assis. Ça ne servait à rien d'y aller. Le mètre quatre-vingts d'ouverture n'allait pas subitement augmenter à la vue d'une foule pressée.

VI

De ceux qui imposent

Cinq jours plus tard, Andreï découvrit un prospectus annonçant une nouvelle assemblée pour le soir même. L'annonce suintait la précipitation. Le mot *Urgence* était même inscrit en titre.

— D'où vient l'urgence ? marmonna l'Italien qui avait aussi récupéré papier semblable dans sa boîte.

Voronov regarda le ciel : « De là-haut, sans doute. »

Croyant à la blague, Fabrizio éclata de rire avant de stopper net :

— Oh ! Je croyais que tu parlais de Dieu !

— Non, je parle du temps. J'ai entendu à la radio qu'une nouvelle tempête risquait de traverser le pays. Moins forte que la dernière, cependant.

— Si elle est moins forte, inutile de s'en faire.

— Tu sais comme ils sont. Ils ont la mémoire courte des gens que tout arrange. Sûr que le bourgmestre va jouer sur les risques pour faire casquer les bourgeois.

— Peut-être. Mais je n'en saurai rien ce soir. J'ai rendez-vous.

— Avec ?

— Adèle. La fille du…

— Du facteur. Oui, je vois bien. Ça doit être elle la seule, non ? La seule du bourg que tu n'as pas encore courtisée.

— Hélas. Il va me falloir changer de coin bien vite. Tu me raconteras la réunion ?

— Absolument.

— Et les détails. Retiens-moi les détails. Dieu comme ça m'ennuie de manquer ça !

— Tu pourrais tout autant annuler ton rendez-vous galant.

— Non. Ça m'ennuierait davantage.

Et largement souriant, le séducteur laissa là son camarade le prospectus à la main.

Le soir venu, c'est avec moins d'entrain qu'Andreï rejoignit la salle des fêtes. La lourdeur du temps n'aidait en rien. Le long du chemin, le Polonais se demandait même si la sécheresse allait tenir ou si le ciel allait céder. Sans savoir pourquoi, il ne sentait pas la pluie venir. Mais tout pouvait changer si vite. Il suffisait d'une goutte ; d'une seule tombant du ciel, d'une seule montrant l'exemple.

Dans la salle des fêtes clairsemée, le nombre de déserteurs était flagrant. Mais les habituels râleurs étaient bien là. Le clerc Jacquemin, l'apothicaire Léon, le facteur Sanson – qui n'avait sans doute pas idée que sa fille passait la soirée dans les bras d'un miséreux du Vhan –, le docteur Joseph, les épouses respectives, les caquettes du village ; Paulette, Huguette, Jeanne et Myriam. Le bourgmestre et sa clique, aussi. Le curé, évidemment. Et l'entrepreneur Rémy, qui avait fait le déplacement. C'est d'ailleurs vers lui, et sans hésiter, que se dirigea Andreï. Il était de bonne compagnie et avait calme conversation. Encore que, il ne montrait pas une excellente humeur ce soir-là.

— J'en ai d'avance ras la casquette, lui confia-t-il. J'ai manqué la dernière fois. Mais j'ai entendu dire que ça s'était bien bagarré.

— Comme d'habitude.

— Ce n'est pas l'avis du boulanger. Aux rumeurs, le bougre aurait flanqué sa femme dehors. Elle serait partie vivre chez sa sœur avec le gamin.

Andreï sourit. Pas de leur malheur, mais du contentement qu'il éprouverait à raconter la chose à Fabrizio.

— Allons, allons ! s'égosilla le curé. Commençons !

Les chaises vides trahissaient le nombre d'absents. Et ça avait un effet direct sur la mine du mestre. Le pauvre voyait devant lui très peu de bourses où piocher. Une vingtaine au lieu du triple la fois dernière ; désolante vision.

— Comme annoncé, le temps risque de se gâter les prochains jours, commença-t-il. Et comme la chance n'est pas de notre côté, nous devons redouter des prochains mois pénibles. J'ai conscience que reconstruire l'église prendra du temps. Mais ma principale inquiétude est pour ce qui peut être mis à l'abri, voire réutilisé. C'est pourquoi il nous faut lancer les travaux au plus tôt.

L'assemblée, mieux disposée que la dernière fois, marqua son accord par de bruyantes onomatopées.

— 215 000 francs est une somme trop pénible à avancer, lança Paulette. Monsieur le curé le sait bien, j'aimerais de tout cœur aider à reconstruire le Sacré, mais je n'ai qu'une modeste retraite.

— Moi, j'ai une question plus pratique, enchaîna le clerc. Et elle est pour vous, monsieur Rémy !

En le nommant, il le montra du doigt ; un doigt inquisiteur.

— Mais ne vous gênez pas, monsieur Jacquemin, rétorqua l'entrepreneur.

— Sur les 215 000 francs de votre devis, combien iront directement dans votre poche ?

L'insultante question n'eut l'air de choquer personne, à part Andreï, et le pris pour cible.

— Dans ma poche ? La part de mon travail ! rétorqua tranquillement l'entrepreneur.

— De votre travail ! Et qu'en est-il de la solidarité chrétienne ? Ce n'est pas une quelconque maison que vous aurez à rebâtir, ni un magasin. C'est un temple, la maison du Seigneur !

Le curé, pris d'un curieux élan, se mit à applaudir bruyamment. D'autres l'imitèrent bien vite. Les caquettes du village, bien sûr, mais aussi la clique du bourgmestre.

— La solidarité chrétienne ? Et comment, dites-moi, allez-vous montrer votre solidarité ? Allez-vous donner ne serait-ce qu'un sou pour rebâtir cette église ?

Vexé, le clerc se tint la poitrine. Il jouait le drame. Comme Hamlet lorsqu'il se sentait l'envie de remettre à sa place le maudit destin.

— Je ne sais pas ce que vous faites ici ! Vous n'êtes même pas de ce bourg !

— Je suis venu parce que l'élu m'a invité, rétorqua Rémy. Mais si ça vous gêne, mon bon monsieur, je vous laisse à vos difficultés.

Et aussitôt, il se leva et quitta la salle des fêtes sans un regard pour personne à l'exception d'un rapide coup d'œil vers Andreï.

— Et maintenant ? tonna le bourgmestre, irrité par la tournure des événements.

— Trouvons d'autres entrepreneurs et comparons les devis ! proposa le facteur.

— Il est le seul à avoir proposé un devis !

— Comment ça le seul ? s'insurgea le clerc.

— Aucun autre, malgré les relances, n'a daigné donner suite.

— Et la faute à qui ?

Le bourgmestre, sentant l'attaque, se gonfla de colère.

— Attention ! chargea-t-il, le doigt levé.

— Mauvaise gestion ! asséna le clerc. Mauvais bourgmestre ! Si vous aviez payé juste et à temps ces gens-là, ils ne verraient pas d'inconvénient à revenir !

— Ça suffit ! tonna le curé. Regardez-vous donc ! Regardez comme vous êtes ! Et cela sous les yeux du Seigneur ! Mon Dieu, mon Dieu, mon Dieu ! Pardonnez-leur, ils ne savent pas ce qu'ils disent !

Et tous se turent. Le curé avait invoqué le Seigneur, et certains, ici, le redoutaient étrangement. Les caquettes, en particulier. D'habitude si bavardes, plus une ne pipait mot. Et dans la foulée, chacun quitta sa chaise pour s'agglomérer en petits groupes. Celui des caquettes qui caquetaient aigu par là-bas. Celui de l'apothicaire, du clerc, du facteur et de leurs épouses un peu plus loin. Celui du curé et du bourgmestre. Et, enfin, celui de ses sbires qui prenaient notes et transportaient les plans.

À peine deux minutes après, le groupe du clerc vint se souder à celui des sbires du mestre. Et ça parla d'autant plus. Ça parla à voix basse, trop basse pour qu'Andreï ne perçoive le moindre mot.

Le bourgmestre en personne effectua une manœuvre et emmena, dans son mouvement, le curé. Bientôt, il n'y eut plus que deux groupes face aux logeants du Vhan ; les caquettes et les autres. Et les autres, justement, le regardaient étrangement, ce qui lui procura un inconfortable sentiment et lui fit regretter l'absence de Fabrizio. Lui aurait facilement trouvé une parade. Lui se serait sans doute levé pour partir à la hâte. Mais Andreï n'y arrivait pas. Il se sentait tenu, comme lesté par le poids des regards.

Tout en cherchant une échappatoire, le Polonais tendait l'oreille pour comprendre ; une phrase, un mot ; n'importe quoi qui l'aurait mis sur la piste du but de ce soudain conciliabule qui le terrifiait tant.

Le curé Emmanuel, dans sa soutane noir charbon, pointa alors vers lui son doigt. Et d'un coup, les chuchotements cessèrent.

— Toi, là ! frappa le mestre.

Seul du côté désigné, Andreï se retourna, mais inutilement.

— Tu vas nous la rebâtir, notre église !

— Moi ? s'écorcha le Polonais. Hors de question !

— Et pourquoi cela ? intervint le curé. Vous avez quelque chose contre notre belle religion ?

La question laissa pantois le bâtisseur.

— Ces étrangers ne manquent pas de toupet ! poursuivit l'ecclésiastique.

S'approchant de l'épouse du clerc, il ajouta sans honte :

— C'est pour ça qu'ils ont une vie misérable. À force de ne pas respecter le Seigneur, ils récoltent son indifférence.

Andreï ne parvint pas à répondre. Il n'était pourtant pas garçon timide. Mais il se voyait touché et pris de court. Surtout qu'il respectait Dieu – peut-être davantage que l'homme en soutane – et croyait même fermement en lui. Mais il était de tradition légèrement différente. Et les différences, le constatait-il chaque jour amèrement, faisaient oublier la fraternité à ces gens-là.

— C'est donc entendu ! annonça l'élu.

Et le mutisme s'échappa d'Andreï qui s'extirpa de sa chaise pour rétorquer :

— Rien n'est entendu !

— Je crois que l'on se comprend mal, rit le mestre. Tu n'as guère le choix. Tu rebâtiras notre église, ou…

— Ou quoi ?

— Ou tu rentreras chez toi ! Et je ne te parle pas de cette ruelle misérable et infâme où vous forniquez avec les rats !

Les caquettes gloussèrent.

— Je te parle, reprit-il, de ton pays d'arriérés !

— Vous n'avez pas le droit ! s'insurgea le Polonais.

— Le droit ? J'ai tous les droits ! Moi, gamin, je suis chez moi ! Et chez moi, je fais la loi ! Si tu n'es pas content, libre à toi de partir. Mais n'oublie pas d'emmener avec toi les autres pestiférés qui ont élu domicile dans notre bourg. Car je te le dis, si notre église n'est pas rebâtie avant les prochaines Pâques, l'allée du Vhan sera rasée !

— Ah ! s'exclama la vieille Paulette. Je ne sais pas ce qui serait le mieux ; voir notre église reconstruite ou être débarrassés de ces pouilleux !

Abattu, Andreï retomba lourdement sur sa chaise. Et le silence s'installa ; de contentement de leur côté, d'effarement du sien.

À entendre les messes basses des caquettes sur le départ, elles s'en allaient jouer au couillon chez l'une d'elles – celle qui venait d'hériter d'une demi-douzaine de bouteilles d'alcool fin. Forcément, elles lancèrent un mouvement. Ce fut au tour de Paulette et de la femme du facteur, puis dans la foulée des époux Léon, de la de Jacquemin et du docteur Joseph de mettre les voiles. Les derniers à partir, pressés, furent la clique du bourgmestre. Ne restèrent alors plus que le clerc, le bourgmestre et le curé. Et, bien entendu, Andreï, toujours assis. Le trio, comme des vautours sur un cadavre, lui tomba dessus.

— Tu commenceras demain, balança le curé.

— Tu déblayeras et tu feras une liste du matériel nécessaire, ajouta le maïeur. Nous nous chargerons d'aller l'acheter. Je te conseille d'être précis et de ne rien demander d'inutile !

— Je ne le ferai pas ! rétorqua Andreï. Je n'ai aucune assurance qu'une fois le travail accompli, vous ne nous virerez pas du Vhan.

— Tu oses mettre en doute mon honneur ? s'insurgea le bourgmestre.

Et le clerc, derrière, sourit. Andreï ignorait le pourquoi, mais il y vit une certaine ironie. Ou, tout du moins, le reflet de celle-ci, frappante. L'ironie était bien là ; d'ailleurs, lui ne voyait qu'elle. Un homme revendiquant son honneur alors qu'il usait d'une supériorité acquise par sa naissance et abusait de sa religion pour justifier son acte ? Il martyrisait, annulait, terrassait son honneur.

— Faites-moi un papier, un officiel, se vit répondre Andreï.

— Un papier de quoi ?

— Un papier nous cédant les parcelles du Vhan. Et un autre spécifiant notre droit d'y demeurer, officiellement.

L'élu écarquilla les yeux et sursauta en même temps. Il avait été piqué. De quoi ? Pourquoi ? Le bâtisseur l'ignorait. Il voyait simplement que le mestre s'empêtrait, comme dans un sable mouvant.

— C'est faisable ! intervint le clerc.

— Non, ça ne l'est pas ! s'irrita l'élu. Il est hors de question que la commune rétrocède des terrains !

— Dans ce cas, je ne ferai rien.

Et Andreï croisa autant ses bras que ses jambes en signe de complet refus. Il avait pour réputation d'être un piètre négociateur, surtout lorsque le marchandage le concernait directement. Sans doute aimait-il trop contenter les autres. Mais là, il se battait pour ses compagnons d'infortune. Et il savait, même s'il avançait à tâtons, qu'il pouvait obtenir le tout.

— Mais tu n'as pas le choix ! insista le curé.

— À la vérité, je l'ai. Soit je rebâtis votre église et vous nous expulsez ensuite, soit je ne rebâtis rien et vous le faites dès maintenant. À choisir, je préfère ne rien faire.

Ébaubi, la soutane resta muette. Le bourgmestre, lui, se teinta de rouge ; joues, nez et front. Seul le clerc qui avait l'élu en horreur s'amusait. Il s'amusait de l'état du bourgmestre plus que de la persévérance d'Andreï. Mais ça faisait du bien à ce dernier d'en voir au moins un qui lui était moins hostile.

— Soit ! finit par lâcher le mestre. Tu auras tes papiers !

— Les miens et ceux des autres. Et je ne commencerai pas avant.

— Tu commenceras demain ! siffla le curé.

— Je commencerai quand nous aurons nos papiers.

Sur sa fronde, Andreï se leva en jouant au grand fier. Il rejoignit la sortie d'un pas sautillant.

— Oh, j'oubliais…, lança-t-il finalement. Je veux qu'ils soient rédigés et enregistrés par le clerc Novsky, du bourg d'à côté.

Le bourgmestre n'arrivait plus qu'à grogner. Andreï avait gagné la partie. En quelque sorte. Même si, au fond, son humeur cachait un tout autre sentiment. Car oui, au cœur, il était dévasté. Sur papier, il avait gagné un terrain et le droit d'y rester. Mais en réalité, il avait perdu son droit d'être considéré comme égal et par conséquent d'être payé pour son travail.

C'était donc joyeux jusqu'au-dehors mais triste une fois là qu'Andreï se trouva.

Le cœur lourd et l'esprit encombré, le logeant regagna son Vhan. Le brouillard s'étalait et donnait une étrange allure au bourg. D'ailleurs, jusqu'à l'approche du cimetière, Andreï ne croisa pas un chat, n'entendit pas un bruit. Ce n'est qu'en tournant précipitamment au verger pour déboucher sur l'encerclement des tombes et sur sa ruelle attenante qu'il perçut des échos de vie.

Le premier venait du numéro 3 de l'allée du Vhan ; du chalet des Kun. Les Asiatiques avaient élu domicile dans la chute gravillonnée six ans plus tôt. Le père de famille, Zuang, avait érigé un temple colonnade pour sa femme et ses trois gamines. De part et d'autre de la porte d'entrée, deux énormes dragons étaient sortis du bois. Il avait mis un an pour la forme, les détails et les couleurs. Et Andreï avait pris grand plaisir à suivre l'évolution.

Les lanternes, disposées au pourtour du logis, perçaient le brouillard et lui donnait une matière étonnante. De l'intérieur s'échappaient des rires d'enfants, de la musique ; un tout agréable.

En face, le 14 – sans logique, les numéros ne se suivaient pas car choisis par les nouveaux habitants au moment de leur installation – enfermait le corps, le cœur et l'âme de Simone Michelino, le plus vieux logeant du Vhan. L'homme avait été le premier à avoir accueilli les Voronov à leur arrivée. Il n'était pas le patron – il n'y en avait pas par ici –, mais il était l'ouvreur de l'allée. Lorsqu'un malheureux se voyait échouer ici, Michelino s'acharnait à trouver une solution pour qu'il ne passe pas une nuit dehors. Et toujours il trouvait, quitte à le faire dormir chez lui.

Les numéros 21 et 29 ne montraient aucun signe de vie. Ces chalets n'accueillaient pas âmes à l'année, mais étaient pris d'assaut par des familles des zones minières durant l'été. Souvent des grands-parents et leurs petits-enfants – les parents ne cessant d'aller au charbon.

Le premier virage laissait apparaître le 33 ; la chaumière des Marocains Jamal et son fils Faraj, âgés respectivement de trente et un et six ans. Deux êtres frappés par le drame. Jamal avait vu son épouse périr pendant le voyage alors qu'elle était enceinte du frère de Faraj. Personne, sur la route, ne les avait aidés. Et ces cœurs brisés vivaient mal la suite. Ils avaient d'ailleurs longtemps vécu reclus.

Le deuxième virage amenait trois nouveaux logis ; le 41 des Italiens Alberto et Fabiola Culpi et leurs enfants Carmin et Maria ; le 49 de Ronan Pavlovski, un jeune Moldave souvent distrait ; et le 59 de la famille Fericelli ; la brave Marisa et ses trois turbulents rejetons Matteo, Milo et Michele.

Le troisième et dernier virage conduisait au corps même de l'allée du Vhan. Plus longue, cette rue accueillait nombre de logis. Beaucoup étaient vides, en témoignaient les pelouses hautes et les arbres étendus. Mais certains abritaient de bons camarades. C'est en tout cas ce que pensa Andreï en descendant le Vhan. Et il s'amusa de voir qui faisait quoi à cette heure. Il s'amusa de voir une partie endiablée de pétanque chez le Français du 73. Malgré le brouillard, ça taquinait sérieusement le cochonnet. Dracki, originaire du nord de la France, montrait même mauvaise humeur. Les autres riaient aux éclats. Andreï reconnaissait les voix ; celles des frères Irlandais, Daniel et Darren, celles du vieil Hubert et du jeune Clément, tous quatre du fond du Vhan. Dans cette cohue, il s'étonna cependant de ne pas entendre celle de Fabrizio. Le bougre adorait jouer aux boules ou suivre les parties des autres. Et son rendez-vous galant avec la belle Adèle devait être terminé depuis longtemps.

— C'est à cette heure-ci que tu rentres ? lui balança l'Italien une fois arrivé à sa barrière.

La remarque arracha un sourire à Andreï qui alla directement s'effondrer sur son banc.

— Quoi ? poursuivit Fabrizio. Raconte.

— Je suis dans un pétrin ! souffla Voronov. Ils m'obligent à rebâtir l'église !

Guère sûr, Fabrizio arbora une mine contrastée. Il ne voyait pas encore le pétrin prendre forme ni même ne comprenait pourquoi son camarade n'avait que ses soupirs à offrir à la terre.

— Eh bien..., s'avança l'Italien. Ce n'est pas si mal. Ça te fait un sacré chantier, certes. Mais à 215 000 francs, c'est en or.

— 215 000 francs ? rétorqua Andreï. C'était le devis de Rémy ça ! Moi...

— Combien ils vont te payer ?

— Moins, beaucoup moins, marmonna-t-il, presque honteux.

— Moitié moins ?

— Si seulement…

Il soupira de nouveau comme pour expulser tout l'air qu'il avait pu accumuler depuis sa naissance. Clairement, il essayait de gagner du temps.

Et, arrivé au bout de son souffle, il ne put que balancer ;

— Ils ne vont rien me payer du tout. Ils ne m'ont pas laissé le choix. Enfin, plutôt, ils m'ont laissé *un* choix.

— Lequel ?

— Soit je rebâtis l'église, soit ils nous expulsent et rasent le Vhan.

Andreï expliqua la soirée. Il n'omit aucun détail, et à chaque nouvelle précision, l'Italien s'affaissait.

— J'ai quand même réussi à obtenir des papiers officiels, précisa Andreï.

— Connaissant ce fourbe de maïeur, il va nous refiler des faux !

— Pas sûr. J'ai exigé que Novsky les rédige.

Le visage de l'Italien reprit quelques couleurs.

— Novsky ? Celui qui a survécu à l'horreur des camps avec ton père ? s'enquit-il. Il était un bon camarade pour lui. Sûr qu'il va respecter sa mémoire en t'aidant comme il le peut, en nous aidant tous comme il le peut !

Sur cette nouvelle, la nuit s'étira davantage dans le Vhan. Et minuit passa. La partie de boules avait tenu les voisins jusqu'ici. Le silence affligé des deux camarades leur avait permis de suivre la partie et son dénouement. À la fin, le Français avait gagné. Puis Dracki avait fini par terrasser la paire de frères irlandais.

Une fois les lumières du 73 éteintes, l'allée du Vhan plongea dans la pleine obscurité. Fabrizio, épuisé de corps et d'esprit, s'en retourna chez lui. Et seul dans la nuit estivale livrée au brouillard joueur, Andreï Maksimévitch Voronov resta sur son banc. Il attendait.

Il vit alors le brouillard se dissiper et entendit les insectes nocturnes reprendre vie. Il avait fini par allumer une gazeuse qui attirait toutes les mites du pays. Il en compta tantôt quatre-vingt-deux, tantôt septante-trois. C'était une prouesse que de les compter car jamais aucune ne restait à la même place bien longtemps. C'était d'ailleurs à la louche qu'il le faisait. Cinq par-ci, au moins le double par-là. En additionnant et soustrayant celles qu'il avait cru voir en double, cela lui donnait son compte. Un calcul inutile, mais qui lui faisait grand bien. Ainsi occupé, son esprit ne pensait à rien d'autre qu'aux mites et à la nuit.

VII

De ceux qui espèrent

Dormir sur un banc est chose extrêmement inconfortable. Dormir mi-assis, mi-couché peut se révéler inhumain. Et c'est craquant de partout qu'Andreï se traîna à son réveil jusqu'à son lit où l'attendait Miouchki.

À peine sur son matelas, le chat lui grimpa sur le dos et, à coups de pattes, lui massa les lombaires. Le Polonais, aux anges, resta dans cette position un temps considérable. Et le félin, tout ce temps, ne cessa son léger mais efficace pétrissage. D'ailleurs, s'il n'y avait eu la bruyante arrivée de Fabrizio, Andreï en aurait profité plus longtemps.

Jusqu'à la porte, le courbaturé traîna les pieds. Il espérait ainsi montrer à son dos qu'il avait compris la leçon et que plus jamais il ne s'endormirait en dehors de son lit. Mais le diable ne voulait rien comprendre et maintenait la douleur.

— La tête que t'as ! le gratifia l'Italien.

— J'ai mal au dos.

— Change de matelas ! J'en ai un, si tu veux. Il n'est pas *nouveau-neuf*, mais il est confortable.

— Mon matelas l'est aussi. Il faut juste que je n'oublie plus de m'endormir dessus. Et pourquoi tu me réveilles si tôt, d'abord ? bredouilla le Polonais.

— J'ai aperçu Novsky près du cimetière.

L'information dissipa d'un coup d'un seul autant la fatigue que les courbatures de Voronov. Aussitôt, il se rafraîchit le visage avec l'eau glaciale de la rivière qu'il puisait directement sous ses pieds, ce qui remit ses idées au clair et lui gela le nez. Puis, il sortit de son logis pour découvrir devant sa barrière le clerc Novsky et le bourgmestre. Les deux arboraient une mine affreuse. Encore que, ils n'affichaient pas la même. Novsky, vieillard marqué par les excès, voyait son visage ravagé de taches rouges. Il avait aussi la goutte, ce qui l'empêchait de se mouvoir normalement. C'est pourquoi il ne lâchait pas sa canne, sorte de vigne séchée qui avait belle allure. Le bourgmestre, quant à lui, affichait une mine de perdant. C'était, tout du moins, ce qu'Andreï lisait dans ses traits.

— Ça va, gamin ? lança Novsky.

Andreï alla sans attendre l'embrasser. Il ne l'avait plus vu depuis des lustres, depuis la mort de son père. Ces deux-là avaient survécu à tant de choses ensemble que l'enterrement de l'un avait trop blessé l'autre. La chose avait contraint Novsky à réaliser qu'il n'était pas éternel. Pire même, qu'il pouvait mourir le lendemain, ou l'heure d'après, ou la minute suivante. Et à réaliser le peu qu'il était, il en avait perdu sa grandeur. Littéralement. Car dans le souvenir d'Andreï, Vladimir Novsky était un grand homme. Les épaules carrées, la taille marquée ; un longiligne à l'allure fière. Mais ce matin, il n'était plus que l'ombre de son corps d'avant frappé par le soleil au zénith. Rapetissé, épaissi, mouvant ; guère élégant. Il avait néanmoins toujours l'éclat ; celui qui faisait briller ses yeux et qui rappelait à chacun sa candeur d'antan.

— Donnez-lui donc ses papiers qu'on quitte cet endroit ! vociféra le mestre, guère d'humeur.

Novsky sourit un peu plus en ôtant de sa poche intérieure une trentaine de feuilles pliées en deux.

— J'ai tout rédigé moi-même, déclara le vieux clerc. Daté et signé.

Et il tendit le tout à Andreï qui n'en croyait pas ses yeux. La première page supportait son nom complet, son adresse. C'était une déclaration de propriété en bonne et due forme.

— Vous pouvez y aller maintenant ! ordonna l'élu dans la foulée.

D'abord piqué par la brutalité de la situation et la brièveté des retrouvailles, Novsky s'exécuta finalement non sans avoir de nouveau et généreusement embrassé Andreï avant de s'engager dans le Vhan et de remonter son allée à une allure de souffrance.

Jusqu'à ce qu'il ne soit plus dans leur champ de vision, soit passé le premier virage, ni Andreï ni l'élu ne dirent mot. Ils n'échangèrent même pas un regard. Il y avait une tension ; étrange, douloureuse. Et le logeant n'espérait plus qu'une chose ; que ce bourgeois communal déguerpisse de chez lui. Hélas, il ne semblait pas en prendre le chemin.

Finalement, Andreï rompit le silence trop bien installé ;

— Il y a autre chose ?

Le bourgmestre sursauta d'abord avant de répliquer :

— Demain matin ! Tu commenceras les travaux demain matin ! Et tu as intérêt à faire ça bien !

Et là-dessus, il s'échappa. Littéralement, il prit la fuite. Et vu sa vitesse, Andreï se demanda à quelle hauteur il rattraperait Novsky. Avant la montée du cimetière ou dès le deuxième virage ?

Papiers à la main, Andreï resta planté là. L'endroit, étrangement calme, lui apparaissait fort joli. Il sentait un inconfort, une boule dure coincée au cœur, mais cela ne l'empêcha pas, à cet instant, d'apprécier le monde.

Le soleil montant commençait à taper fort. Il n'avait pas de montre, mais à en juger par l'astre, l'on approchait des onze heures. Et ça s'entendait soudain. Ça s'entendait chez les Irlandais qui faisaient s'embraser du petit bois, s'entrechoquer des assiettes. Au 73 aussi, ça s'animait. Dracki sortait de son antre. Andreï l'entendait. Ses bâillements étaient portés par le vent jusqu'à ses oreilles. Le Français semblait d'excellente humeur. Il s'était étiré en souriant – sans doute habité par la joie de sa victoire de la veille aux boules.

Temps passant, Fabrizio revint du champ. Le maïs asséché l'avait coupé au bras, mais il n'y regarda même pas. L'habitude.

— Où diable étais-tu ?

— Au cimetière, répondit l'Italien. Puis j'ai vu le vieux Louis. Son tracteur ne démarrait plus.

— Il démarre maintenant ?

— Bien sûr ! s'offusqua-t-il. Je suis un mécano reconnu.

Andreï rit.

— Ils sont repartis, ajouta Fabrizio. Je les ai vus se quitter au carrefour. Le maïeur avait l'air colère. Novsky, lui, pas du tout.

— Colère comment ?

— Rouge pivoine, la bave au coin de la lèvre, le front rayé de blanc... Colère comme l'ancien chien de Michelino quand il voyait un étranger en costard s'approcher du Vhan !

Andreï soupira. Ce n'était peut-être pas si mal, en fin de compte. Tout du moins, ça ne devait pas l'être autant si le mestre se sentait perdant.

— Tu as les papiers ? lâcha l'Italien en voyant le blanc serré dans les mains de son camarade.

— Ça m'en a tout l'air.

Et ils s'installèrent à l'ombre au pied d'un lilas, là où Andreï avait disposé sa table en métal au plateau de marbre éclaté par endroits.

Une fois assis, le Polonais déposa sur le plateau l'ensemble des papiers. Le vent calmé ne les dérangea pas. Fabrizio saisit le tas et de son index sépara les feuilles par à-coups. Vers la neuvième, dixième peut-être, son doigt se figea net, comme ses yeux et son cœur, probablement. Il venait d'apercevoir son nom sur un acte officiel de propriété, et ça lui faisait tout drôle.

— Madone ! souffla-t-il. Est-ce seulement possible ?

L'Italien extirpa la feuille et les deux suivantes qu'il reposa au milieu de la table. Andreï récupéra l'ensemble et lut la première page, celle qui portait son nom.

Les camarades avaient déjà tout lu cinq fois, mais ne pouvaient s'empêcher de recommencer. D'ailleurs, s'ils n'avaient pas été dérangés, ils auraient pu rester l'entière journée à lire ces actes de propriété. Mais il n'en fut rien. Alors qu'ils s'apprêtaient à les relire une nouvelle fois, un violent fracas les fit bondir. C'était Louis, ou plutôt, son tracteur qui, s'approchant, ronchonnait, grinçait, se lamentait, mais qui, toujours, roulait, avançait. Et lames tendues, il abattait son maïs et faisait voler mille poussières.

— Nom de Dieu, Louis ! cria Andreï.

Le fermier, bien calé dans sa cabine, n'entendit pas la réprimande. Preuve en est, il lui répondit par un sourire.

Et les deux du Vhan n'eurent d'autre choix que de s'engouffrer dans l'antre étouffant d'Andreï. Ce dernier ne tint d'ailleurs que le temps de proposer une alternative à l'Italien.

— Et si on allait pêcher ? Il doit faire bien meilleur au bord du fleuve.

Fabrizio contempla ses papiers.

— Et ça ? souffla-t-il. On devrait peut-être aller les distribuer avant ?

Andreï hocha la tête. Non, ils ne le devaient pas. Surtout, lui ne le voulait pas.

— Je crois qu'il vaut mieux garder tout ça pour nous. Pour l'instant, en tout cas.

— Pourquoi ? Tu crois que ces papiers sont faux ? Tu crois que Novsky te l'a fait à l'envers ?

— Novsky ? Jamais ! C'est un homme honnête. Non. C'est simplement… Je ne sais pas. Ces papiers… C'est juste…

— Des papiers, soupira Fabrizio.

— Et puis, tout ça sonne trop beau pour être vrai, tu ne trouves pas ? Je ne comprends pas qu'il ait abdiqué. Si vite, en plus.

— Qui donc ? Le bourgmestre ? Il n'a pas abdiqué devant toi. Il l'a fait sous la pression des gens de là-bas. Je crois que tu t'en fais pour rien.

— Peut-être. Mais, dans le doute, gardons le tout pour nous. Pour l'instant, tout du moins.

Fabrizio acquiesça. Il n'avait guère besoin de plus. Si son camarade le lui demandait, il s'exécutait.

Andreï tendit la liasse de documents à Fabrizio.

— Cache-les donc chez toi. On ne sait jamais que ce vicieux bourgmestre n'engage quelqu'un pour venir les récupérer en douce ici.

Fabrizio saisit le tout, le plia et s'en retourna chez lui, Andreï sur les talons. Une fois arrivés, ils cherchèrent la cache idéale. Fabrizio, le malin, disposa l'épais paquet dans une boîte en métal. Ne restait plus qu'à la mettre à l'abri des curieux.

— Dans la cuisine ? réfléchit-il à haute voix.

L'idée ne plut pas à Andreï. On entrait chez l'Italien par sa cuisine. Il voyait la cache plus éloignée du point d'accès.

— Ça y est, j'ai trouvé ! déclara soudain Fabrizio.

Dans un coin du salon trônait un fauteuil hideux. Cabossé, il était recouvert d'un velours vert fleuri. Et c'est devant lui qu'il tomba avant de commencer à le démonter.

— La cache de toutes les caches ! plaisanta-t-il en ôtant le coussin puis l'assise.

Il retira ensuite une planche depuis longtemps déformée par le poids des corps, décoinça et désolidarisa un petit rectangle de ressorts et dégagea l'espace.

— Donne-la… Donne la boîte.

Andreï la lui tendit et regarda son camarade l'y glisser, remettre le ressort, la planche, l'assise et le coussin, puis taper dessus pour répartir la poussière.

— Ni vu ni connu ! plaisanta l'Italien une fois fait. On peut tranquillement aller pêcher !

Satisfait, Andreï souffla et retrouva une humeur plus douce.

— Allons-y ! répliqua-t-il même gaiement. Allons remonter ses truites !

Et comme pris dans l'élan d'une course, les deux camarades s'échappèrent de là et coururent vers le fleuve. Au passage, ils avaient eu la présence d'esprit d'attraper le matériel nécessaire. Et à l'exception d'une ou deux bricoles oubliées, ils avaient tout pour passer une bonne fin d'après-midi à l'ombre, à taquiner le poisson, à jouer au plus malin avec lui.

VIII

De ceux qui construisent

Rebâtir l'église n'allait pas être simple. D'une part, parce que Andreï n'avait jamais réalisé un tel ouvrage, d'autre part, parce que l'édifice était gigantesque. L'équivalent, à la louche, de quatre maisons en longueur sûr, facilement deux en hauteur. Sans parler du clocher. Et à repenser au clocher, là, en buvant son café du matin, le bâtisseur fut pris d'un vertige.

La lumière du jour vint frapper d'un coup sec à ses carreaux, signe qu'il pouvait se mettre en route.

Son sac de travail sur le dos et un pain à la main, Andreï enfourcha son deux-roues direction l'église au milieu du village. Il tint bon rythme jusqu'à la montée finale. Cette pente-là était pourtant raide et, de bon matin, elle lui faisait grand mal aux jambes. Mais elle avait la bonne idée de le réveiller complètement. Et c'est ainsi qu'il arriva devant l'édifice partiellement abattu. Avec le soleil à l'horizon, la masse avait l'allure d'un champ ruiné par la guerre. Et les bâches rouges balancées n'importe comment sur le dessus n'arrangeaient rien à la désolation qui régnait ici.

Bicyclette posée, Andreï s'engouffra dans l'espace qui s'offrait à lui. Le clocher, tombé à pic, n'avait pas laissé l'ouverture bien grande. Et depuis, d'autres éboulements avaient presque achevé l'œuvre. Il ne restait dès lors qu'un mètre cinquante sur un mètre, suffisant pour entrer, guère pour y glisser du matériel. Mais ça n'avait pas d'importance car les murs adjacents étaient eux aussi tombés. De plus, il y avait, sur l'avant de l'édifice, multitude de percées.

À l'intérieur – ou ce qu'il en restait –, Andreï fut d'entrée saisi par le jeu de lumières. Et s'il n'y avait eu une montagne de travail à abattre, il serait resté à l'admirer. D'ailleurs, en pensant à cette montagne, il vacilla à s'en faire perdre l'envie d'admirer.

Le Polonais, une fois le tour de l'édifice bouclé et son plan de départ annoté, rejoignit le jardin de l'église pour affiner sa méthode. Il était légèrement en pente, mais guère trop pour déranger ses mouvements. D'ailleurs, c'est là qu'il s'installa. Encerclé d'arbres hauts, qui lui offraient un abri. Pas du ciel, mais des regards indiscrets. En toute logique ce jardin était rattaché au presbytère, mais ce dernier était inhabité. Le curé Emmanuel lui avait préféré celui d'une de ses autres paroisses, dans un des bourgs voisins. Et puis, la petite bâtisse était à l'abandon depuis trop longtemps pour qu'il en profite. Elle n'avait même plus de carreaux aux fenêtres, ou alors des bouts coupants, des morceaux brisés.

Sur le coup des neuf heures, alors que le bourg était bien réveillé – le bruit commun des hommes en témoignait –, Fabrizio le rejoignit, en clapettes. Il avait pris soin d'emporter une tenue plus pratique, mais ne l'avait pas encore enfilée. Elle était toujours enfouie en boule dans son sac à dos usé.

— Madone ! s'écria-t-il en s'extirpant de l'édifice côté jardin. Ça fait tout drôle à traverser !

Parfois plus catholique que le pape, l'âme de l'Italien se sentit mal. Mais son esprit reprit vite la main et s'engagea dans la plaisanterie ;

— Tu n'as pas beaucoup avancé... Je suis presque déçu.

Andreï rit. En trois heures, lui jugeait avoir déjà bien progressé.

— Qu'est-ce que je peux faire ? lui demanda-t-il.

— Tu veux m'aider ?

— Bien sûr que oui ! Je ne vais pas te laisser tout seul dans cette galère. Et puis, ma *nonna* serait si fière de moi si je rebâtissais une église ! Sûr que de là-haut, elle me voit !

— Dans ce cas, commence par te changer. Tu risques de te blesser avec ça aux pieds.

Guère honteux de ses clapettes aux couleurs de l'Italie, Fabrizio les fit claquer en levant un pied puis l'autre rapidement.

— Tu es jaloux parce que tu n'en as pas ! L'aération est au poil là-dedans !

— Mes yeux piquent quand je les regarde.

Et riant aux éclats, Fabrizio commença à se changer. Fort heureusement, il ne souffrait d'aucune pudeur. Et devant son camarade, dans le jardin d'une église, il troqua son short court contre un plus long à poches et ses clapettes contre de grosses chaussures sécurisées. Il avait meilleure allure ainsi.

Une fois les consignes reçues, l'Italien, bon camarade, n'attendit pas davantage pour se mettre au travail. Et en sifflant, il s'en alla recenser chaque pierre de l'édifice. Andreï lui avait confié deux craies ; une blanche et une rouge. À lui de juger quelles pierres recevraient bénédiction de blanc et resteraient intactes et quelles autres seraient marquées du rouge du strict déblayage.

Du jardin où il dessinait la structure du bâtiment, Andreï suivait le travail de Fabrizio. À l'ouïe, il jugeait de son avancée. Et le bougre avançait vite.

Aux premiers gargouillis des estomacs des travailleurs, Louis débarqua un panier en osier à la main. Le malin, qui n'habitait guère loin, l'avait joué sans risque en longeant le presbytère. Le chemin était plus court et le passage, bien qu'étroit, était sûr. Il suffisait d'éviter les orties et d'épargner les escargots.

— Vous avez faim, les gamins ?

La tête de Fabrizio apparu aussitôt au-dessus d'un tas de pierres. Faim ? L'Italien avait toujours faim.

— Ma Claude vous a fait des tartines aux œufs ! annonça le fermier. Et un petit gâteau aux olives.

Sa Claude, son épouse, était une cuisinière hors pair. Ses délicieuses spécialités contentaient toujours les estomacs. Andreï raffolait de ses tartines aux œufs. Il avait souvenir de s'en être copieusement régalé lorsqu'il était venu réparer leur gouttière.

— Alors, Fabrizio m'a dit que ce salopiot de mestre t'avait eu en beauté ? C'est une honte ! Je l'ai raconté à ma Claude et elle en est restée choquée !

Entre-temps, Fabrizio les avait rejoints. Et les trois se posèrent à l'ombre.

Louis, lui aussi affamé, fit le service. Les épaisses tartines renfermaient une omelette grosse comme le pouce, parsemée de lardons. À la première bouchée, Andreï comprit qu'elle était chargée en fromage, son péché mignon. Et sans un bruit, ils mangèrent. Sans un bruit de mot tout du moins. Car bruits il y en avait, entre les mâchouilles et les oiseaux.

Fabrizio tapa autant dans l'œuf que dans le gâteau. L'Italien était fin connaisseur d'olives. Il en mangeait d'ailleurs à toutes les sauces, en apéritif, en dessert ou en casse-croûte. Et il l'aurait juré, jamais il n'en avait mangé d'aussi bonnes. D'ailleurs, il brisa le silence pour le dire à Louis ;

— Dieu, ta Claude use de bonnes olives pour son gâteau !

— Elle use des meilleures ! affirma-t-il. Elle ne les mange pas ainsi, sais-tu. Il lui faut toujours les mettre dans quelque chose pour que ça lui goûte. Celles-là viennent du Sud. C'est la mère Evelyn qui les lui a rapportées de ses dernières vacances… Dix bocaux elle lui a amené ! Dix ! On va grailler de l'olive jusqu'à l'an prochain !

— Mieux vaut ça que rien, concéda Fabrizio.

— Sûr. Mais, entre nous, j'aurais préféré une bouteille de bonne liqueur plutôt que dix bocaux d'olives ! En parlant de bouteille, je nous ai rapporté un petit rosé.

Et les yeux pleins de roublardise, il démonta le fond de son panier pour en sortir une bouteille et trois gobelets en bois. Autant Andreï que Fabrizio savaient que Louis était interdit d'alcool et ce par son docteur ; le Joseph. Mais le fermier aimait contourner l'interdiction. Il y prenait même un plaisir fou.

— Et comment tu as fait pour la subtiliser au regard de ta Claude ? l'interrogea Andreï, sachant que la réponse allait d'avance lui plaire.

— Ça n'a pas été facile. Surtout que c'est elle qui a préparé le panier. J'ai dû attendre que la ronchonne d'à côté l'appelle pour lui causer d'une affaire. Ça m'a laissé une minute pour caler la bouteille en dessous. Mais j'ai pétouillé ! Si elle m'avait vu, j'aurais eu rouge aux fesses !

— Ça valait le coup ?

Versant le liquide rosé dans les gobelets, Louis acquiesça et affirma :

— Ça vaut toujours le coup ! Regarde-moi comme ça crépite frais, gamin !

Andreï observa les petites bulles se former à la surface du vin. Il n'était pas pétillant, il était juste heureux de sortir de la bouteille ; tellement heureux qu'il en bullait joliment. Fabrizio, lui, loin de la contemplation des choses et le gosier sec, vida son verre cul sec.

— Y a beaucoup de travail, pas vrai ? se désola Louis.

— J'ai peur de ne jamais y arriver avant les prochaines Pâques, avoua Andreï.

— Les prochaines Pâques ? Parce qu'ils t'ont donné un délai ? Ces salopards d'infâmes fils de…

Un oisillon, dans l'arbre du dessus, cria sa peine d'entendre jurons et fit taire le vieil homme. Ou peut-être réclamait-il simplement sa mère ? Dans le doute, le fermier cessa là son blasphème, mais n'arrêta pas pour autant de ruminer.

— Croisons les doigts pour que l'hiver soit doux, déclara Fabrizio entre deux bouchées.

— Des hivers doux, je n'en ai plus vu depuis quarante ans, affirma Louis. Mais faut y croire. Suffit que le vent soit bien tourné et n'amène pas le froid du Nord par ici.

— Parlant de froid du Nord, j'en rêve ! dit l'Italien. J'ai les pieds qui suent. Ils réclament leurs clapettes !

Repas terminé, le fermier s'en retourna chez lui pour, il l'avoua, faire sa sieste ;

— Sinon, je serai de bien mauvais poil et ma Claude va grogner !

Une fois Louis parti, les deux camarades se laissèrent digérer tranquillement à l'ombre. Fabrizio avait retiré ses chaussures et laissait ses pieds prendre l'air, laissait l'air les lui sécher un peu. Ils étaient rouges et boursouflés.

— Alors, ces pierres ? s'enquit le Polonais bien calé contre le mur du presbytère.

— C'est moins catastrophique que ce que je pensais. La structure au sol est toujours là. L'arrière aussi, et jusqu'en haut. Il n'y a vraiment que l'avant qui soit à rebâtir. Toutes les pierres intactes ont perdu leur socle et doivent être bougées, mais y a moyen de faire ça bien. Et puis, y aura surtout le clocher.

— Tu garderais l'arrière toi ?

— Je garderais tout ce qui peut se garder ! Ils t'ont dit de rebâtir l'église, pas de la construire.

— Elle ne tiendra pas dans le temps si elle n'est que rafistolée.

— Qu'est-ce qu'on s'en moque qu'elle tienne dans le temps ! Mon sou qu'elle tiendra bien assez longtemps !

— Seulement si la foudre l'épargne.

— Tu sais ce qu'on dit, la foudre ne frappe jamais deux fois au même endroit. Regarde-moi, je n'ai jamais eu deux coups de foudre pour la même fille !

Andreï éclata de rire avant d'ajouter :

— Oui, donc c'est prouvé.

— Scientifiquement prouvé. Ou... Hormonalement prouvé. Ou ce que tu veux, d'ailleurs. Ne t'en fais pas. On va la rebâtir leur église. Et ils seront bien contents avec ce qu'ils auront !

La confiance de l'Italien calma un temps les inquiétudes d'Andreï. Car Fabrizio, étrangement, ne se trompait que rarement.

Après digestion, les camarades s'accordèrent pour se remettre au travail. Et c'est ensemble qu'ils commencèrent à déblayer l'édifice et à tout transporter jusqu'au presbytère.

Avec minutie, ils sortirent un à un les objets communs à toutes les églises ; des vitraux aux chaises, des confessionnaux à l'autel – ou ce qu'il en restait –, des pupitres aux bougies. Tout, sauf ce qui composait le chœur car, allez savoir pourquoi, ce dernier avait été épargné. Et ça relevait du miracle lorsqu'on voyait jusqu'où certaines pierres étaient tombées. L'orgue, quant à lui placé sous le clocher, se retrouvait entièrement démembré.

— Je crois qu'on a évacué le plus gros, souffla Fabrizio une fois la nuit tombée.

L'édifice ne contenait dès lors plus que ruines de pierres et de bois, et épaisses couches de poussière.

— On n'a pas récupéré grand-chose, constata Andreï, déçu.

L'amoncellement était là. Les trois-quarts des chaises était entassé vers l'entrée, cassées en plusieurs morceaux. Les carreaux de sol, eux aussi perlés, fissurés ou désolidarisés, trônaient en tas, bons à jeter. Et le clocher, guère encore rassemblé, marquait mal l'intérieur.

— Il faut trouver une idée pour demain, réfléchit Andreï. Pour évacuer la cloche et bouger les pierres tombées à l'intérieur.

La bête cabossée bouchait le passage. Les pierres, quant à elles, étaient échouées un peu partout sauf à leur juste place.

— À ton avis, elle pèse combien cette cloche ? demanda l'Italien.

— Trop. Assurément trop.

— On pourrait emprunter le tracteur de Louis.

L'idée était là et était bonne. Elle enleva à Andreï quelque chose à penser cette nuit.

— Soit. Rentrons chez nous.

Fabrizio se déchaussa de suite pour enfiler ses clapettes.

— Je tuerais pour un bon lard ! avoua-t-il tout en s'en retournant au Vhan.

Pensif, Andreï redescendit chez lui plus lentement. D'ailleurs, quand il arriva à hauteur du 114, le grill de l'Italien rougissait déjà. Et c'est naturellement qu'il alla se poser chez lui, c'est naturellement qu'il mangea à ses côtés. Au fond, ces deux-là n'avaient rien d'autre que le partage, mais ça leur suffisait amplement.

Au deuxième jour des travaux, Andreï et Fabrizio se virent rejoindre par Juineski. Le vieil Ukrainien prétexta l'ennui pour aider ses voisins, mais aussi bien Andreï que l'Italien savaient qu'il n'en était rien. Il venait pour aider deux camarades qui l'avaient accueilli un temps plus tôt. Et pas par devoir. Il n'y avait, derrière son désir, aucune contrainte. Juste un plaisir. Un véritable.

Malgré son âge et son handicap, Antoni Juineski se débrouillait bien. Il excellait dans le bois, les toitures, les châssis. Et c'est tout naturellement qu'Andreï lui confia la réparation de ces derniers pendant qu'eux s'affairaient à bouger les pierres cassées et les autres à garder. À la force des bras, ce travail leur prenait un temps fou. Mais ils se débrouillaient plutôt bien à les pousser au plus loin.

Le vieux Louis arriva avec son tracteur sur le coup de midi. C'était son heure, apparemment. Et le soleil au zénith n'avait pas l'air de le déranger.

Devant la bête, la cloche cabossée, la pelle du tracteur trembla. La manœuvre, à quatre, se révéla compliquée. Il fallait faire rouler la cloche dans l'antre sans l'abîmer davantage et prier pour que la puissance de la machine suffise à la soulever afin de l'entreposer au-dehors. Étrangement, Andreï avait foi. Peut-être le lieu s'y prêtait-il ?

Calé dans sa cabine, le fermier suivait les ordres à la lettre. Lui ne priait pas. Sa *Vieille Berthe* – le nom qu'il avait donné à sa machine – était capable de tout et bonne à rien, suivant l'humeur du fermier. Ici, il était d'humeur conquérante, et voyait son tracteur de même composition.

Après nombre d'essais, ils parvinrent à faire rouler la cloche dans la pelle et à la caler. La manœuvre avait provoqué un boucan monstre ; mélange de ferraille et de souffrance. Mais la chose était faite. En tout cas, la première étape. Car le reste reposait maintenant sur le tracteur. La *Vieille Berthe*, déjà tremblotante, attendait l'ordre d'Andreï. Et les yeux rivés sur ce dernier, Louis retenait son souffle.

— Comme tu le sens, déclara le logeant du Vhan. D'un coup sec ou lentement.

Le fermier hésita un moment. Puis il opta pour lentement. Il était aussi vieux que sa machine. Il savait qu'à trop brusquer un corps usé, on prend le risque de le briser. C'est donc le plus délicatement possible qu'il actionna son manche. Millimètre par millimètre, il l'abaissa. Au début sans succès, ce qui avait le don de crisper les trois hommes. Louis, trop concentré sur le tout, n'avait guère le temps d'être tendu. Il avait simplement les yeux rivés droit devant lui, sur la coupe ronde de la cloche, la main gauche sur son volant pour maintenir tant bien que mal son corps tremblant, et la main droite sur le manche qui contrôlait la pelle.

— Tu commences ou pas ? lança Fabrizio, plus terrifié qu'impatient.

— J'ai commencé !

Millimètre par millimètre, il abaissa le levier. Et ça craqua d'un coup. Un déchirement s'envola, comme si la cloche avait gémi en perdant le contact avec le sol.

Tout à côté, les trois du Vhan inspirèrent bruyamment pour mieux retenir leur souffle, pour le retenir plus longtemps. Et les yeux fixes, ils regardèrent la cloche se lever, le tracteur souffler sa puissance, la machine tenir bon.

À trente centimètres de la dalle, peut-être un peu moins, la pelle du tracteur cala. Et Louis n'insista pas. Sa *Vieille Berthe* avait montré sa limite, il se devait de la respecter. Le fermier manœuvra sa machine pour transporter la cloche jusqu'à l'extrême gauche du parvis, là où elle ne pouvait déranger personne.

Avec délicatesse, il parvint à poser la pelle à l'endroit juste et à déposer la cloche qui glissa sans encombre. Sans bruit redoutable non plus. À peine un soupir. Peut-être le sol était-il soulagé de retrouver la masse de fonte.

Le reste du jour, les trois compères, laissés par Louis, déblayèrent les chutes. Avec le tracteur prêté par le fermier, les pierres, cassées comme intactes, furent déplacées. Les poutres, les clous tordus, les cordes ; ils trièrent, jugèrent, testèrent, jetèrent ou gardèrent chaque chute. Ils dégagèrent entièrement l'entrée et dégondèrent le reste des portes qui, sans miracle, n'avaient pas tenu.

Le soir venu, de la rue ou de l'entrée, on pouvait apercevoir entièrement l'éventrement. Et cela attira forcément les curieux qui s'attroupaient pour jeter un coup d'œil, soupirer ou marmonner, puis s'en aller. C'était un étrange ballet aux yeux des bâtisseurs. Étrange et irritant.

Les camarades retrouvèrent un Vhan bouillonnant. Tous au-dehors les accueillirent en râlant. Pas contre eux, mais contre leur tracas commun. Et quel tracas ! Il ne fallut d'ailleurs pas longtemps pour que Fabrizio l'identifie. Malgré l'obscurité, aucune lumière ne jaillissait des logis.

— Y a une panne ? demanda l'Italien au peuple rassemblé.

— Y a panne depuis midi ! rouspéta la mère Fericelli en fondant sur les trois tout juste débarqués. Mon congélo dégouline ! Et il était plein de glaces pour les gamins !

— Le mien aussi ! bougonna Fabiola Culpi.

— Je n'ose même pas regarder dans le mien, confessa Li-Mei, sur le pas de sa porte.

Les trois femmes étaient les seules à posséder un congélateur dans le Vhan. Vu le prix, il y avait eu longue cotisation avant de les acheter. Et chacun pouvait y déposer ses vivres à congeler. Jusqu'alors, aucune de ces machines n'avait failli à son usage. Et pour cause, jamais une panne n'avait duré aussi longtemps. Généralement, un ouvrier venait remettre le jus. Là, c'en devenait aussi inquiétant que suspect. Et le pire, c'était qu'aucun ne pouvait rien y faire. Il était tard, trop tard pour porter plainte et réclamer justice. Surtout qu'aucun n'avait le téléphone dans le Vhan. De surcroît, il était fort à parier qu'il n'y aurait, de toute manière, personne pour répondre à l'autre bout.

C'est donc tout contrariés qu'ils regagnèrent leur chez-eux en espérant voir la lumière revenir au plus tôt.

Au lendemain, à six heures pile, l'ensemble des logis s'illumina. Chacun avait laissé un interrupteur enclenché. Et Michelino avait noté l'heure pour augmenter d'un détail sa plainte. Car elle allait bien tomber. Il ne savait pas encore où, mais elle allait tomber. Et pour cause ; il était resté éveillé toute la nuit et n'avait pas quitté ses jumelles pour être certain d'apercevoir l'ouvrier. Surtout que le bourg, lui, n'avait pas souffert de cette panne et que le boîtier déversant le courant au Vhan profitait de la lumière d'un lampadaire placé juste à l'angle de la grand-route et du cimetière. De chez lui ; le vieil Italien avait donc une vue dégagée. Et ce qu'il avait vu l'avait révolté. Le courant n'avait pas été remis par un ouvrier de la compagnie, mais par un quidam travaillant pour le compte du bourgmestre. Simone l'avait reconnu pour l'avoir vu à l'élagage le printemps précédent. Aucun doute donc : un employé communal avait remis le jus. Un employé communal qui n'était pas censé avoir la clé de la boîte. Cette histoire était pour le moins suspecte.

Malgré le courant rétabli, toutes les mines étaient marquées ce petit matin. Aucun des congélateurs n'avait tenu sur la longueur. Et c'est en colère que tous triaient les vivres au réveil. La plus râlante du Vhan était la mère Fericelli. Pour ne rien gâcher, elle avait fini par donner, la nuit, les glaces à manger à ses gamins. Les trois monstres avaient ainsi englouti glaçons parfumés jusqu'à très tard. Pas d'indigestion en vue, mais une pisse abondante qui les avait tous tenus éveillés. C'est dire si la *Madre* avait passé une nuit difficile. Michelino, après les avoir aperçus elle et sa colère, hésita à lui conter ce qu'il avait vu. Pour ne rien aggraver, il s'était décidé à ne rien dire.

IX

De ceux qui salissent

Du troisième au dixième jour, Juineski n'avait pu aider. Le vieil Ukrainien s'était bagarré avec un essaim de guêpes ; bagarre qu'il avait perdue par K.-O. La chose avait au début fort amusé les gamins du Vhan, mais moins par la suite lorsqu'il avait réussi à reprendre vie et s'était amusé à leur courir au cul le visage boursouflé et les grognements en cascades.

De chez lui, Andreï observait le jeu en se demandant qui s'amusait le plus. Il avait fini par conclure que ce devait être Juineski. Car le bougre, poussé par les cris des gamins, courait bien vite à l'aller et riait bien fort au retour.

En huit jours, les deux camarades avaient entièrement fini de déblayer les ruines. Une fois fait, l'édifice avait livré son creux définitif ; un dérangeant, un malheureux aussi, au vu du temps qui se présentait. Le ciel avait radicalement changé. Fini le bleu éternel, place au gris triste qui annonce l'automne, au vent frais qui annonce les précipitations.

La veille de la tourmente du ciel, ils avaient eu la bonne idée de tendre les bâches rouges laissées gracieusement par la maison communale. C'était davantage des bouts de toile que de véritables bâches. Mais bien amarrées, elles faisaient l'affaire. Depuis le milieu de la nuit, la terre était bercée d'une fine ondée qui tombait en silence mais mouillait bien. Et malgré ce repos forcé par les cieux, les deux camarades se retrouvèrent à l'église.

Pour éviter d'être mal mouillés et de laisser maladies les titiller, c'est dans la sacristie que Fabrizio et Andreï échouèrent.

Depuis le début du chantier, aucun des deux n'y avait encore mis les pieds. Pas dans la pièce même en tout cas. Ils avaient emprunté le petit couloir adjacent et la porte qui s'ouvrait sur le jardin, mais jamais ils n'avaient visité l'annexe. Et ce jour-là, ils furent désolés de ne pas l'avoir fait avant.

— Regarde-moi tout ça ! s'extasiait Fabrizio.

La foudre l'avait tant remuée que chaque armoire avait vu ses portes lui échapper, ses tiroirs se désolidariser. Et devant l'une d'elles, justement, l'Italien tomba à genoux. C'était celle qui accueillait les objets communs liturgiques. Fabrizio reconnut sans mal le petit bénitier et son goupillon, la navette, l'encensoir, les burettes, et même l'ostensoir tout au fond. Mais le reste, car il y avait un reste, le laissa pantois. Et la multiplication des objets peu communs augmenta son étonnement. Il avait identifié les objets en question ; des boîtes. Et toutes, semble-t-il, précieuses. Et forcément, l'Italien se demanda ce qu'elles pouvaient bien contenir.

— Ouvres-en donc une ! osa Andreï qui s'interrogeait pareillement.

Les mains tremblantes, Fabrizio saisit la première à sa portée ; un magnifique objet de base rectangulaire, avec un couvercle bombé. Sur les quatre pans, un léger cisellement laissait apparaître une scène ; Jésus crucifié entouré de larmoyantes. Les larmoyantes, au nombre de douze, remplissaient le plus gros de l'espace. Le pauvre Jésus, recroquevillé sur sa croix, n'avait l'honneur que d'une misérable place. Le couvercle, quant à lui, se voyait alourdi en son centre d'une pierre rouge démesurée. Et Fabrizio l'ouvrit sans plus attendre.

— Des pièces d'or, souffla-t-il.

L'écrin en était rempli. Et comme pour s'enlever un doute ou confirmer une certitude, Andreï attrapa un second écrin et l'ouvrit. Même découverte, même brillance.

Ainsi, les deux farfouilleurs vidèrent l'ensemble des armoires. En tout et pour tout, ils découvrirent cent neuf boîtes de tailles et de formes différentes, toutes contenant de l'or. Sous forme de pièces parfois, de bijoux plus souvent. Et le tout ainsi rapproché leur donna le vertige.

— D'où est-ce que ça vient ? s'enquit le Polonais, incrédule.

L'Italien, installé à la table du curé, observait à la lumière d'une bougie les bijoux d'une des boîtes. À chaque pièce inspectée, il s'affaissait un peu plus sur sa chaise.

— Qu'est-ce qu'il y a ? l'interrogea Voronov.

— Ils sont gravés, répondit-il. Ces médaillons sont gravés. *Pour ma Sarah, À mon Ange,* et celui-là ; *10 ans d'amour.*

— Comme les alliances et les chevalières.

— Pourquoi ce trésor est-il planqué ici ?

— Peut-être parce que le curé ne sait pas quoi en faire. Ou alors, il se les garde pour plus tard.

La curiosité ravivée, les deux camarades poursuivirent leur fouille. Ils ne risquaient rien. Au-dehors, la pluie redoublait. De surcroît, le curé Emmanuel était parti en retraite avec les vieilles caquettes du bourg. Une retraite lointaine, quelque part dans le Sud.

Sans peur, donc, ni empressement, Fabrizio vida toutes les caches possibles. Andreï, lui, s'attaqua aux tiroirs contenant multitude de papiers en tout genre.

— Ce n'est pas bien, finit par lâcher l'Italien sans pour autant cesser de fouiller. Dans une église, en plus… Sûr que Dieu nous regarde et est déçu.

— Tu crois ?

Fabrizio haussa les épaules et s'empêtra dans deux chasubles mal pliées. Tombèrent alors à ses pieds une aube et une étole et, dans le même mouvement, trois dossiers qui, au contact du sol, firent un bruit terrible. Andreï en sursauta.

— Tu as vu ça ? lança l'Italien.

Sur le premier, il lut en grand et en rouge : *PRIVÉ.* Une mise en garde inutile.

Et Fabrizio de l'ouvrir et de découvrir des pages manuscrites, des colonnes, des signes malsains, un symbole abominable, indigne, inhumain qui revenait partout. Des papiers qui provoquaient dégoût. D'ailleurs, Andreï les reposa dans la foulée et s'essuya les mains sur son pantalon pourtant sale. La chose était claire. Pour Andreï autant que pour Fabrizio. Et la description dans les colonnes de chaque bijou ou la quantité de chaque pièce d'or ne laissaient pas de place au doute.

— Il a quel âge ? demanda Fabrizio. Le curé, il a quel âge ?

— Je ne sais pas. Je dirais, à la louche, soixante.

— Ça lui en faisait dans les vingt ou trente pendant…

Pendant…, c'est après ce mot qu'il bloqua. Pendant un temps qu'ils n'avaient pas connu, mais dont ils avaient beaucoup entendu parler. Surtout Andreï, à la vérité. Lui, le Polonais d'origine. Lui, qui était né sur la même terre que le mal avait choisi pour exterminer des innocents.

Absorbés par leur tâche, ils n'entendirent pas une âme approcher.

— Louis ! *Dio mio !* souffla l'Italien en découvrant le fermier.

À faire peur, le vieil homme eut peur aussi.

— Je n'étais pas sûr de trouver quelqu'un avec ce temps de chien, bafouilla Louis. Mais comme ma Claude avait fait trop de crêpes, je me suis dit que j'allais quand même venir voir s'il n'y avait pas un estomac affamé qui traînait par ici.

Louis portait un panier qu'il chercha à poser.

— Qu'est-ce que vous trafiquez, les gamins ? s'enquit-il en remarquant, forcément, le désordre.

— Rien, se défendit Andreï. Comme il pleuvait, et comme les bâches ne sont pas toutes étanches, on est venus se réfugier ici dans la sacristie.

Comprenant où il se trouvait, le fermier déposa son panier à terre. La sacristie, lui non plus n'y avait jamais mis les pieds.

— Je n'imaginais pas l'endroit si grand, avoua-t-il. Et ça, qu'est-ce que c'est ?

Il désignait les écrins refermés. Ils l'étaient tous, étonnamment. Car ni Andreï ni Fabrizio ne se souvenaient de les avoir ouverts.

— C'est ce qu'on se demande, déclara Fabrizio.

Et Louis ouvrit le premier à sa portée.

— Nom de Diou ! s'écria-t-il.

Celui qui était ouvert contenait des bagues. À vue de nez, il devait y en avoir une vingtaine.

Poussé par une plus grande curiosité encore, le fermier fit sauter le couvercle d'un deuxième puis d'un troisième. Aux bagues du premier répondaient des louis d'or et des broches.

— Fabrizio est tombé dessus par hasard, expliqua Andreï. Puis sur les autres en farfouillant.

— Et ça aussi c'était planqué ! déclara l'Italien en tendant un dossier au vieil homme.

Choqué par la croix dessinée sur la première page du dossier ouvert, Louis se laissa couler jusqu'à une chaise. Cette croix-là n'avait rien à faire dans une église. Une gammée, une porteuse de destruction, de honte, d'infamie.

Très vite, comme les deux autres, il fit le lien. Ces pages, ces colonnes faisaient office de recensement ; celui des bijoux et de l'or dont les boîtes regorgeaient.

— Tu en penses quoi ? demanda Andreï pour en avoir le cœur net.

— Ça, gamin, c'est ce que cette Église a volé aux pauvres gens pendant la guerre. Voyez ces noms…

Du doigt, sans pour autant toucher le papier, il en désigna un.

— Abramowitch.

À côté figurait la mention *famille* et, dans la colonne suivante *16 bagues, 1 pendentif, 4 broches, 3 pièces.*

— La famille Abramowitch, marmonna-t-il. Lévi, son épouse Orpah, et leurs trois garçons ; Noam, Yoan et Siméon.

— Tu les connaissais ?

— Pour sûr ! Ils habitaient pas loin d'ici, dans la maison près du vieux pont. Tout du moins, avant la guerre.

— Et plus après ? lança l'Italien.

— Après ? sourit, mal à l'aise, l'ancien. Après, il y eut beaucoup moins de monde par ici. Ou plutôt, il restait le même genre de monde, si tu vois ce que je veux dire.

Il marqua une pause avant de se recentrer sur la liste.

— Et voyez… Salomon ! Lui, il vivait en face de la ferme de mes parents. Salomon…

Lentement, les joues du vieux Louis se laissaient teindre de rouge. C'était la colère qui lui montait. En témoignait d'ailleurs sa main libre qui se serrait de plus en plus.

— Le curé a sans doute dénoncé ces gens et les a envoyés à la mort. Comme bénéfice, la Gestapo lui aura laissé quelques valeurs.

Et le vieil homme marqua un court silence avant de reprendre ;

— Les églises étaient particulièrement surveillées à cette époque. Les fascistes craignaient ce qu'ils appelaient *le catholicisme politique*. Mais ça n'a pas duré. L'Adolf n'avait en tête que le génocide des juifs. Alors ses sbires se retrouvaient bien contents d'être aidés par qui que ce soit, catholiques compris.

Un silence, lourd et dérangeant, s'abattit. Les yeux de Louis ne quittaient plus le registre. À compter, il y avait seize noms dans le premier dossier, et vingt dans chacun des deux autres. Plus de cinquante noms au total, et presque autant de familles au complet. Ça faisait beaucoup.

Le bruit de la pluie revint soudain. Il avait toujours été là, mais nul ne l'avait plus perçu.

— C'était déjà lui ? demanda l'Italien. Le curé, c'était déjà lui ?

— Je ne sais pas, avoua Louis. Je ne suis plus sûr. Si ma mémoire me veille, il n'était encore que séminariste à l'époque. Mais il était déjà là. Oui… Il avait même habité le presbytère au tout début. Il me faut demander à ma Claude pour en être sûr…

Tous trois regardèrent en même temps les boîtes en évidence et le désordre qu'ils avaient fait. Ils devaient quitter l'endroit pour aller interroger la Claude. Mais ils devaient tout ranger avant. Ou ne le devaient-ils pas ?

Le fermier et Andreï cherchaient une réponse autant qu'ils attendaient, chacun, que l'autre la trouve. Et primeur à la jeunesse, c'est le logeant du Vhan qui proposa ;

— On embarque le tout chez toi !

Chez Louis, il entendait. Et d'ailleurs, ce dernier aussi.

— Hors de question de laisser ça au curé, il pourrait en profiter ! grogna même le fermier.

Et déjà, l'Italien rassemblait les coffrets. Malin, il en avait récupéré un plus grand, en bois, qu'il remplissait des plus petits. Andreï attrapa, pour l'aider, une malle qu'il vida prestement de son contenu. Aubes et chasubles furent ainsi jetées au sol sans ménagement. Et la place dégagée ravit le Polonais.

Avec Louis, il entassa les écrins à l'intérieur.

À la hâte, les aubes, chasubles et autres étoles et manuterges furent réenfouies dans les armoires. Les portes bien refermées ; le tour était parfait. Fabrizio alla même jusqu'à remettre la chaise à son exacte place. Mais ce tour n'allait pas non plus tenir longtemps, ils en avaient tous trois conscience. Dès que le curé allait ouvrir une armoire ou un tiroir, il découvrirait la disparition de son trésor. Mais qu'allait-il pouvoir y faire ? Pour signaler la perte ou le vol d'une chose, il faut bien la décrire. Et comment décrire de l'or spolié sans dire qu'il l'a été ?

En arrivant dans la maison de Louis, la malle fut heureuse de retrouver le sol.

— Qu'est-ce que vous m'apportez là ? s'écria la Claude qui venait à peine de finir de laver son plancher à grande eau.

La poussière de la sacristie était restée accrochée à ce coffre durant le trajet pour ne lâcher prise qu'une fois à l'intérieur.

— Ma Claude, annonça d'entrée Louis, assieds-toi donc ! Les gamins en ont découvert une bonne dans la sacristie !

Fabrizio posa devant elle les trois dossiers cartonnés, dossiers sur lesquels Claude finit par lire avec gêne le mot *PRIVÉ* inscrit en rouge.

— Ce sont les affaires du curé ! s'offusqua-t-elle. Qu'avez-vous donc volé là ?

— Rien ! se défendit Louis. Ou, en tout cas, rien qu'il ne pourra réclamer !

La Claude regarda de deux airs son époux. Elle le prenait pour un fou autant que pour un inconscient.

— Explique ? marmonna-t-elle.

Ouvre ça fut sa réponse. Et il tapota du doigt le premier dossier.

Son épouse mima d'abord l'intense hésitation avant de soulever d'un coup sec la couverture cartonnée.

À la vue de la croix gammée, elle eut un haut-le-cœur. Puis elle parcourut les noms et les chiffres en colonnes. Elle tourna ensuite lentement la première page.

Au bout de la seconde, elle s'arrêta net. Sûr qu'elle n'en pouvait plus. Sûr aussi qu'elle avait au moins reconnu un nom dans cette triste succession.

— Et que veut dire tout ça ? demanda-t-elle en désignant les colonnes de chiffres.

Pour donner matière à sa réponse, Andreï saisit le premier écrin à sa portée et l'ouvrit pour en déverser son contenu à même la table, moitié sur le dossier, moitié sur le bois de la planche. Les bijoux jusqu'ici enfermés s'étalèrent équitablement. Certaines bagues roulèrent longtemps. D'autres s'écrasèrent net. Et le logeant du Vhan expliqua en parcourant les colonnes ;

— *Bagues, médailles, pièces, divers.*

— Objets saisis, marmonna Louis. Ou plutôt, volés !

L'effroi frappa le visage de la dame. Et c'est tout son corps qui se retrouva projeté en arrière. Elle avait reçu un coup invisible, mais douloureux. Un du passé, sans aucun doute. Un qu'elle aurait aimé ne jamais plus recevoir.

— Ce n'est pas Dieu possible ! bredouilla-t-elle, touchée dans sa foi.

Et son époux fit le tour pour s'asseoir à ses côtés. D'un geste de la tête, il indiqua aux deux gamins les chaises d'en face. Et un ange passa ; expression consacrée sans nul doute au moment.

— Au fond, s'étonna Claude, ça ne m'étonne qu'à moitié.

Pendus à ses lèvres, les trois autres écoutèrent.

— Ç'a a toujours été un drôle, ce curé. Comme l'ancien, d'ailleurs. Ah, son nom à lui… Je l'ai sur le bout de la langue ! Bénédict ! Le père Bénédict !

— Donc ça pourrait être aussi bien du fait de l'ancien que de l'actuel curé ? demanda Andreï.

La Claude y pensa sérieusement. Dans sa tête, à coup sûr, elle plaçait les deux face à face et les jugeait sur le champ des possibles.

— Si je devais parier, finit-elle par lâcher, je parierais sur l'actuel. L'autre, le Bénédict, à me souvenir, n'avait déjà plus toute sa tête à l'arrivée de la guerre. Il n'aurait jamais pu tenir pareils registres.

Et reprenant du bout des doigts une page, elle secoua la tête de désespoir.

— Que faire maintenant ? demanda Andreï. Je me vois mal aller tout remettre en place.

— C'est certain ! ajouta Louis. Si ça se trouve, le curé n'attend même que ça, depuis des années il attend son heure, et aussi le moyen de profiter de sa rapine en revendant l'or. Sous le manteau, bien sûr.

Ils étaient tous d'accord là-dessus. S'il l'avait gardé, s'il avait pris soin de le dissimuler – même mal –, c'était qu'il comptait en faire quelque chose. Sinon, il l'aurait rendu depuis belle lurette. Aux héritiers ou aux fonds communs.

— On va les retrouver ! annonça soudain Claude.

Ils y pensaient tous, à dire vrai. Ils pensaient à la possibilité de retrouver non pas hélas ceux inscrits sur ces listes, mais leurs descendants afin de leur rendre leurs biens. Mais si dans l'esprit des trois hommes, la chose résonnait impossible, dans l'esprit de Claude, apparemment pas.

— Et comment ? demanda Fabrizio, sceptique.

— Les caquettes ! déclara-t-elle. Elles connaissent tout le monde par ici.

— La vieille Paulette et compagnie ? rétorqua le Polonais, guère content de l'idée.

Celles-là lui avaient semblé odieuses à la dernière réunion à la salle des fêtes.

— Non, celles du bourg d'en face, répondit Claude. L'une d'elles, Marie-Claire, est férue de généalogie. Savez, cette activité qui consiste à retrouver ses ancêtres pour découvrir qu'on est cousin avec tout le monde… Bref, je mettrais ma main au feu qu'il y a moyen d'en retrouver au moins quelques-uns.

Convaincus, les deux camarades acquiescèrent. Andreï sourit même. Il était soudain amusé d'apprendre qu'il y avait aussi des caquettes dans les autres bourgs. Et il se demanda forcément si elles se valaient les unes les autres en termes de rosserie et de méchanceté ordinaire ou s'il n'avait pas eu de chance de tomber vivre ici.

— J'ai fait de la soupe ! annonça vivement Dame Claude lorsque le coucou sonna dix-sept heures.

Avec tout cela, personne n'avait mangé. Et l'estomac de l'Italien se fit soudain entendre. De surcroît, le temps avait filé à une vitesse monstre. Dans la sacristie mais aussi ici.

La soupe avalée – bouillon aux mille légumes –, Andreï et Fabrizio quittèrent Louis et sa Claude. Avec le ciel chargé, l'obscurité tombait plus vite. Sa sensation, tout du moins. Car malgré tout, il ne faisait pas encore soir. Il faisait un étrange entre-deux. L'on sentait qu'il faisait encore clair, mais trop haut.

X

De ceux qui entendent

Forcément, au premier jour de pluie avaient suivi quatre autres. Et du Vhan, Andreï avait entendu se plaindre les nantis, ceux-là mêmes qui avaient tant râlé de la sécheresse.

Dans les bas-fonds du bourg, le bas peuple râlait aussi, mais pour tout autre raison. Une nouvelle fois, l'allée avait été privée d'électricité pour une période à rallonge. Et une nouvelle fois, les vivres congelés avaient été les victimes. Un gâchis qui faisait mal. D'autant plus qu'il avait été provoqué. Chacun le savait désormais. Michelino avait fini par lâcher le morceau à ses voisins. Il avait rapporté ce qu'il avait vu, surtout qui il avait vu tripatouiller dans la boîte électrique au lendemain de la première coupure. Et chacun avait compris que cet *incident* avait été volontairement provoqué. Chacun, et Andreï surtout. Les bourgeois maintenaient une pression et lui montraient qu'ils le tenaient, le possédaient presque. Encore que, ils ne possédaient que son confort. Mais un confort nécessaire pour beaucoup de ses compagnons. Manque de chance cependant, pour les nantis, le peuple misère excellait dans l'art du retournement de situation. Et il palliait avec brio l'obscurité du monde par la lumière des cœurs. Vivres décongelés signifiaient grand festin. Et pour contrer la pluie, des tonnelles avaient été rassemblées sur deux terrains. Au quatrième jour de pluie, donc, le Vhan s'était régalé d'un barbecue géant et de glaces à foison. Il y avait quand même eu des pertes, mais minimes cette fois. La mère Fericelli l'avait reconnu, non sans soulever sa crainte juste née :

— Là, ça va…, avait-elle dit. Mais si ces bourrus *borghesi* nous coupent le jus en hiver, ça sera une autre histoire !

Se sentant coupable, Andreï s'était affaissé. Ses pauvres compagnons n'avaient pas idée de l'étendue de la menace. Il était clair que s'il n'arrivait pas à rebâtir cette église, il les condamnerait tous à nouvelle errance, grand chamboulement, plus grande misère encore. Car sur les actes de propriété négociés, la condition était bien indiquée.

Mis dans la confidence, Fabrizio avait arboré, à ce festin, une mine défaite. Et le contraste avec les mines joyeuses des autres convives – éclairées par amitié et partages – avait été abrupt. D'ailleurs, toute la soirée, les deux camarades avaient soigneusement évité de se regarder pour ne pas sombrer et emporter l'autre dans davantage de doutes encore.

À cause de l'humidité et du manque de protection, le chantier n'avançait pas. Pire même, le vent du troisième jour gris avait amené davantage de dégâts en provoquant l'éboulement des dernières poutres instables à la jonction de ce qui avait tenu.

Dès l'aube du premier matin sec, le Polonais enfourcha sa bicyclette et s'en alla commencer le plus dur.

Entre-temps, profitant de la pluie, le bourgmestre avait livré une partie du matériel requis. Les va-et-vient avaient beaucoup fait parler dans la rue de l'église. Les plus proches voisins de l'édifice n'avaient guère attendu pour se plaindre de l'amoncellement ainsi provoqué.

En ce jour rosé, le logeant du Vhan installa au cœur de la nef un tréteau à rallonge. Il avait un plan précis. À s'y tenir, il savait qu'il allait avancer.

Fabrizio, jamais matinal, arriva plus tard, sifflotant et clapettes aux pieds. Outre Juineski, il avait embarqué avec lui le père Culpi ; le bavard Alberto. Ce bougre était un tailleur hors pair. À la main, il vous éclaircissait un bloc en un temps record. À la main et à l'œil aussi. Car il n'usait jamais d'un mètre. Ça l'ennuyait, disait-il. Ça l'empêchait d'aller à la mesure qu'imposaient ses mains.

Et d'entrée, ça frappait fort. Alberto, heureux du bruit qu'il faisait à lui seul, s'acharnait même à en faire davantage, histoire de bien réveiller tout le monde. Entre les coups sur la pierre, les raclements de scie et les rires de Fabrizio, une cacophonie régnait en ce lieu généralement livré au silence. Mais le tout sonnait bien.

Forcément, le bruit réveilla le bourg. Certains étaient d'ailleurs venus se plaindre. Le chef de chorale, le gros gras Bertrand dans son pyjama de soie avait, en bas de la rue, poussé une gueulante. Le facteur Sanson, pourtant bien éveillé pour sa tournée, s'était lui aussi laissé aller à quelques bredouillantes injures lorsqu'il était passé devant l'édifice. Mais ces râles n'avaient eu pour effet que de faire frapper plus fort Alberto.

Le ciel dégagé laissa finalement voir le plein soleil et permit à Fabrizio d'ôter les bâches pour que chacun profite d'une plus belle lumière et d'une douce chaleur. Car pour la première fois cet été, la chaleur était douce. Même lorsque l'astre pointait au zénith, aucun, en bas, ne souffrait de son feu. Par contre, ils souffraient de celui de l'effort, de la fatigue et de la soif aussi.

À midi pile, Louis débarqua, paniers dans les mains. Et juste derrière lui, Andreï fut heureux de voir Claude. Encore que, en même temps, il fut frappé d'un étrange inconfort. Il n'était pas sot. Il savait que si la gentille dame avait pris la peine de se déplacer dans ce lieu poussiéreux, c'est qu'il y avait une raison. Et la voir s'installer sur une chaise pliante qu'elle avait elle-même apportée augmenta son inconfort. Du coup, sans attendre, il se hâta vers elle ;

— Tout va bien ? s'enquit-il.

— Fort bien ! assura-t-elle en montrant son plus large sourire.

Là, elle ouvrit son osier plein à craquer. Derrière, sur un tréteau à l'écart, Louis vidait d'autres paniers. Trois cakes, une bouteille de lait, deux samovars, des tartines aux œufs, au beurre, des olives forcément pour Fabrizio, une dizaine de jolies petites prunes, à coup sûr des reines-claudes, et encore un cake ; une table de rois.

— Et quoi, Claude ? lança Fabrizio en tapant déjà dans le bocal d'olives. On vient donner un coup de main ?

Claude éclata de rire ;

— Dieu, non ! Il ne vaut mieux pas, d'ailleurs.

— Alors pourquoi ? marmonna Andreï en s'agenouillant près d'elle.

Profitant de l'aparté ainsi créé par le Polonais, la Claude ne répondit qu'à lui ;

— Il est revenu, le curé.

Les yeux de Voronov s'écarquillèrent.

— Je l'ai appris hier soir en laissant traîner mes oreilles. Il est revenu de sa retraite et a, jusqu'ici, tenu chandelle à la vieille Jocelyn sur son lit de mort.

— Et il va venir ici ?

— J'y mettrais ma main à couper !

De son panier dans lequel elle farfouillait, elle sortit un tricot entamé. Et bien installée, elle reprit son ouvrage.

— Tu ne manges pas avec nous ? la relança Fabrizio, la bouche pleine.

— J'ai déjà mangé en préparant le repas, déclara-t-elle. Allez donc ! Régalez-vous !

C'était déjà le cas pour chacun à l'exception d'Andreï. Lui approcha de la table en traînant les pieds. Il n'était pas à son aise. Et même s'il savait qu'il n'avait rien fait de mal, cela n'empêchait pas son cœur d'être dérangé.

Surtout qu'il connaissait l'espèce à laquelle appartenait le curé Emmanuel. Une drôle d'espèce. Une qui voyait le monde comme acquis, et les autres comme à disposition. Une qui n'avait jamais honte, qui ne savait même pas ce que c'était.

Le logeant du Vhan avala deux tranches de cake. C'en était un parfumé à l'orange. Un délicieux, un léger. Un gâteau vicieux, aussi. Un qui draguait l'estomac à coups de *reviens-y*. Mais il tint bon. Il avait prévu de soulever du lourd. Et il travaillait toujours mieux l'estomac léger.

Le repas de chacun se termina vite. Juineski finit même sa tartine en apposant ses marques de charbon sur les bois ; marques qui lui serviraient de point d'appui pour la lame de sa scie. Le bougre n'avait qu'une main agile mais s'en servait avec une intelligence folle. C'est d'ailleurs épaté que Fabrizio le regardait faire.

Louis avait dû quitter le groupe. Il avait un champ à retourner et voulait profiter du temps clair pour le faire. Sa Claude, elle, s'installa plus à son aise pour tricoter et profiter du spectacle. Elle observait chaque ouvrier, chaque manœuvre, réfléchissait à chaque problème. Elle n'intervenait cependant pas. Elle ne commentait pas non plus. Une gardienne, une fée, en somme. Même si, s'agissant d'elle, aucun n'aurait trouvé à redire si elle avait choisi d'agir autrement.

Les hommes avaient trouvé bon rythme et parvenaient même à s'amuser. C'était Alberto qui amenait l'ambiance. Car Dieu, il en faisait des blagues ! Des pas très catholiques, souvent. Même la Claude en riait de bon cœur. Et cette belle énergie aurait pu sans mal continuer si une étrange délégation n'avait décidé de s'imposer et, par ce fait, de couper net toute envie de plaisanter.

Le vieil Ernest en tête, les oreilles déjà décolorées par tout le vin qu'il avait ingurgité, ouvrait le passage aux caquettes Paulette, Jeanne, Myriam et Huguette, ainsi qu'au curé. La bande ainsi composée provoqua les soupirs des travailleurs. Et c'est sans gêne aucune que ces bourgeois pénétrèrent sur le chantier.

— *Mon Dieu, mon Dieu, mon Dieu !* claironna d'entrée l'ecclésiastique.

Fabrizio et Alberto regardèrent Andreï. Juineski, lui, ne leva même pas la tête et continua à scier son chevron. Le Polonais, exaspéré, se tourna vers Claude qui lui fit d'un clin d'œil signe de continuer comme si de rien n'était. Il s'exécuta donc et poussa les deux Italiens à en faire autant.

Cette parade ennuya les visiteurs. Que les travailleurs ne cessent pas leur bruit, particulièrement, les irrita.

— Mon doux Jésus, regarde donc ton temple ! lança soudain le curé les bras tendus vers le ciel.

Il avait de la chance, ce dernier était à vue. Il avait choisi le bon endroit pour lancer sa tirade. Là où le toit n'était plus. Là où le Paradis se laissait voir.

— Mais c'est pire ! s'écria la vieille Paulette.

Huguette, jumelle de rosserie, argumenta dans son sens ;

— Vous l'avez davantage détruite ! Honte à vous ! La maison du Seigneur… Mon père, ce sont des diables !

Et un mélange de messes basses et de ricanements suivit. Les deux Italiens, pour riposter, tapèrent un peu plus fort sur leur pierre.

— Moi, je trouve qu'ils avancent bien ! rétorqua la Claude.

À son intervention seulement, la délégation prit conscience de sa présence. Et l'on vit de suite la gêne gagner le curé.

— Oh ! Madame Claude ! Vous ici ? dit-il alors. Mais pourquoi donc ? Vous risquez de vous blesser ou d'avaler de la mauvaise poussière.

— Je ne risque rien. Ces petits gars savent très bien ce qu'ils font.

Elle plia et déposa son tricot sur son sac avant de défroisser de sa main sa robe, de se lever et de répliquer :

— Vous trouvez ça pire, Paulette ? Vous devriez changer de lunettes ! Et vous, Huguette : avez-vous déjà vu des diables rebâtir une église ? Moi pas. Mais j'ai eu vent de diables critiquant des bâtisseurs d'église !

La vieille, littéralement bouche bée, laissa apercevoir aux anges son intérieur édenté.

— Et que venez-vous donc faire ici, monsieur le curé ? poursuivit la Claude. Ne risquez-vous pas de vous blesser vous-même ? Ou d'avaler de la poussière ? Comment allez-vous donc porter la bonne parole si votre gorge est encombrée ?

— Eh bien… Eh bien…, répéta le curé, pris au dépourvu. Voyez… Je… Enfin, nous passions…

— Oui, nous passions ! augmenta Paulette.

— Oui, c'est bien cela. Nous passions et nous avons été comme attirés par le bruit.

— Voilà, par le bruit ! répétèrent Myriam et Jeanne.

— D'ailleurs, je dois y aller ! gémit Huguette qui avait enfin réussi à solidariser ses deux mâchoires. Nous avons cartes !

— Oui, nous avons cartes ! réalisa Jeanne.

— Et c'est ma revanche ! ajouta Myriam.

Huguette attrapa sèchement Paulette par le bras. Myriam et Jeanne formèrent le deuxième rang. Et ainsi, les caquettes quittèrent le chantier, laissant derrière elles un silence agréable.

Ne restaient plus, prostrés, que le curé Emmanuel et l'Ernest écroulé sur un bloc neuf à l'entrée de l'édifice. Comment était-il possible d'être aussi rond aussi tôt ? Ce n'était même pas pensable.

— Vous venez pour aider ? lança alors Fabrizio, la moquerie à l'extrême. Vous avez l'air d'avoir une bonne paire de bras !

— Justement, intervint Alberto, il nous faut quelqu'un pour mélanger le ciment. Vous verrez, tout est dans le geste.

Et tous de regarder le curé. Tous, y compris Ernest qui éclata de rire. Un rire graissé par l'alcool qui se propageait à merveille. Sûr qu'à voir le curé ainsi, on ne pouvait que rire. Dans sa soutane noire, il apparaissait comme un gringalet. De dos, même, on aurait dit un adolescent en croissance déformée. De courtes et fines jambes, de longs bras flottants, un corps incliné en arrière ; un tout qui se laissait facilement malmener par le vent.

— À mon âge, je ne saurais plus aider ! répliqua-t-il. Sinon, pensez-vous bien que je l'aurais fait de bon cœur !

Guère surpris, les deux Italiens se remirent à frapper la pierre. Juineski, qui avait levé la tête pour l'occasion, la replongea aussitôt dans son tas de bois. Le vieil Ukrainien trouvait son plaisir dans la concentration.

— Dans ce cas, marmonna Claude, ne restez pas au milieu du chemin. Les gamins seraient trop chagrins si vous deviez vous blesser.

— Certes, rétorqua le curé. Mais avant, je dois aller récupérer quelques bricoles dans la sacristie. J'ai un baptême le week-end prochain. Déjà que l'on est forcé de faire la cérémonie dans la salle des fêtes, je me dois d'y apporter un minimum de sacré.

Et d'un pas décidé, il se dirigea vers le chœur. Avant de bifurquer vers un des côtés qui menaient à l'arrière du tombeau représenté du Christ, il s'arrêta brusquement pour se tourner et lancer :

— Y êtes-vous allés, dans la sacristie ?

— Non, mentit Andreï. D'ailleurs, faites attention à la structure. On ne l'a pas encore sécurisée.

Le curé hésita et se dandina sur place. Cette histoire de structure lui faisait sérieusement peur.

— Ernest ! beugla-t-il soudain en revenant sur ses pas. Viens donc avec moi. Je…

Tous le voyaient chercher une raison, preuve qu'il n'en avait pas et qu'elle n'allait pas être bonne.

— Je n'aurai pas assez de mes deux bras pour tout porter !

Vilain menteur, entendit-on sortir de la bouche de la Claude.

Et Ernest, les jambes alourdies par la piquette, s'en alla rejoindre le curé. L'alcool est un redoutable traceur de sentiers, il suffisait de voir comment il redessinait là le trajet pour balader tantôt à gauche tantôt à droite le poivrot. Au lieu de marcher droit, Ernest s'en allait ricocher sur chaque coin.

— Allons, dépêche-toi ! s'impatienta le curé. J'ai encore mille choses à faire !

— Moi é'tout ! balbutia Ernest. J'ai mille bouteilles qui m'attendent chez moi !

L'homme en soutane attrapa sèchement le bras de l'enivré. Et ainsi, bras dessus bras dessous, les deux disparurent à l'arrière de l'église.

Un silence se propagea. Un étrange silence. Car seuls Andreï, Fabrizio et Claude l'avaient initié. Et vite, bien vite, un *Mon Dieu, mon Dieu, mon Dieu !* résonna par là-bas.

Alberto fit un pas vers la sacristie avant d'être stoppé net par Fabrizio. Si le tailleur de pierre avait supposé que les autres redoutaient un effondrement, l'idée lui était passée. Le Culpi savait désormais qu'il n'en était pas question. Comme Juineski. Mais l'Ukrainien se contenta de hausser les épaules avant de reprendre son bout de charbon et de marquer un nouveau chevron. Alberto, lui, hésitait encore. Et une nouvelle salve de *Mon Dieu, mon Dieu, mon Dieu !* ne l'aidait pas.

— Ce n'est rien, déclara Claude en retrouvant l'équilibre sur sa chaise pliante.

En même temps, elle attrapa son tricot comme si de rien n'était et compta les mailles pour se remettre à l'ouvrage.

Cette déclaration suffit à Alberto qui chassa d'un coup son doute. Et comme la dame, il s'en retourna à sa tâche et recommença son vacarme.

La ruche se remit en route. Et déjà Andreï remarqua le travail abattu. À la louche, les deux Italiens avaient façonné plus de trente pierres. Juineski avait presque fini de scier l'ensemble des chevrons des châssis à refaire. À cette allure, il n'allait bientôt plus leur rester que l'assemblage.

Après nombre de *Mon Dieu, mon Dieu, mon Dieu!* volant à tout-va, le curé et Ernest ressortirent de la sacristie. Au même moment, Louis débarqua. Le fermier avait réussi à venir à bout de son champ. Et pour récompense, sa Claude lui conta les derniers événements et le pourquoi de la présence des deux intrus. Il parut un temps anxieux, mais la gêne lui était vite passée. Et c'est amusé que Louis regarda l'ecclésiastique traîner le poivrot hors de l'édifice.

— Vous êtes parti, monsieur le curé? lui demanda Claude en gardant son sérieux.

— Hélas, oui! J'ai tellement de choses à faire. Et si peu de temps, aussi.

— Vous n'avez rien oublié? intervint Andreï.

La soutane s'arrêta net à l'orée de la nef. Une colère passa même sur son visage d'évangéliste; colère qui lui donnait bien mauvais air.

— Que veux-tu dire par là ? rétorqua-t-il, piquant.

— Votre nécessaire, pour le baptême. N'était-ce pas ce que vous étiez venu chercher ?

Le bougre regarda ses mains avant de regarder Ernest qui titubait sur place et rotait sans cesse.

— Oh, ça ? Oui. Enfin, non. Je reviendrai plus tard. Ce pauvre homme est trop rond pour m'aider à porter quoi que ce soit. Et j'ai trop peur qu'il n'abîme les sacrés.

Et sans délicatesse aucune, il saisit de nouveau le bras de l'ivrogne pour le pousser au-dehors. Les deux hommes s'engagèrent dans la rue descendante et disparurent sous les rires des travailleurs.

— On devrait boire à ça ! lança Louis. D'ailleurs, c'est ce qu'on va faire ! Et avant que je sorte mes bouteilles, ma Claude, je précise que je sais que je ne peux pas, mais qu'un moment comme celui-ci m'y force !

Sa Claude admit qu'il avait raison et le laissa courir vers son tracteur et rapporter un lourd sac de toile déchiré mais solide. À l'intérieur du sac, ça sonnait déjà. Et Fabrizio rêva de rosé, de celui apporté en douce le premier jour du chantier.

Louis, de retour, sortit ses gobelets en bois. Et une fois les gobelets sortis, il dévoila ses bouteilles. Deux rosés et deux blancs secs.

— Je sers ? lança l'ancien.

Et Fabrizio attrapa déjà son gobelet sous le regard amusé de chacun.

Le fermier remplit équitablement les cinq premiers récipients de rosé frais, les cinq suivants de blanc sec.

Chacun ainsi avait la possibilité de choisir. Et vite, le choix fut fait par tous.

— Aux camarades ! annonça Andreï, gobelet levé.

Et tous de répéter à l'unisson avant de boire.

Frais à souhait, les breuvages ruisselèrent sans mal. Guère dupe, Alberto savait qu'ils ne trinquaient pas seulement à l'amitié. Mais peu importe. Le moment était doux.

— Quel boulot, les gamins ! Quel boulot ! remarqua Louis une fois son gosier contenté. Il y a tant à faire… Vous en aurez terminé pour la Pâques ?

Andreï fit la moue. À cette allure, et même si elle était remarquable, jamais. D'autant qu'il fallait compter avec l'hiver et ses affres. Et le plus gros œuvre prendrait du temps et marquerait les corps. Ils allaient donc inévitablement ralentir. Alors Andreï, après avoir fait la moue, fit *non* de la tête.

— Il nous faudrait des bras, souffla Alberto. Pour monter les murs, surtout. Tailler un bloc, c'est facile. Le placer, le soulever, c'est autre chose.

— Et ma *Vieille Berthe* n'est plus apte à vous aider, les gamins ! avoua tristement le fermier. Son manche n'a pas résisté aux dernières charges. Le mécanisme s'est rompu.

— En me préparant ce matin, annonça Alberto, j'en ai touché un mot à Jamal. Il était maçon, vous savez, dans son pays.

— Et quel pays était-ce ? demanda la Claude.

— Un du sud… Ou plutôt du nord… Oui, du nord de l'Afrique.

Il n'osait pas le nommer devant la vieille dame, redoutant sans doute sa réaction. Mais il n'y avait pas de précaution à prendre. Pas avec Claude. Ni avec Louis, d'ailleurs. Ces deux-là se moquaient bien de l'origine des gens. Et non par principe – cette raison-là vous fait adopter des comportements feints –, mais par sincérité. Ils s'en moquaient car ils ne voyaient pas pourquoi la considérer. Qu'il vienne d'ici ou d'ailleurs, un imbécile restait un imbécile. Il ne le devenait pas davantage par pérégrination. À y réfléchir, on pouvait même avancer qu'on augmentait sa stupidité par pantouflardise.

— Du Maroc, précisa Andreï. C'est là son pays. Il est venu ici pour offrir plus douce vie à son épouse et à son fils, mais son épouse n'a pas survécu au voyage.

Sincèrement affectée, la Claude baissa la tête. Le logeant du Vhan joua donc de retenue et évita de préciser que l'épouse en question était enceinte jusqu'aux yeux au moment de sa mort, et que plus d'un cœur s'était arrêté ce jour-là.

— Quel beau pays ce doit être, le Maroc ! bifurqua Louis pour dissiper la tristesse.

Tous acquiescèrent. La terre entière portait de beaux pays. Et ils étaient beaux parce qu'ils vibraient au rythme des cœurs qui les peuplaient.

— Mais bon, souffla Andreï, pour en revenir aux affaires, je ne vois pas pourquoi Jamal viendrait nous aider.

— Je suis sûr que ça ne le dérangerait pas, affirma Alberto. Surtout qu'il m'a confié il y a peu comme l'ennui lui pesait.

C'est l'idée d'aller demander qui dérangeait Andreï. Le logeant du Vhan avait en horreur de réclamer quoi que ce soit à qui que ce soit. Et non parce que cela impliquait une dette, mais parce qu'il avait toujours peur que l'autre se sente quelque part obligé. Et lui savait bien ce que l'obligation provoquait comme douleur. Il en était d'ailleurs percé depuis le début de ce chantier.

— Il est vraiment bon maçon ? lui demanda Juineski.

— Vraiment ! affirma Alberto qui l'avait vu à l'œuvre.

— Ça vaut peut-être le coup d'aller lui en toucher un mot, conclut Fabrizio en se frottant une épaule.

Andreï hésitait toujours. Et en même temps, il savait qu'il ne le pouvait pas. Sans d'autres bras, il n'arriverait jamais au bout de ce chantier. Pas dans le temps donné tout du moins.

C'est avec ces doutes en tête que le logeant du Vhan et ses camarades de galère continuèrent les travaux. L'encombrement de son esprit faisait soupirer Andreï. Un souci à peine chassé en voyait un autre apparaître. Pourquoi diable l'inconfort ne cessait-il jamais ?

XI

De ceux qui partagent

Le taillage des pierres avait malmené les corps des ouvriers. C'est pourquoi Andreï avait insisté pour que chacun se repose la journée suivante.

Alberto, portant déjà la quarantaine bien passée, y avait pourtant trouvé à redire avant d'abdiquer. L'Italien avait vite ressenti des douleurs aux épaules. La reprise avait été trop brutale. Avant la veille, il n'avait plus taillé un bloc depuis cinq ans. Et voilà qu'en une journée, il en avait aligné soixante. Le rythme avait été trop soutenu. Et Andreï savait qu'*À trop forcer, l'on fatigue à faire céder le tenant frais* ; c'est ce que son père disait toujours. C'est ce qu'il n'avait jamais jusqu'ici vraiment compris.

Fabrizio s'était lui aussi fait mal à travailler. Il ne s'était plaint de rien, et ne le ferait sans doute jamais, mais Voronov l'avait vu.

Le calme de l'allée du Vhan poussa Andreï à la balade. D'abord dans la rue centrale, puis au bord du fleuve. Ce dernier n'avait pas encore entièrement ôté sa couverture de brume. Elle était épaisse pour un mois tiède. Épaisse et nuageuse, incertaine. Une belle couche qui gardait cachée l'eau aux yeux du ciel. C'était fort joli. Mais les cygnes n'appréciaient pas. Les oiseaux blancs, si majestueux d'habitude, se retrouvaient recroquevillés sur eux-mêmes à regarder l'étendue cachée d'un œil mauvais.

Un peu plus loin, à l'angle du sentier qui permettait de rejoindre le fleuve sans passer par la parcelle de quiconque, Andreï fut surpris d'apercevoir un pêcheur. Et ce dernier montra qu'il était autant surpris de le voir lui.

— Nom de Dieu, Zuang ! broncha le Polonais.

— Chut ! lui rétorqua l'Asiatique. Tu vas faire fuir les poissons ! Déjà qu'ils ont du mal avec moi !

— Ils ont du mal avec toi ?

— Oui, délit de faciès ! Le Français de là-bas, Dracki, il lance son hameçon et ça mord tout de suite. Moi, ça vient titiller, parfois même voler l'appât, mais jamais plus. C'est parce qu'ils me voient à travers l'eau.

— Les poissons te voient ?

Zuang acquiesça :

— Et ils savent que je vais les faire frire si je les attrape !

— C'est le cas ?

— Et comment ! Tous, aux petits légumes !

Andreï éclata de rire. Et à croire que la brume n'aimait pas ça, elle s'éloigna et découvrit le fleuve.

— C'est relâche aujourd'hui ? demanda le pêcheur en balançant une poignée d'amorces dans l'eau sans courant.

— Hier a été une journée difficile, concéda Andreï.

— Oui, Alberto me l'a dit. Il m'a dit que les pierres n'étaient pas si mauvaises, qu'elles se taillaient bien, mais qu'elles étaient dures à manœuvrer.

Andreï soupira.

— Il est déjà si gentil de m'aider. Surtout qu'il n'est pas obligé. C'est ma galère.

— Ta galère ? C'est pire que ça ! Tu t'es vu inffliger une peine pour un crime que tu n'as pas commis !

— Pas à leurs yeux, tu sais. À leurs yeux, je suis bien coupable.

— Et de quoi donc ?

— Coupable d'être ce que je suis.

Zuang leva un sourcil et attendit la suite, en silence.

— Tu sais… d'être plus pauvre qu'eux.

— Et depuis quand c'est un crime ?

— Depuis qu'ils l'ont décrété. En gros, depuis toujours je crois. Mais ils semblent vouloir le démontrer ces derniers temps. Plus qu'avant, je veux dire.

— Oui, ils aiment exhiber leur condescendance. Tiens, j'en ai eu, moi-même, un sale exemple ! Que je te raconte… J'ai mis mes filles à l'école en juin dernier pour les habituer avant la prochaine rentrée scolaire. Eh bien, ça me déchire le cœur que de devoir les y remettre bientôt. Le pire, c'est que cette foutue école ne veut même pas d'elles ! Elle ne veut pas que les rejetons du bas peuple viennent plomber leurs statistiques d'excellence. Alors les professeurs ne font même plus semblant de les traiter dignement. Je n'ai pas envie que mes petites en souffrent. L'idéal, pour moi, serait de trouver quelqu'un d'ici. Une bonne âme qui leur apprendrait le français sans accent, et un peu l'histoire de ce pays. Les bases, en gros. Le reste, elles feraient sans mal comme nous, elles l'apprendraient sur le tas.

Triste, Andreï regardait la surface de l'eau se couvrir de rides. Le bouchon, vert pigasse, invitait des cercles à naître et à en contenir de nouveaux juste nés. Le mouvement hypnotisait autant les yeux qu'il ralentissait le cœur. D'ailleurs, pour être sûr que les cercles ne cessent jamais de prendre forme, Zuang relevait à mesure son bouchon. Et ainsi vaguelettes devenaient vagues et donnaient corps au temps qui passait.

— Je serais heureux de t'aider, reprit Zuang. Je n'excelle pas dans la construction d'église. La vérité est que je n'y ai même jamais mis un pied. Mais j'ai une bonne paire de bras.

— Pourquoi voudrais-tu m'aider ?

— Parce que c'est comme ça, décréta l'Asiatique. Entre condamnés, on s'entraide. Et puis, tu en ferais autant pour moi. Dis-moi juste quand vous recommencez ?

— Demain dès l'aube. Enfin, si le temps le permet.

Le temps, il en était, dans l'absolu, dépendant.

— Dans ce cas, je vous rejoindrai là-bas.

Et Zuang tira d'un coup sec sur sa canne. L'avait-il fait parce qu'il avait senti quelque chose, donc par réflexe, ou parce qu'il comptait s'en aller ? Andreï n'en était pas sûr. Il n'était sûr que de ce qu'il voyait, et ce qu'il vit là était extraordinaire.

— Un serpent ! hurla le pêcheur, fier tout à coup. Vite, la ramassette !

Le serpent en question était une vive anguille, et la ramassette un panier en bambou rafistolé et tenu par deux vieux manches de brosses attachés ensemble en allonge. Andreï attrapa cette dernière et la manœuvra. Par chance, elle était légère à vide et s'employait facilement.

Et à bien mouliner, Zuang réussit à remonter sa prise qui tomba sans mal dans le panier. Pour être sûr de ne pas faire perdre à son voisin sa belle prise, Andreï l'avait supplié de ramener sa canne en douceur. La bête, par l'hameçon et le fil, y était toujours fermement accrochée. Et lentement mais sûrement, ils approchèrent la proie. Opération faite, ils admirèrent ensemble l'anguille loin de l'eau.

— Un régal ! anticipa déjà Zuang.

— Ne me dis pas que tu comptes la faire frire ?

L'Asiatique fit la moue avant de déclarer ;

— Par précaution, je vais laisser faire Li-Mei ! Franchement, l'ami, je n'en ai jamais attrapé un si gros !

Le bougre était des plus heureux. Ses joues gonflées par son sourire rosissaient joliment. Il en laissait apparaître deux fossettes qui lui amenaient des airs poupons. Et il n'avait pas tort d'être fier. Andreï en avait déjà remonté des dizaines de cette espèce, mais jamais une aussi longue et charnue.

— Tu vas venir manger ça avec nous ! décréta le pêcheur dans la foulée. Li-Mei a préparé des nouilles hier. Il y en a pour un régiment !

L'idée plut fort au logeant du Vhan. En particulier les nouilles de Li-Mei. Elle y mettait mille et une épices. À la vérité, il n'avait pas idée de ce qu'elle y mettait. Mais il savait qu'elles goûtaient bon. Elles goûtaient le jaune, l'orange, le rouge. Elles goûtaient l'Asie, sans doute. Le bout du monde, sûrement. Et Andreï aimait ça, les goûts du bout du monde.

Il fit tout de même mine d'hésiter, mais ça ne prit pas. Zuang vit bien la façon dont il regardait l'anguille se tortiller. La pauvre luttait pour sa vie devant deux paires d'yeux soutenus par deux estomacs affamés. Le combat était perdu d'avance car inégal.

— Si ça ne dérange pas Li-Mei, j'en serai ravi, concéda finalement Andreï.

Et sans relever, Zuang frappa l'épaule de son camarade pour marquer leur accord.

Chez Li-Mei et Zuang, les enfants étaient rois. Ou plutôt reines. Trois petites reines gâtées, choyées, au profond, aimées.

À la table principale, une ovale en acajou, trônait déjà l'ouvreur du Vhan, Michelino. Mal assis, il luttait pour se tenir droit. Et ainsi redressé à l'extrême, sa bedaine touchait le plan.

Le vieil homme portait bien le poids des ans. Il le portait même visiblement. Les poches sous ses yeux débordaient de fatigue, de tristesse, de joie aussi, de lassitude surtout. Et il avait les soupirs doux, la gentillesse aux yeux. Oui, Michelino était un homme bon, mais fatigué.

Pourvu qu'il tienne encore un siècle! priait secrètement Andreï à chaque fois qu'il le voyait.

— Le serpent ! annonça fièrement Zuang en déposant sa prise à même la table sous les cris épouvantés des fillettes.

Michelino, lui, applaudit la prouesse.

— Pas sur la table ! s'écria Li-Mei.

Et les gamines couraient tout autour de leur père en hurlant à tout-va des mots incompréhensibles pour Andreï. Ce dernier les appelait même les *piou-piou* car à son oreille, c'était ainsi qu'elles résonnaient.

— Comment on prépare ça ? s'interrogea la dame en attrapant la bête par ses extrémités.

— Dans le doute, on peut le frire en entier ! avança Zuang.

Andreï, désespéré, soupira. Fort heureusement pour lui, et pour chacun d'ailleurs, il y avait dans la pièce un expert en cuisine. Et Michelino se leva pour débarrasser Li-Mei de l'encombrant et proposer sa recette. L'épouse de Zuang en fut ravie. Elle adorait voir le vieil Italien cuisiner. Elle en tirait toujours mille astuces.

La préparation et la cuisson de l'anguille ne durèrent guère longtemps. À midi pile, lorsque l'étrange horloge de Zuang se mit à carillonner, Jamal, son petit Faraj, ainsi que les deux frères irlandais du fond du Vhan entrèrent dans la pièce. La coutume, l'habitude, la nécessité même, voulait que l'on partage régulièrement. Cela donnait ambiance et apaisement. Cela donnait bons sentiments.

Et rallongée en son centre par un pivot, la table en acajou doubla sa capacité d'accueil.

— Tu es sûr qu'il y aura assez de ton anguille pour tout le monde ? plaisanta Andreï en attrapant Zuang qui s'attelait à garnir la table d'ustensiles pratiques et de garnitures colorées.

— Avec les nouilles de Li-Mei ? Largement assez !

Sans s'inquiéter davantage, Andreï s'installa à côté de Michelino.

— Ça va, gamin ? lui demanda le vieillard dans le doux vacarme qui s'installait. Tu m'as l'air bien miné. Tu as la peau grise de ceux qui travaillent dans la poussière.

— C'est parce que c'est le cas, avoua Andreï.

— Oui, on m'a dit ça. Quelle bande de salopards ! Et ce bourgmestre, ce chien galeux qui ne sait qu'amasser les économies des petites gens pour remplir ses poches sans fond et se payer des plaisirs interdits ! Celui-là me dégoûte !

Un des frères irlandais, Daniel, vint demander au Polonais ;

— Vous reprenez quand, à l'église ?

— Demain matin.

Et Andreï pensa intérieurement *Décidément, le Vhan entier semble bien au courant. Sûr que les Italiens en ont fait le tour hier soir !*

— Et elle est où cette église exactement ? demanda Daniel.

Cette question surprit Andreï. De chez lui, de son jardin, il ne voyait que le clocher. Ou plutôt, le voyait-il avant que la foudre ne le frappe. C'était donc fou de penser que l'Irlandais, pourtant lui aussi logeant côté champ, ne l'avait jamais vu. Ou peut-être n'avait-il jamais vraiment pris la peine de regarder par là-bas. Peut-être pour se préserver, pour ne pas avoir à penser aux repus qui vivaient sur les hauteurs.

— Elle est pile au centre du village, expliqua Voronov. Tu remontes la ruelle jusqu'au cimetière. Puis tu prends la grand-route montante. Ensuite à gauche, tu suis la route qui monte.

— Donc tant que ça monte, on suit la route ?

Andreï acquiesça en riant.

— Eh bien, elle est haut perchée, cette église ! M'étonne plus vraiment que la foudre l'ait frappée !

Et Zuang déposa sa *victoire* sur la table. Au centre, il la mit pour être certain que chacun puisse la voir, l'apprécier, reconnaître la prouesse de l'avoir attrapée.

Tronçonnée en parts égales et rôtie dans du beurre, l'anguille avait belle allure et invitait les estomacs à crier leur impatience. Un morceau chacun, pour qu'équité berce les cœurs, et le tout fut distribué. La conversation se lança et s'éparpilla aussitôt avant de revenir sur l'église, sujet que Jamal prit à bras-le-corps.

Alberto, son plus proche voisin, n'avait pas menti lorsqu'il avait affirmé la veille que le Marocain avait été maçon dans son pays. Il parlait de la pierre avec savoir, des travaux avec brio.

Ainsi, sans avoir vu l'édifice, Jamal distilla d'utiles conseils qui firent réaliser à Andreï combien il serait précieux à ses côtés pour la rebâtir. Mais il ne pouvait pas lui demander. Non, il n'y arrivait pas. Du coup, il resta silencieux et mangea son morceau d'anguille rôtie.

Comment allait-il pouvoir y arriver dans les temps ? Voilà la seule question qui se forma dans sa tête. Le reste, tout le reste, s'éloigna étrangement alors que les autres déviérent sur un autre sujet et se régalèrent du festin, se régalèrent du poisson.

XII

De ceux qui s'entraident

À l'aube du dix-huitième jour, c'est étrangement en forme qu'Andreï s'extirpa du Vhan pour rejoindre le centre du village. Mais aux abords de l'édifice, le bâtisseur forcé fut vite ramené à une ennuyeuse réalité ; celle de la montagne de travail encore à abattre. Et le vent de la nuit n'avait rien arrangé. À peine sur le parvis, il vit, désespéré, les bâches arrachées. Par chance, le ciel n'avait pas lâché une goutte. Mais Andreï en avait assez de devoir retendre ces protections tous les soirs pour les retrouver aux quatre vents chaque matin. D'ailleurs, si cela n'avait tenu qu'à lui, ils les auraient depuis longtemps enlevées.

À l'intérieur à l'abandon depuis l'avant-veille, des tréteaux supportaient des dizaines de plans et autres dessins bien calés sous des poids. Les blocs taillés étaient toujours à leur place, comme les chevrons mesurés et coupés. Tout était prêt en somme, et n'attendait plus qu'à être soulevé, positionné et scellé. Andreï resta planté là un long moment à regarder le tout.

Le soleil juste levé commençait à pousser ses rayons dans l'édifice en ruines et à faire jouer le relief entre les matières et le vide. Tantôt, Andreï voyait davantage de vide que de matière, tantôt le contraire. Et suivant ce qu'il voyait, il se sentait déprimé ou motivé. Ça variait trop et trop vite, ça lui provoquait des haut-le-cœur.

Juineski, poussant devant lui une brouette et trois pelles, arriva, précédant Alberto qui s'acharnait à faire monter pareille charge. La côte de l'église paraissait toujours plus raide de bon matin.

Salutations échangées, l'Italien ne perdit pas de temps et délimita une zone au milieu de l'édifice. Quatre mètres sur trois, ça faisait un bel espace.

— Pour le ciment, annonça-t-il à Andreï qui se demandait ce qu'il faisait.

Là, Fabrizio arriva flanqué de Zuang et de Jamal. Voir ce dernier ici était une surprise pour Voronov. Ou plutôt, une demi. Car à l'avoir tant espérée, il avait à moitié deviné son arrivée.

— Par la Reine, comme ça monte ! entendit-on au loin.

Et l'Irlandais, Daniel, pointa le bout de son nez. Accompagné de son frère, il souffrait dans la montée.

D'Andreï et Fabrizio au début, puis de ces deux-là, enrichies par la présence d'Alberto et de Juineski, la bande se voyait une nouvelle fois doublée par l'arrivée de Zuang, de Jamal et des frères irlandais. Huit, en somme. Ils étaient désormais huit. Un chiffre ridicule au regard d'un tel chantier, mais magnifique aux yeux d'Andreï.

Surtout qu'au soir de sa peine, lorsqu'il s'était trouvé face aux tribuns, c'est bien seul qu'il l'avait reçue.

— Le but du jeu, plaisanta Daniel, c'est de mettre les grosses pierres les unes sur les autres ?

Et de manière dramatique, il surjoua la manœuvre au pied d'un bloc taillé en faisant mine de gonfler ses muscles avant de saisir le caillou et de le bouger. Mine, seulement mine. Car le bloc ne bougea pas d'un pouce.

— Facile ! souffla-t-il en rougissant. C'est… extrêmement… et… par Sa Majesté… bien trop… facile !

Et il s'écroula sur la pierre.

— J'ai fait céder l'élastique de mon slip !

— Il n'a jamais rien eu dans les bras, précisa son frère. Dans la tête non plus, d'ailleurs.

— Comme ça, on n'est pas couchés ! rit Jamal.

Rapidement, le Marocain fit le tour des ruines pour juger les tas déjà faits. Les frères irlandais, eux, commencèrent à se relever les manches. Il y avait tant de travail qu'il fallait veiller à séparer les instants. Car il en fallait pour chaque ; un instant pour rire, un instant pour travailler, un autre pour boire et manger, un autre encore pour se reposer. Là, l'instant qui se dessinait était celui de la réflexion, de la mise en place, de la préparation. Et c'était Jamal et son expérience qui réfléchissaient à voix haute pour inviter quiconque à intervenir, à se mettre dans le cheminement du plan, à le poser avec lui. Il le faisait pour éviter de se retrouver seul aux commandes ; position qu'il n'appréciait apparemment pas.

— Une couche après l'autre, dit-il en montrant la face sud de l'édifice. Une fois érigée, elle nous protégera du vent. De l'autre côté, la maison fait déjà sa part.

Andreï acquiesça. Il avait eu la même ébauche dans son esprit.

— On fait la première ligne jusqu'au bout avant d'attaquer celle du dessus ! y alla Alberto.

— On débute par la jonction, ajouta Jamal. Et on y va généreusement sur le mortier.

Là, tous acquiescèrent.

— Les pierres sont prêtes, déclara Alberto. Je vais tailler celle de la jonction pour être sûr qu'elle se scelle bien à la nouvelle.

Entendu, sans qu'aucun ordre n'ait été donné, tous se séparèrent pour aller chercher des outils. Les deux brouettes servaient à Fabrizio et à Juineski. Ils s'en allèrent au-dehors pour rapporter les sacs de ciments. Chaque sac pesait son poids. Et il fallait les manier avec délicatesse car leurs bords en papier dur – ou carton léger, selon comme on voyait la chose – marquaient déjà une souffrance.

En six allers-retours chacun, à raison de deux sacs transportés à la fois, Fabrizio et Juineski avaient déposé à l'intérieur de l'édifice douze cents kilos de ciment gracieusement offert par la commune. C'est ce que se disait Andreï en contemplant le tas qui encombrait désormais l'allée centrale. Il aimait à y penser. Il aimait se jouer d'ironie et se rappeler la générosité feinte de ces gens-là.

— Maintenant le sable ! balança Alberto, toujours taillant la première pierre brute.

Déjà épuisé, Fabrizio souffla bruyamment. Le transport du sable jusqu'ici serait d'une tout autre difficulté. D'ailleurs, pour mieux répartir la peine, Andreï leur prêta main-forte, comme les frères irlandais. Mais à deux brouettes pour cinq, il y avait davantage embouteillage que ballet. Encore que, l'un dans l'autre et tâches en relais, la fatigue s'invitait moins vite.

À coups de pelle, les ouvriers faisaient diminuer le tas de sable du dehors pour le faire grandir au-dedans. Et à force de motivation, ils bouclèrent le transport d'une quantité suffisante pour commencer.

Une grosse voix résonna alors, et Michelino apparut.

— Je viens voir comment ça se passe ! annonça-t-il en faisant le tour de la ruine qui encombrait le passage.

Claudiquant, il se mouvait bien mal mais à bonne vitesse. L'habitude, sans doute. Comme quoi, la persévérance payait toujours. À ne jamais abandonner l'idée de marcher, il y arrivait encore. Et même si sa démarche souffrait du temps et de ses arthroses, elle lui permettait bien d'avancer.

— *Dio mio !* s'exclama-t-il devant le tout. Il n'en reste plus que la moitié !

Chaise pliante sous le bras, le vieil Italien alla choisir un lieu épargné par le passage. Une fois trouvé, il déplia sa toile sur bois, déposa sa canne sur le sol et s'assit à l'écart.

— Ça fait tout drôle, savez-vous, concéda-t-il face au chœur. Ça fait tout drôle de voir ça ! Et il est pas là le curé ?

Andreï rétorqua que non et qu'il ne s'en portait pas plus mal. Surtout que la Claude n'était pas là. Pas encore, tout du moins. Car elle avait promis de venir chaque jour de travail pour les soutenir moralement. Elle avait aussi précisé l'avant-veille qu'elle consacrerait désormais ses matins à chercher les survivants ou descendants spoliés par leur honteux curé. Et connaissant la droiture et l'acharnement de la Claude, Andreï ne doutait pas qu'elle allait en trouver.

— On fait le béton ? demanda Juineski pour se motiver lui-même.

— Avant ça, expliqua Jamal, je propose qu'on place les pierres au plus près de leurs endroits destinés.

— Oui, enchérit Alberto. Ainsi, on n'aura plus qu'à les soulever un petit peu pour bien les placer dans le béton frais.

— Donc, on les aligne jusqu'au bout ? demanda Darren, pour être sûr.

— C'est l'idée, acquiesça Alberto.

Et chacun prit position. Les pierres n'avaient pas vraiment bougé depuis la livraison, mis à part leurs angles qui avaient été rabotés et redessinés par Alberto. D'ailleurs, ces pierres avaient dû être directement entreposées dans l'édifice par un engin de chantier. Car les amener jusqu'ici une à une et à la seule force des bras aurait été une prouesse. Eux se devaient de la faire car ils n'avaient rien d'autre que des pelles, des truelles et leurs mains. Ils ne pouvaient même plus compter sur la *Vieille Berthe* du fermier qui avait vu son ressort céder.

— À trois…, tenta une première fois Zuang.

Les deux Irlandais parvinrent à soulever le côté d'un bloc, mais la position du natif d'Hangzhou l'empêcha d'en faire autant. Fabrizio vint donc l'aider, comme Andreï sur une arête et Juineski sur l'autre. À six, et après un nouveau compte de trois, la pierre se détacha du sol et s'en alla se poser à quelques centimètres de sa destination finale. Un effort considérable pour si peu ; c'est ce que chacun réalisa en soufflant.

— Et on doit faire ça tout du long ? lâcha Daniel en balayant d'une main la longueur qui se déployait. Ça en fait combien à placer ?

Rapidement, Fabrizio calcula. Vu la longueur totale de l'édifice et qu'au moins la moitié devait être rebâtie, ils devaient aligner une dizaine de ces pierres, plutôt douze, car elles étaient irrégulières. Et ce nombre resta un temps sur le bout de la langue de l'Italien. Qu'est-ce qu'une douzaine de quelque chose ? Guère beaucoup, d'ordinaire. Seulement là, il n'en était rien. Douze, c'était énorme. Douze, c'était treize de trop.

— Alors ? relança Daniel.

— Une douzaine, marmonna Fabrizio, pressé.

Et ce nombre pesa sur les épaules de chacun.

— Une à la fois, intervint Michelino juste derrière eux. Et à votre aise, sans vous faire mal. Ça prendra le temps que ça prendra !

Il avait le don, l'ouvreur du Vhan, de rassurer tout le monde.

— Une à la fois, répéta Darren.
— Et ensemble, ajouta son frère.

Avant la pause de midi, ils en avaient ainsi aligné sept. Ils avaient marqué un arrêt entre chaque pour éviter tous maux et garder leur souffle.

Appelés, sans doute, par les estomacs gargouillants, la Claude et son Louis débarquèrent sur le chantier, chargés chacun d'un panier. Le visage de la dame se déroba un instant en voyant le nombre de bouches à nourrir. Mais ça ne dura pas. Presque en même temps arriva Li-Mei, encombrée de trois plats. Et c'est soulagée que la vieille dame alla saluer chacun avant de poser sur un tréteau les cakes et autres tartines garnies.

Li-Mei, guère encore habituée au lieu, imita son aînée. Elle avait apporté ses célèbres nouilles qui dégageaient une odeur alléchante. Tellement que même Claude se laissa tenter et en goûta une fourchette. Pourtant, elle avait assuré juste avant qu'elle avait déjà déjeuné.

Et tous, plus ou moins bien assis, mangèrent à leur faim. L'estomac aussi italien que son cœur, Michelino dévorait les olives des fermiers. Fabrizio râlait tout à côté. Il avait peur qu'il ne lui en laisse pas une. Pourtant, lui-même avait la bouche pleine de tartine aux œufs.

Et ça discutait par petits groupes. Andreï passa de l'un à l'autre, sans jamais entrer pleinement dans une conversation. Ça lui permettait d'avoir l'ensemble sans les détails. De sorte que là, il en entendit un peu sur les travaux, la météo, la dernière réglementation de chasse et pêche, les nouveaux gendarmes arrivés cette semaine... Ainsi, il avait lecture des titres d'une gazette sans l'explication à rallonge des articles.

Le repas dura quarante minutes. Et après avoir tout rangé et fait de la place pour que Li-Mei, Claude et Louis s'installent et surveillent, par là même, les fillettes de Zuang qui venaient de débarquer – fillettes accompagnées de Fabiola, l'épouse d'Alberto –, les travailleurs se remirent à l'ouvrage.

Déjà sept pierres positionnées, plus que cinq.

Et sans attendre, les hommes soulevèrent les roches taillées et, dans l'effort, allèrent les jeter le long d'une ligne que seuls eux voyaient encore.

À chaque prouesse, Michelino applaudissait autant qu'il encourageait. Impressionné, le fermier, lui, retenait son souffle par à-coups. Côte à côte, encore, la Claude et Li-Mei n'osaient même pas regarder. Elles avaient peur d'être témoins d'une blessure. Et à détourner les yeux, elles espéraient ainsi ne pas l'inviter. Du coup, elles étaient concentrées sur les fillettes qui s'amusaient.

Le combat se termina finalement. Douze ; ils avaient réussi à extraire douze pierres de l'amas et à les positionner à un pas de l'empreinte du mur qui jadis trônait là.

— On fait le béton ? lança Alberto. Il nous en faut une bonne quantité pour la dalle d'accueil autant que pour les joints.

Les frères irlandais, fiers d'eux mais épuisés, ne se relâchèrent pas. Pelle en main et profitant d'une proche arrivée d'eau, Darren et Daniel mélangèrent le ciment au sable et le tout à l'eau claire. Pour donner une résistance au mélange, ils y ajoutèrent les gravillons formés par le taillage des pierres. Il y en avait bonne quantité. Suffisamment pour armer fermement le béton.

À mesure qu'il se formait, Fabrizio et Andreï le transportaient dans la ligne.

— Une belle couche ! leur indiqua Jamal. Ça va se tasser.

Alberto s'occupa d'en apposer une autre sur la pierre de joint, celle qui marquait le début de l'édifice épargné par la tempête.

La couche faite, chacun balança son outil pour courir aux abords du premier bloc taillé, le soulever, et le placer sur le béton frais. La jonction se faisait dès lors d'elle-même. On l'entendait d'ailleurs en tendant l'oreille. On entendait ce bruit d'alliance, un peu humide, presque embrassé.

La musique, une fois lancée, ne s'arrêta plus. Les Irlandais montraient bon souffle à malaxer ainsi le béton pour qu'il ne sèche jamais, à le laisser lorsqu'il fallait aider leurs camarades à manœuvrer les pierres.

En rythme, la ligne complète se fit en moins d'une heure. Une heure pour placer chaque pierre à sa place et la sceller au sol autant qu'à sa voisine.

Éblouis au final, les regardants se levèrent pour féliciter les bâtisseurs. Même les fillettes de Zuang y allèrent de leurs *Bravo !* C'était, pour elles, plus une occasion de faire du bruit que de marquer leur admiration, mais les travailleurs éreintés le prirent pour ce dont ils avaient besoin, à savoir de la fierté. D'ailleurs, c'est fiers que s'écroulèrent finalement les corps. Et en s'écroulant sur le sol poussiéreux, Andreï fut frappé d'une vision offerte par le soleil couchant. Là-bas, à l'ouest, de ses rayons, il éclairait l'autre côté de l'édifice abattu. Et ce côté était plus court. Le vide était plus court. De trois pierres, peut-être quatre, mais bien plus court. Et c'en était bon de le voir. C'en était même jouissif de le constater à cet instant. C'était l'espoir.

C'est donc l'esprit et le cœur plein d'espoir qu'ils se quittèrent au compte-gouttes. Les plus âgés s'en allèrent en premier rejoindre leur lit. Michelino, Louis, Alberto forcément, et Juineski. Puis Jamal et les frères irlandais qui, avant, avaient pris soin de remettre en place ce qu'ils avaient dérangé dans la journée.

Zuang, lui, se vit freiné et piétinait. Il avait envie de s'étendre sur une surface molle – matelas ou fauteuil, peu lui importait à ce stade –, mais Li-Mei tenait toujours bonne conversation avec Claude. Il attendit donc là. Là et las, presque somnolent.

Et Fabrizio, à côté, ronchonna *Demain, ça va faire mal.* Andreï ne pouvait qu'acquiescer. Tout allait faire mal demain ; les corps autant que de devoir recommencer la manœuvre, encore et encore. Et plus fort, et plus haut.

— Mais on va y arriver, lâcha l'Italien.

— Sûr ?

— Certain. Y a pas de raison.

— Et tu te vois soulever les pierres ? Tu te vois les entasser les unes sur les autres jusqu'au sommet ?

— Jusqu'au ciel, je me vois le faire !

Le soir tombant ramenait le ciel plus bas. Ainsi à moitié couché sur le sol, Andreï s'imagina même pouvoir le toucher en tendant simplement le bras. C'était le coton qui lui donnait cette impression. Ce voile rose étendu par endroits, lâche par d'autres, qui remplissait les ciels d'été. Un voile que l'on pensait parfois pouvoir manger. À y penser, on en avait même un goût délicieux en bouche.

Quarante soupirs de Zuang plus tard, Li-Mei et Claude virent poindre la fin de leur conversation.

À peine le *À bientôt* lancé par la plus âgée des deux que l'épuisé bondit sur ses pieds pour se diriger vers la rue et, forcément, vers chez lui. Cela amusa fort son épouse, moins les fillettes qui prenaient grand plaisir à jouer dans ces ruines étranges. Mais le tout était initié, et les petites pouvaient bien supplier, leur père n'en pouvait plus. Elles joueraient donc jusqu'à leur lit.

Ne restèrent bientôt plus qu'Andreï et Fabrizio.

— On dort ici ? bâilla le Polonais.

— Vaut mieux pas, bredouilla son camarade. Y a mon lit qui m'attend. Il est pire qu'une épouse, tu sais. Il peut me sermonner des heures si je rentre tard.

— Comment ?

— En grinçant. Des petits râles aigus qui te font regretter jusqu'à des choses que tu n'as même pas faites.

— Dans ce cas, redresse-toi ! le somma Andreï en se relevant d'un coup.

Dans son mouvement, il lui tapa sur la jambe. À l'impact, Fabrizio bondit et se releva avec peine. L'Italien était autant fatigué de corps que d'esprit. Et lorsque les deux l'étaient en même temps, il n'y avait d'autre remède que le strict repos.

S'aidant l'un l'autre, les camarades du Vhan parvinrent à retrouver une position verticale. Lentement, pour éviter toute tourniole, ils se mirent en route. Et c'est courbaturé qu'Andreï redescendit au Vhan, c'est rompu que Fabrizio s'y laissa couler.

XIII

De ceux qui déçoivent

Étonné, Andreï vit tous ses camarades revenir sur le chantier le lendemain.

— Qu'est-ce qu'on fait aujourd'hui ? demanda d'entrée Juineski.

— On pourrait commencer l'autre côté, suggéra Fabrizio qui avait mal rien qu'à penser devoir soulever plus haut les pierres. La première ligne. Et celle de la façade aussi.

Cette idée plut à tous. La première ligne touchait terre et l'homme était fait pour cela.

Comme bien jugé la veille, l'autre mur était moins long à rebâtir. Là où il avait fallu douze pierres taillées pour compléter la première longueur, il n'en fallut que huit pour la seconde. Et huit, ce n'était désormais plus grand-chose pour eux.

Les huit blocs furent posés, alignés, cimentés sans temps mort. Et le premier de l'angle gauche de façade allait suivre.

— Attendez voir ici…, lança soudain Jamal. Faut bien calculer notre coup ou faudra retailler sec !

La façade, il avait raison, présentait une difficulté ; la porte centrale.

— On fait une-une, balança Alberto.

Puis, il montra de ses mains son idée ;

— Une, une…

Une à gauche, une à droite. Une à gauche de celle de gauche, une à droite de celle de droite.

— Et quand on juge l'espace restant bon, on arrête, expliqua-t-il. On fera la porte en fonction du mur. Ce sera mille fois plus facile que de faire le mur en fonction de la porte.

Il avait raison. Et Andreï balança au feu les standards du genre. Les bourgeois l'avaient sommé de rebâtir l'église, ils n'avaient en aucun cas précisé qu'elle devait l'être à l'identique.

— Alors, une-une ! répéta Voronov en reprenant les manœuvres.

Et les autres suivirent. En tout cas l'élan ; ils suivirent l'élan. Car au bout, ils furent stoppés net par l'arrivée de midi et celle de Claude. Surtout que ce jour-là, la dame avait fait fort.

— Chaud ! Chaud ! s'écria-t-elle au loin.

Dans ses mains, un plateau recouvert d'un linge cachait un régal.

Et chacun tenta un pronostic. Sous le bombé blanc, Fabrizio imagina des brochettes. Jamal espéra tout sauf du porc. Les Irlandais, eux, virent au contraire se dessiner un dodu porcelet.

À courir, les pronostics poussèrent les hommes à vouloir découvrir la réponse au plus vite. Et la Claude n'eut pas le temps de poser son plateau que déjà des mains soulevaient le linge.

— Louis a fait cuire un peu de tout ! annonça-t-elle.

Et se tournant vers Jamal, elle ajouta :

— Comme on ne savait pas ce que vous mangiez, on a privilégié l'assortiment.

Le Marocain la remercia sincèrement. Surtout que la Claude avait pris grand soin de séparer les viandes sur le plateau, pour ainsi éviter que les espèces ne se touchent.

— Ça fait beaucoup, ma Claude ! constata Andreï. Tu n'aurais pas dû.

— Mais ce n'est pas moi, rassura-t-elle. Ça ne nous a d'ailleurs pas coûté un franc. Le frère de Louis, Léopold, est boucher dans le bourg des *Avelanches*. Je lui ai touché un mot de la situation ce matin et il s'en est de suite retourné chez lui pour revenir avec ces mets, prêts à cuire. C'est un brave homme, tu sais.

Il le savait maintenant. Ils le savaient tous. Et ils gardaient en mémoire son nom et son adresse ; Léopold des Avelanches, sait-on jamais s'ils trouvaient un jour un moyen de lui rendre un service.

Forcément, avec le choix proposé, chacun trouva matière à se régaler. Jamal, comme Zuang, craqua pour les blancs de poulet grillés qui sentaient bon les herbes de Provence et les tomates séchées. Andreï, lui, opta pour les fines saucisses piquantes. Juineski et les trois Italiens, eux, se délectèrent des brochettes. Et les Irlandais, tout à côté, des échines.

Alors que chacun entamait déjà son second morceau de viande, Louis arriva avec trois saladiers et une poignée de cuillères.

— Les légumes ! Mangez donc des légumes ! leur dit Claude.

Elle faisait bien de les alerter car les travailleurs entamaient déjà, en picorant, les demi-baguettes de pain posées sur le plateau pour séparer les viandes. Il fallait goûter à tout ; c'était la règle de la vieille dame. Un saladier de salade – cela tombait bien –, un second de petits pois-carottes et un troisième de haricots-maïs. L'ensemble relevé de sauce tantôt vinaigrée, tantôt sucrée.

— Bien cuite, la viande ! souligna Alberto.

— Et les légumes ! Fameux ! surenchérit Jamal.

— Ils sont du jardin, déclara le fermier. On a fait une belle récolte cette année !

Et en admirant l'avancée, il poursuivit ;

— Eh bien, vous avez sacrément travaillé ce matin !

— L'encadrement de base sera fini aujourd'hui, affirma Jamal. Pour la suite…

Il scruta le ciel. Ça se couvrait vers le sud et le vent venait de par-là. Ça n'annonçait rien de bon.

— Faudra bien protéger le ciment et le sable ce soir ! réfléchit Alberto à haute voix. Et pousser le reste tout au fond, là où les murs ont tenu.

Il n'allait sans doute pas pleuvoir, mais il valait mieux jouer de prudence.

Les estomacs pleins, les hommes s'y remirent sans prendre pause digestive. Le vent se faisait de plus en plus fort. Il était agréable à souffler et à rafraîchir ainsi, mais le bougre amenait bien trop vite les nuages gris et ce qu'ils transportaient.

— Une-une ! relança Alberto en plaçant Fabrizio à ses côtés.

Pour être certains que les corps ne souffrent pas trop de répétition, les hommes changeaient de place après chaque effort. Ainsi, Juineski abandonna la hisse de la pierre pour amener le béton et l'étaler correctement. Même chose pour Zuang et Jamal qui, placés aux arêtes de la roche, se retrouvaient maintenant à soulever un de ses côtés. Ce n'était qu'un détail, mais ça permettait de varier et aussi de ne pas ennuyer l'esprit. Car, chacun le savait, un esprit ennuyé aimait appuyer là où ça faisait mal.

À trois, à chaque fois, les pierres étaient posées et scellées. À trois, celle de droite. À trois, celle de gauche. Et encore, jusqu'à ce que chacun s'arrêtât pour en faire le tour, pour en avoir une vision de l'extérieur.

Ainsi fait ; avec trois pierres posées sur les côtés de la façade, ça laissait au milieu un vide d'environ trois mètres.

— Ça me semble bien large, marmonna Daniel.

— Pour une porte, un peu trop même, enchérit son frère.

— Ça dépend de la porte ! remarqua Fabrizio.

— Le petit a raison ! envoya Alberto. Il y a la porte, la double porte, mais pas seulement. Il y a tout l'encadrement aussi. On peut le faire large.

— Faites-le donc large ! réagit Michelino depuis sa chaise pliante. Et puis, une porte d'église doit être énorme pour montrer l'accueil.

Entendu, chacun commença à ranger ses affaires. Le gris du ciel plongeait le monde dans une inquiétante obscurité. Et le vent qui sifflait des remontrances n'arrangeait rien à l'atmosphère déjà lourde.

Bâches tendues et outils rangés, tous disparurent rapidement vers le Vhan.

Les deux vieillards, Michelino et le fermier, s'en allèrent d'un même pas vers la maison de ce dernier. Décidément, ils avaient la conversation tenace et aucun ne semblait vouloir ni pouvoir la lâcher.

Fabrizio, comme à chaque fois, fut le dernier à quitter Andreï. Ce soir, l'Italien avait un rendez-vous galant et était ravi de pouvoir rentrer se reposer un peu, se débarbouiller beaucoup.

— La poussière s'incruste partout ! lui dit-il avant de partir. Une poignée ! J'en ai retrouvé une pleine poignée hier dans mon slip !

Il blaguait, sans aucun doute. En tout cas, Andreï l'espérait.

— Frotte-toi bien derrière les oreilles ! plaisanta-t-il.

— Je vais littéralement plonger dans une bassine d'eau claire pour être sûr de décoller le moindre grain !

En lançant cela, il était déjà à la moitié de la rue de l'église, rue descendante qui laissait remonter ses mots.

— Et c'est qui, ton rendez-vous ?

— Elle s'appelle Juliette. Elle est du bourg d'en face.

— Du bourg d'en face ? Comment diable l'as-tu rencontrée ?

— J'attire l'amour, mon camarade ! J'attire l'amour !

Et l'Italien disparut dans le tournant en riant. Andreï l'entendit s'éloigner. Il l'entendit rire en descendant vers le Vhan.

Désormais seul dans l'édifice, Voronov rejoignit le chœur à l'abri de la bruine légère.

La Claude avait laissé une demi-baguette et un saladier plein de tomates en quartiers. Sûr qu'elle l'avait fait exprès. La brave dame n'oubliait jamais rien. Et là où il était posé – bien en évidence –, on pouvait être certain que le plat avait été soigneusement placé. Le logeant du Vhan en profita et se délecta.

En dînant, il contemplait la vue. En ruine mais pas ruinée, elle lui apparut sur l'instant étrangement lumineuse. Oui, étrangement. Car le noir tombait à mesure que la bruine s'épaississait. Mais l'ouverture faisait tout. Ainsi, l'église lui semblait belle. Ouverte sur le monde, accueillante aussi, et pour toutes les âmes.

L'estomac plein, et bercé par le clapotis des gouttes sur les bâches tendues, l'épuisé laissa ses paupières s'effondrer. Et ainsi, il s'endormit au chœur.

Une tourterelle, la même qui avait niché non loin de là et qui venait de temps à autre observer le chantier, vint le réveiller une fois la nuit tombée.

À l'horloge de l'église, Andreï lut l'instant. Presque minuit. Il avait dormi un temps fou, là, sur le sol.

— Sur le sol…, marmonna-t-il en réalisant son erreur.

Il se remémorait sa nuit passée sur son banc et redoutait déjà le mal qui allait le frapper au moindre mouvement. Toutefois, il redouta pour rien. Car il se leva sans douleur aucune, sans courbature, sans gêne. Étrange.

Non loin de là, de vifs éclats de voix lui parvinrent. Sans mal, Andreï en trouva la source. Et profitant du noir et de ses pas légers, il s'en approcha sans se faire remarquer. Les éclats venaient presque de la maison des fermiers. Ils venaient du jardin emmuré. Les voix sonnèrent familières à ses oreilles. Sûr que l'une d'elles était portée par le bourgmestre. Une voix aiguë quand énervée, irritante le reste du temps. Une petite voix condescendante à l'extrême. L'autre, qui tenait avec l'élu la dispute, lui disait aussi quelque chose, mais nul moyen de mettre une identité dessus.

— C'est une honte ce que tu m'as fait faire ! Je n'en dors plus la nuit ! dit la voix qu'Andreï ne reconnaissait pas encore.

— Cesse donc tes simagrées ! rétorqua l'élu. Ça ne prend pas avec moi ! Tu as eu ton argent, non ? Alors que veux-tu ? Tu en veux davantage ?

Un silence s'installa. Court mais visiblement assez éloquent pour le mestre.

— Eh bien, tu vois ; ça ne m'étonne pas ! lança-t-il alors, mauvais. Les gens de ton espèce sont à vomir ! Ce ne sont pas des doigts que vous avez, mais des griffes ; des griffes qui raclent les fonds de tout et tout le temps pour être sûres de ne jamais laisser la moindre piécette aux autres !

— Les gens de mon espèce ? éructa l'autre. Quelle espèce ? Tu es bien pire que moi ! Tu es le pire de tous ! Tu cliquotes en marchant, signe que tes poches débordent de piécettes ! Ne viens pas m'accuser de racler quoi que ce soit, tu es né en raclant !

Et un nouveau silence s'imposa. Andreï en profita pour grimper sur une caisse en bois oubliée au bord du mur. Il était assez agile et précautionneux pour se mouvoir sans que nul ne l'entende. Et c'est ainsi perché qu'il arriva à passer son regard outre le mur.

Le noir ambiant ne l'aidait en rien. Mais la lumière de la maison dessinait parfaitement les traits du bourgmestre. L'autre, par contre, caché par le corps de l'administrateur, ne se laissait toujours pas voir.

— Bouge…, chuchota Andreï. Allez, bouge…

Il espérait ainsi inviter l'élu à faire un pas de côté. Un seul pas suffirait, vu comme l'autre était placé. Mais le maïeur s'acharnait à camper droit sur ses pieds. Et l'échange reprit :

— Je ne te donnerai rien de plus ! décréta l'élu.

— Dans ce cas, tu m'obliges à…

— À quoi ? Dis-moi ? À aller tout raconter ?

Et avec le drame surjoué, le bourgmestre poussa son gros rire.

— Mais va donc ! Va raconter comment tu t'es d'abord laissé acheter ! Va raconter comment tu as tenté de m'extorquer davantage ! Même, allons-y ensemble ! Si tu veux, j'organise une assemblée à la salle des fêtes !

Et là, usant de ses mains, il mima un encadré, comme le déploiement d'un gros titre, et ajouta en gueulant ;

— *Réunion extraordinaire demandée par le clerc Novsky. Sujet : pot-de-vin et tentative d'extorsion !* Qu'en penses-tu ?

Le nom lâché coupa le souffle d'Andreï. Novsky ? Cela ne se pouvait pas. Mais, comme pour appuyer la révélation, le bourgmestre bougea enfin et laissa la lumière frapper le visage de Novsky. Le clerc, camarade de feu son père, se tenait bien là, dans son beau complet vert velours, sa canne à la main, son chapeau sur la tête, prêt à aller mener sa grande vie. Et Andreï en resta coi.

— C'est fait, on ne revient sur rien ! décréta le bourgmestre.

— Il y aura un temps où le gamin le réalisera ! rétorqua Novsky.

— Et après ? Ce temps venu, l'église sera rebâtie ! Qu'est-ce qu'il pourra y faire ? Aller se plaindre que les papiers que tu lui as donnés sont des faux ? La belle affaire ! Tu n'exerces même plus, tu ne risques rien !

— Il risque de s'en prendre à moi !

— Et tu as peur de ce merdeux ? Déménage donc ! N'était-ce pas ton épouse qui voulait s'en aller habiter en Provence ? Allez-y donc ! Vous avez le temps de vous organiser.

— Et avec quel argent ?

— Tu plaisantes ? 15 000 francs ; c'est ce que je t'ai donné pour ta peine ! Et je te l'ai dit, tu n'auras pas un sou de plus ! Maintenant, sors de chez moi ! Et ne piétine pas mes fleurs comme à l'aller !

De son ton strict, l'élu termina la conversation. Sa réplique avait été nette et empêchait Novsky de rétorquer. Cependant – ridicule à ce stade –, Novsky tenta la poussée et prit la peine, une fois à l'orée du jardin de lancer sa dernière phrase, comme pour prendre à témoin le monde, qu'il avait eu le dernier mot ;

— Nous partirons en Provence ! Et ça ne sera pas plus mal !

Malheureusement pour lui, au jeu du dernier mot, le bourgmestre le supplantait. Et c'est dans sa barbe que ce dernier lâcha :

— Bon débarras !

La caisse sous les pieds d'Andreï s'effondra juste là. Pile au moment, pile à l'instant ; l'effondrement. Il y avait eu un bruit, mais il n'avait été relevé par personne. Les deux bataillants ruminaient encore beaucoup trop pour entendre quoi que ce soit. Et Andreï, abattu, ne se souciait plus de rien. Non, il avait l'âme fatiguée et le cœur meurtri.

— Novsky..., s'entendit-il même bredouiller. Comment ?

Comment et pourquoi ; deux questions qui le hantaient. Encore que, il avait les réponses, mais ces dernières le dérangeaient trop pour qu'il les considère.

Comment avait-il fait ? Il avait menti de manière éhontée. Et pourquoi ? Pour l'argent. Pour 15 000 francs. Une fortune, pour Andreï. Mais si peu pour Vladimir

Novsky. Il le savait, et c'était au fond ce qui le dérangeait le plus. En arrivant dans ce pays, Novsky avait eu la chance de faire belles noces, contrairement à son père. Si bien qu'en une année, il s'était retrouvé bien installé et avait même trouvé un travail enrichissant au côté du père de sa nouvelle épouse. Il avait tout reçu sur un plateau d'argent. Et aujourd'hui, il en réclamait davantage. Pire, il en réclamait sur le dos de ceux qui n'avaient rien.

— Bon Dieu, Novsky ! répétait inlassablement Andreï.

Sur sa caisse en ruine et dos au mur, le logeant du Vhan passa sa nuit à ressasser. La bruine avait cessé, les nuages avaient disparu et le ciel lui offrait un voile habilement parsemé de millions de percées. Les étoiles lui calmaient le cœur qui parfois s'emballait lorsque son esprit reformait la conversation entendue plus tôt. Mais il était bien perdu. Ce qu'il avait tant redouté se passait. Car oui, il l'avait redouté. Et encore. Il n'avait pas *précisément* redouté la trahison d'un homme qui l'avait connu au berceau, qui avait vécu le pire avec son père, qui avait fui la misère avec ce dernier. Non. Il avait redouté une plus normale entourloupe ; une fomentée par un vil comme le mestre. Mais de toute évidence, Novsky débordait, lui aussi, de vilenie.

— 15 000 francs…, marmonna une nouvelle fois le Polonais en voyant à l'est le noir disparaître déjà.

Et à l'aube, il réalisa. Il comprit que le clerc avait été payé pour seulement prétendre, jouer, mentir. Quelle honte ! Et la colère le gagna.

XIV

De ceux qui promettent

La bruine avait recommencé, signe que les travaux ne reprendraient pas de suite. Andreï en profita donc pour retrouver Miouchki et le rassurer de sa présence. Ce chat-là en avait régulièrement besoin. Il en avait besoin lorsqu'il l'avait décrété, à dire vrai. Car, comme tous les félins, Miouchki avait l'humeur variable, l'action imprévisible et la solitude douce. De surcroît, il avait son petit caractère et ne se laissait pas apprivoiser par tout le monde. En cela, Andreï était un privilégié. Il était le seul qu'acceptait Miouchki au quotidien, le seul à pouvoir dormir près de lui. Fabrizio avait déjà tenté l'affaire, mais il l'avait douloureusement regretté. Le félin lui avait montré sa réticence en le griffant copieusement. Depuis, l'Italien et l'animal entretenaient une relation des plus tendues.

Andreï s'installa dans son fauteuil face à l'âtre de son feu tout juste allumé.

Comme prévu, Miouchki se lova sur les genoux de son maître et s'endormit aussitôt. Andreï aurait aimé faire pareil ; fermer les yeux et sombrer loin pour éviter de penser. Mais il n'avait pas cette chance. Il avait l'esprit trop embrumé.

C'est ainsi figé que le Polonais passa la matinée. Il y serait resté plus longtemps encore si Fabrizio n'avait pas fait son entrée.

— Qu'est-ce que tu fais dans le noir ? lui balança-t-il tout de go en tirant les rideaux.

Andreï ne réagit pas de suite, et ça terrifia son camarade.

— Tu es mort ? lança-t-il en lui sautant dessus.

Les yeux grands ouverts, le Polonais fit simplement *non* de la tête, avant d'ouvrir la bouche et d'ajouter ; « Tu me vois mort comme ça ? ».

— C'est possible, tu sais, lui confia l'Italien. C'est d'ailleurs ainsi qu'on a retrouvé mon arrière-*nonno*. Le pauvre est mort dans cette exacte position ; assis dans son fauteuil, les bras calés et les yeux ouverts !

Explication donnée, il s'écroula de tout son poids dans l'autre fauteuil.

— Et ton rendez-vous ? lui demanda Andreï, pour repousser au plus loin le moment où il aurait à parler de ce qui le tracassait.

— Ah Juliette ! répondit l'Italien, des fleurs dans la voix. Tu la verrais ; un vrai papillon !

— Par Dieu, ne me dis pas que tu es déjà amoureux ?

— Fou ! Amoureux fou ! Amoureux d'elle, de ses yeux. Amoureux de son rire, aussi. Elle est si belle, si grande. Elle est magnifique, tu sais ?

Andreï le savait. Il l'avait déjà aperçue une fois, la Juliette. Par-delà le fleuve, à jouer sur les rives avec ses amies au début de l'été. Une magnifique jeune femme aux cheveux longs bouclés. Une brunette joyeuse. Il l'avait repérée après avoir entendu son prénom crié par une autre jolie fille. Il avait même pensé à l'époque que le fleuve passait peut-être pour séparer Fabrizio de toutes ces amoureuses potentielles. Apparemment, il n'avait pas suffi.

— Et toi, alors ? Tu as une de ces têtes ! lança l'Italien encore rêveur. On dirait que tu n'as pas dormi de la nuit.

Le regard d'Andreï fuit. Et Fabrizio l'obligea à se recentrer en allant s'asseoir sur le repose-pieds, au plus près de lui.

— Alors ? insista-t-il.

— En gros, je me suis assoupi, là-bas, dans l'église. À mon réveil, j'ai entendu deux hommes qui se disputaient pas loin. Comme il faisait noir, je me suis dit que j'allais juste tendre une oreille, en toute discrétion, par curiosité.

— J'aurais fait la même chose, avoua Fabrizio. Et qui se disputait ?

— Le bourgmestre, dans son jardin. C'est lui que j'ai entendu en premier, c'est sa voix que j'ai reconnue de suite. Et puis, j'ai fini par reconnaître l'autre. Et c'était celle… de Novsky.

En inspirant profondément, il marqua une pause avant de lui déballer d'un coup toute la scène. Il n'omit rien, évoqua même les tons, les silences, l'ambiance.

À mesure qu'il racontait, Fabrizio se tassait. Il avait tout compris bien avant qu'Andreï ne lâche la bombe, l'arnaque, la tromperie.

— Donc les papiers qu'il a apportés ? osa-t-il, tristement.

— Ils ne valent rien.

— Et tout ça pour 15 000 francs ? Au moins, il ne s'est pas vendu au rabais !

Andreï sourit mollement.

— Et qu'est-ce que ça change ? lâcha Fabrizio. On doit quand même la reconstruire cette église !

— Je le dois. C'est moi qu'ils ont contraint.

— Ils ont contraint le Vhan entier ! Si tu ne rebâtis pas l'édifice, on paiera tous l'addition. On est dans cette galère avec toi.

— Même si on la rebâtit, on n'a aucune assurance de pouvoir rester.

— On n'a jamais eu aucune assurance. Ça ne change rien.

L'Italien se releva brusquement.

— Où est-ce que tu vas ? sursauta Andreï

Colère et impatience au corps, Fabrizio se dirigeait déjà vers la porte.

— On se retrouve chez moi dans une heure.

Et le doigt levé, il répéta, avant de claquer la battante derrière lui : *Une heure !*

Après une heure à lutter contre ses pensées, Andreï obligea Miouchki à libérer ses jambes pour se lever. Le chat résista un temps avant de céder. Le rapport de poids n'était pas en sa faveur.

Debout, Voronov hésita à se changer. Il ne l'avait plus fait depuis la veille, et sa chemise molletonnée sentait mauvais. Il abdiqua donc et s'habilla avec paresse et lenteur.

À l'approche du jardin de l'Italien, à quelques enjambées du sien, Andreï perçut des voix. *Encore*, se dit-il en se souvenant de la dernière fois où il avait vécu pareille chose.

Et c'est en traînant les pieds qu'il approcha. Il les traîna tant qu'avant la barrière, il fut rattrapé.

— Et quoi, gamin ? lui lança Michelino. Tu as bien une sale tête !

— Je sais, avoua Andreï.

— Ça va aller, lui assura l'ouvreur. Tu vas voir.

Une main sur l'épaule du Polonais, l'autre serrée sur le pommeau de sa canne, Michelino le guida jusqu'au jardin de son camarade ; jardin grouillant d'âmes. Au premier coup d'œil, Voronov aperçut Zuang et sa petite famille. Et à côté Dracki, le Français. Appuyé sur le fil séparant les parcelles, les frères irlandais faisaient causette avec Juineski et la mère Fericelli. Les Culpi étaient là aussi, au grand complet. Et Jamal. Et Ronan de l'entrée. Et ceux du fond du Vhan ; le jeune Clément, le vieil Hubert, l'ancien chasseur Pie flanqué des trois gaillards juste débarqués qu'il ne connaissait pas encore très bien. Et le vieux Louis, également. Et la Claude, bien sûr. Fabrizio, quant à lui au centre du tout, discutait avec Rémy, l'entrepreneur.

— Qu'est-ce qu'il fait ici, lui ? s'entendit demander Andreï.

— C'est moi qui l'ai fait venir, répondit Fabrizio. Je savais qu'il travaillait près du pont, je suis vite allé voir s'il pouvait passer.

Martin Rémy s'avança simplement et attrapa la main du Polonais pour la serrer fraternellement. L'habitude, sans aucun doute.

— Et les autres, pourquoi ils sont là ?

— Je leur ai tout dit, avoua soudain l'Italien.

La nouvelle marqua les épaules du Polonais. Ainsi pris, il paraissait plus vieux de dix ans.

— Allez, gamin ! souffla Michelino sans rompre le contact de sa main dans son dos.

— Tu aurais dû nous demander notre aide dès le début ! lança Zuang.

— C'est notre affaire à tous ! affirma Dracki. On est tous menacés de voir nos chez-nous rasés !

Et ça acquiesçait autant que ça commentait.

— On le sera toujours, peu importe que l'église soit rebâtie ou pas, rétorqua Andreï pour calmer le jeu. On n'a aucune assurance que le bourgmestre ne nous fera pas misère une fois l'édifice reconstruit. Si ça se trouve, il attend juste que ce soit fini pour donner l'ordre de tout raser.

— Il ne le fera pas, assura Rémy.

Et avec bienveillance, il vint poser ses deux mains sur les épaules du logeant du Vhan. À la vérité, il ne les posait pas vraiment. Il les attrapait pour les hisser à leur juste place, bien plus haut.

— Je m'assurerai qu'il n'en fasse rien. Je te le promets, lui dit-il. Mieux même, je te promets qu'après Pâques, le bourgmestre se verra obligé de vous donner vos actes de propriété.

— Mais comment ? Grâce à qui ? demanda Fabrizio.

— Par la grâce de ce qu'il redoute le plus ; l'électorat.

— L'électorat ? Tu veux dire, ces bourgeois aussi vils que lui ? lâcha Michelino en pointant du doigt le bourg par-delà le champ.

— Non, pas ceux-là, affirma l'entrepreneur l'air facétieux. Les autres. Les gens de la province, et de plus loin même.

Chacun était pendu à ses lèvres. Et voyant l'assemblée attentive, il poursuivit :

— C'est un politicien. Il est pareil que les autres. Il est rêveur, ambitieux. Son but n'est pas de rester mestre de ce bourg toute sa vie. Son but est de conquérir la province, peut-être même de siéger à la Région. Et qui sait même, plus haut encore ! Il ne risquera pas de tout compromettre pour une poignée de terrains.

— Il le fait déjà, fit remarquer Fabrizio.

— Non, il s'attaque à des gens qu'il juge inférieurs pour en contenter d'autres qu'il considère comme ses semblables, et ce en vue de l'élection de juin prochain. S'il parvient à faire rebâtir l'église, il s'assure les voix des cathos du bourg. Si, dans la foulée, il vous vire tous, il se dit qu'il parviendra peut-être à un score record aux élections ; score qui fera parler de lui au sommet de son parti !

— Oui, donc c'est bien ce que je dis ; il nous virera, malgré l'église rebâtie ! balança Andreï, dépité.

— Pas si on lui coupe l'herbe sous le pied ! claqua Rémy. Imagine donc… Imaginez tous, au lendemain de la reconstruction de l'église, les gros titres des journaux déballant l'affaire ! L'ancien clerc soudoyé à coups de deniers publics, le travail forcé, la menace constante… Imaginez !

Tous le firent sans mal. Et tous se mirent à sourire largement. Rien que l'idée réjouissait les cœurs malmenés.

— Admettons, marmonna Andreï. Et comment fera-t-on pour que ces gros titres soient écrits ?

— Je m'en chargerai. Et ça sera autant publié dans les journaux que crié sur les radios.

L'assemblée, au complet, n'eut dès lors plus d'yeux que pour Andreï. Il le sentit. Il sentit le poids de mille regards sur lui, même s'il n'y en avait pas autant. Les autres, semble-t-il, avaient déjà entendu pareille chose. Ils rebâtiraient l'église et compteraient sur Rémy pour le reste. Andreï avait encore du mal à envisager l'idée. C'est la confiance qu'il n'avait plus. Et par là, le complet espoir.

— Qu'est-ce qu'on a à perdre ? demanda alors Zuang. À part notre temps, j'entends ?

— Et quelques kilos aussi, plaisanta la mère Fericelli en regardant les bedaines lâchées des hommes tout autour.

La remarque lança un rire. Un rire bon autant qu'utile. Car ce rire gagna Andreï qui céda finalement. Après tout, Zuang avait raison ; qu'avait-il vraiment à perdre ? Peut-être la dernière lueur d'espoir qui maintenait encore son corps debout. Mais elle n'allait plus tenir longtemps. Une lueur s'éteignait toujours si elle n'était pas aidée. La sienne était donc bien condamnée. Alors il le ferait pour voir, seulement pour voir. Avec ou sans espoir.

XV

De ceux qui font

Le lendemain, Andreï rejoignit une foule compacte sur le chantier. Ils étaient tous là, tous ceux qui avaient assisté à l'assemblée chez Fabrizio, à l'exception des femmes et des plus jeunes enfants. Et autant les hommes que les engins remplissaient le lieu. Ces derniers, imposants, attirèrent le Polonais.

— Je te les laisse le temps nécessaire, lança Rémy en se désolidarisant de la masse qui discutait bruyamment. Tu sais comment on s'en sert, vrai ?

Andreï acquiesça. Il savait à peu près. Sur les quatre prêtés, il en avait déjà manœuvré deux.

— Enfin, tu regarderas, ajouta l'entrepreneur. Et n'aie pas peur de les rayer ou quoi que ce soit du genre. Ce sont des vieilles machines que je n'utilise plus très souvent. Elles fonctionnent tout de même parfaitement. Parfois elles grincent un peu. Je serai au port, près du pont, si jamais tu as besoin de moi.

Sur cette précision, Martin Rémy s'échappa.

— Alors, on s'y met ou pas ? s'impatienta Dracki.

Le Français, enjoué, montrait une forme surprenante. Surtout que l'homme n'avait plus le physique requis à l'effort depuis longtemps. Pourtant, il était né travailleur. Il avait même bâti dans sa jeunesse nombre de demeures dans son pays. Des maisons de vacances, des dispositions d'amusements ; des constructions variées qui, mises bout à bout, donnaient l'expérience. Mais cela faisait un moment qu'il n'avait plus mis le pied sur un chantier.

— On va commencer par retirer les bâches ! annonça Fabrizio en s'avançant vers son camarade qui admirait toujours les machines. Et d'ailleurs, tu sais manœuvrer ça ?

— Ces deux-là, sûr ! affirma Andreï. Les deux autres…

— Moi, je sais, reconnut Jamal. Enfin, en théorie. Ce sont de simples bras à poulie. Ils sont juste de différentes tailles. Il suffit d'y attacher une pierre, et de la bouger lentement.

— Facile ! rétorqua l'Italien.

Avec lui, tout l'était. Et si quelqu'un prétendait le contraire, c'est qu'il était trop paresseux pour ne serait-ce qu'essayer.

— Et dans le camion, y a quoi ? lança le Marocain.

Le camion, garé en contre-haut, n'avait pas encore attiré l'attention d'Andreï. Et c'est presque comme un enfant de riches le lendemain de Noël qu'il courut pour en découvrir le contenu. Avec agilité, il monta même sur son côté au lieu de simplement en ouvrir la retenue.

— Des échelles ! répondit-il tout de go. Et des pelles aussi, des truelles. Et aussi…

— Et aussi quoi ? s'impatienta Fabrizio en approchant pour décrocher le rabat.

Andreï pointa la tête et tendit les mains avant que son camarade n'arrive au crochet. Dans chacune, le Polonais serrait des petits coussins plats et déchirés.

— Du rembourrage pour ton slip ! balança Andreï.

Jamal, juste derrière, éclata de rire.

— Imbécile ! rétorqua Fabrizio en luttant pour rester sérieux. C'est pour les genoux !

Et au dernier mot, il décrocha la retenue, laissa l'ouverture s'écrouler et s'échapper la cargaison.

Le Marocain compta rapidement les échelles. Il y en avait deux tas de six. Cela pouvait faire douze ou la moitié, ou le quart, selon que chaque montant était utilisé seul ou s'emboîtait dans un autre pour allonger l'utilité. Les pelles et truelles, en grand nombre aussi, étaient rassemblées et ficelées entre elles.

— Faut des bras par ici ! cria Jamal aux débâcheurs qui s'activaient déjà.

Les frères irlandais, ainsi que Ronan de l'entrée et Pie du fond du Vhan arrivèrent en trottinant.

En un temps raisonnable, le camion fut déchargé. Et fin prêt, Andreï organisa au cœur même de l'édifice, à la jonction précisément de l'espace plein et du grand vide, une assemblée.

— On va faire par étapes, déclara-t-il en introduction. Il y a un travail monstre à abattre, et nous ne sommes que…

Du doigt, il compta vite les têtes.

— Nous ne sommes que seize, lâcha-t-il alors.

Et il se tut pour réaliser le nombre. Seize, c'était énorme. C'était, à la vérité, tout le Vhan capable de travailler qui était là.

Voyant le silence se prolonger, Alberto monta sur la pierre où trônait Andreï et continua :

— Qui est bon en mortier ?

Des bras se levèrent tout autour.

— Donc vous ferez ça. Au fur et à mesure, histoire de l'avoir toujours bien frais.

Et les désignés se rassemblèrent près des sacs de ciment et de sable.

— Qui se sent la force de bouger les pierres ?

D'autres bras se levèrent. Ceux des plus gaillards, des frères irlandais, des trois nouveaux du fond du Vhan, celui de Fabrizio aussi.

— Eh bien vous, vous allez tenter de les rapprocher des murs à construire. Faut pas les positionner au plus près. On n'a que les engins pour les soulever, pas pour les balader.

Et il y en avait beaucoup à déplacer. Celui qui les avait livrées n'avait pris la peine que de les déverser sur le côté des ruines. Certaines, même, avaient roulé plus loin, dans le choc de la décharge.

— Et les autres…

Alberto regarda Andreï pour savoir. Il n'y avait plus grand monde. Il ne restait qu'eux deux et Jamal. Et aussi Michelino, qui n'était là que pour regarder et encourager.

— Je vais avancer une machine ! lâcha Andreï.

— Et nous, dit Alberto à Jamal, on va commencer par là-bas.

Là-bas, c'était le mur le plus long à rebâtir, celui qui avait demandé douze pierres pour redessiner sa ligne de base.

Le plus petit engin de levage, le chariot élévateur, se laissa facilement manier. Andreï l'avait même mené sans mal à l'intérieur de l'édifice, slalomant joyeusement entre chacun.

Après manœuvres et coups d'essais pour bien positionner l'engin dans l'axe, le Polonais avança une première pierre sur un béton frais. En face, Jamal orchestrait la manœuvre de sa grosse voix. Il se devait de gueuler fort autant que juste car la machine faisait du boucan. D'ailleurs, dedans, Andreï n'entendait quasiment rien. Il attrapait des mots au vol. Des *plus à gauche, un peu à droite, remonte encore, descends pour voir*… Guère précis, mais suffisants.

Et tous, sur le chantier, s'arrêtèrent pour voir la première pierre prendre place. Puis, tout s'enchaîna.

Les onze autres pierres du second étage du mur sud, ainsi que les six autres de la façade, furent soulevées, positionnées et scellées. Et c'est satisfaits que les travailleurs virent les épouses du Vhan apporter de quoi remplir les estomacs à midi pile.

Li-Mei se déchargea de ses plats de nouilles. Fabiola déposa ses tomates aux fromages. Marisa Fericelli, qui n'avait ici aucun homme pour la représenter, elle ou ses enfants – le sien étant mort d'une crise cardiaque trois ans plus tôt – apporta tout de même sa pierre à l'édifice avec quatre samovars et six bouteilles de lait. Tous les hommes se jetèrent dessus en même temps.

— Ça passe mieux que d'l'eau ! plaisanta Dracki.

— Pourtant, l'eau c'est fort ! rétorqua Zuang en attrapant une de ses gamines, la petite Lan, dans ses bras. Et pourquoi on dit que l'eau c'est fort ?

Et la petite, à la surprise générale, répondit :

— On dit que l'eau c'est fort parce que ça peut porter les bateaux !

Son langage claquant ne portait aucun accent. Et à la voir, à l'entendre surtout, Andreï réalisa que c'était la première fois qu'il l'entendait parler français.

— C'est madame Claude qui lui a appris ça, lança joyeusement Li-Mei, fière de sa fille.

— Madame Claude ? rétorqua Andreï.

Et la Claude, justement, arrivait avec Louis et des baguettes croustillantes dans les bras.

— Tu réalises, lui confia Li-Mei, dix minutes à jouer avec elle, et elle lui apprend déjà ça !

Content, Andreï ne put réprimer son sourire. Il ne connaissait que trop bien le combat de Li-Mei et de Zuang. Il avait été témoin de celui de son père et de tous les parents qui échouaient au Vhan ; parents venant de pays où l'on parlait d'autres langues. Apprendre aux enfants une langue que l'on avait soi-même apprise sur le tas, c'était leur transmettre un accent. Et l'accent mettait en exergue la différence ; différence dont abusaient beaucoup de gens pour rabaisser son porteur. C'est sans doute pour cela que Li-Mei n'avait jamais osé leur apprendre les mots qu'elle savait. La peur de transmettre le signe d'une autre origine l'avait bloquée. Mais avec Claude, il n'y avait aucun risque. Preuve en était déjà, la petite Lan qui balançait une phrase complète en français.

Pour soulager son épouse – qui discutait déjà avec la native d'Hangzhou –, Louis alla la décharger de ses pains avant de rejoindre Michelino qui, ce jour-là, avait apporté deux chaises pliantes.

Du sac déposé par le fermier, Fabrizio ôta vingt longues saucisses séchées ainsi que trois énormes saucissons.

— Qué bêtes ! cria-t-il surpris et dragué par l'odeur.

Andreï, par habitude, dînait toujours sans parler. Chez lui, à l'heure des repas et la plupart du temps, il n'y avait que Miouchki. Et comme il n'aimait pas discuter avec lui, il avait pris le pli de garder le silence en mangeant. Ici, machinalement, il s'écarta donc des groupes après avoir récolté un peu de tout. Fabrizio, après hésitation, le laissa seul et demeura près des frères irlandais et des trois nouveaux gaillards du fond du Vhan. Il apprit ainsi leurs prénoms ; Piotr, Pavel et Feliks. Ils n'étaient pas de la même famille, mais venaient du même endroit, de Sibérie. Ils avaient fui, lui apprirent-ils, un camp de travail. Un terrible endroit, apparemment. Un endroit où ils avaient perdu jusqu'à leurs noms. Le pourquoi du comment fut laissé au passé. Ni Fabrizio ni les frères irlandais ne leur posèrent de questions. Chacun ses affaires, après tout.

Une fois l'estomac plein, tous reprirent le travail. Dans l'idéal, ils rêvaient de finir la deuxième couche et d'en commencer une troisième. C'est donc sans traîner qu'ils reprirent leurs places.

Travaillant à bon rythme, ils se quittèrent l'objectif atteint. En fait, ils ne se quittèrent pas vraiment là. Ils s'en retournaient tous au même endroit. Mais si certains marchaient moins vite, d'autres traînaient davantage.

Et comme à l'habitude désormais, c'est Andreï qui déserta en dernier le chantier. Pour penser dans le calme. Et aussi, pour mieux juger de l'avancée, pour mieux prévoir ce qui allait arriver.

Fabrizio, avant de rejoindre sa Juliette à qui il faisait l'honneur d'un deuxième rendez-vous, prit soin de mettre derrière l'église les engins de Rémy. Ainsi à l'abri des regards, ils risquaient moins d'attirer les mains. Et ceci fait, il s'en alla en sifflotant, le cœur léger.

Pour la première fois depuis le début du travail – et sans compter les jours de pluie –, Andreï rentra chez lui avant la tombée de la nuit.

Radio allumée, gazette de l'avant-veille dans les mains, il se surprit à penser à autre chose qu'au chantier. Ça le changea, ça le reposa même.

Sur les ondes, on passait des comiques qui, à coups de bons mots et de bruits bien imités, faisaient rire un auditoire conquis d'avance. Andreï ne l'était pas, mais se voyait rire de temps à autre. Et le tout dura jusqu'au grand déballage des nouvelles du pays. L'été, encore l'été ; c'était là la nouvelle principale. Il frappait encore à certains endroits et n'avait pas dit son dernier mot. Et le présentateur donnait un nombre alarmant ; cent vingt-cinq. C'était le nombre de victimes recensées dues aux trop fortes températures de ces trois derniers mois. Et un autre venait parler de l'importance de l'hydratation. Et que l'alcool n'hydratait pas, au contraire. Et qu'il était fort possible qu'une dernière vague de chaleur vienne frapper l'ensemble du pays dans les prochaines semaines. Un *été indien*, appelait-il ça. Un sérieux problème pour les plus fragiles qui n'en pouvaient déjà plus.

Cette nuit-là, il n'était pas encore cinq heures qu'Andreï se trouva dérangé.

Miouchki, visiblement alerté depuis plus longtemps, avait déjà adopté une posture inhabituelle. Il était là ; dos rond, poil hérissé, yeux écarquillés, à regarder par la fenêtre mi-ouverte.

Encore dans la brume, Andreï se demanda s'il dormait toujours ou pas. Car rêvé d'être éveillé lui était déjà arrivé. Dans la mesure où il se souvenait de ses rêves en tout cas. À la sensation qui subsistait une fois les vapes envolées.

Le chat, répondant à un bruit, grinça soudain. Littéralement. Il découvrit ses dents et laissa échapper un bruit aigu, râpé, presque étouffé.

— Quoi ? bredouilla Andreï en bâillant.

Et un nouveau bruit vint chatouiller ses oreilles et déranger, à nouveau, celles du chat. Le maître, comme la bête, se figèrent alors. Il y avait la nuit, dans le Vhan, une règle absolue ; le silence. Seule la nature avait le droit de ne pas s'y soumettre. Les hommes, eux, la respectaient toujours. Ce bruit étrange et humain n'avait donc rien à faire là. Surtout qu'il se répétait. Pire même, il augmentait.

Aux bruits de pas, de froissements, vint s'ajouter un autre plus précis ; un marmonnement.

Sans savoir que faire, le réveillé posa sa main sur le dos de son chat. Par le contact, il le rassura. Même si lui ne l'était pas. Et mille questions le prirent. Sa fatigue, comme le noir de la nuit, ne l'aidaient en rien à raisonner logiquement. Sûr il y avait quelqu'un. Sûr même qu'ils étaient au moins deux. Il y avait chuchotement, donc échange.

À tendre l'oreille, Andreï arriva à les suivre. Sa chance était qu'il ne tombait pluie ni ne soufflait vent. Il n'avait donc pas besoin de trier ce qu'il entendait.

Une fois les intrus éloignés de sa fenêtre, il rejoignit son salon sur la pointe des pieds. Près du feu qui ne crachait plus que des pépites rouges, il attrapa un long tisonnier en forme de trident. Avec l'arme de Neptune – sa pauvre réplique tout du moins –, il s'en alla coller l'oreille au mur pour suivre les bruits au-dehors. Et là-bas, justement, deux hommes se donnaient la réplique dans ce qui semblait maintenant être une dispute.

— Vas-y d'abord ! marmonna l'un.

— Non, toi d'abord ! rétorqua l'autre.

Si voleurs ils étaient, ils n'en avaient ni la retenue ni la sagesse.

— Attends, attends…, répéta le second. J'le sens pas !

— C'est pas le moment ! Maintenant qu'on est là, on y va !

À cette réplique, Andreï vit ses deux mains serrer sec le trident. Quoi qu'ils avaient prévu de faire, il les attendait. Même s'il priait encore pour qu'ils renoncent. Le bruit d'une vitre éclatée vint briser sa prière. Le défenseur en resta figé. Il n'avait pas lâché son tisonnier, mais ne le tenait plus droit. Et les deux intrus déferlant sur lui eurent tout le loisir de commettre leur forfait. Deux contre un, tisonnier ou pas, le combat était perdu d'avance. Et vite, trop vite, Andreï se retrouva à terre et vit pleuvoir sur lui autant de coups de poing que de pied. Lui qui ne s'était jamais vraiment battu ramassa mal le tout. Par réflexe, il réussit à se retourner, à se recroqueviller sur lui-même. Son dos, ainsi exposé, prit cher, contracté. La scène ne dura pas longtemps. Mais à deux paires de poings et autant de pieds, ça fit grand nombre de chocs reçus. Et c'est en le laissant à terre et atterré que les intrus fuirent. Entre son fauteuil et son repose-pieds, le malheureux se retrouva sans force. Miouchki était intervenu. Andreï le remarquait juste là. Car comme lui, il était renversé. Guère blessée, la bête miaulait cependant une peine immense. Celle de voir, sans doute, son maître dans pareil état. Les agresseurs, eux, avaient décampé par le même chemin ; par la fenêtre du salon brisée en mille morceaux. Alerté par le boucan, Juineski arrivait enfin. Trop tard pour empêcher, mais à temps pour aider.

Avec moins d'agilité, le vieil Ukrainien s'engouffra par l'espace béant. Avec ses coudes, il finit même de mettre à terre les débris de verre restants, ceux coincés dans le châssis.

— *Hamno !* Tu vas bien ? lança son voisin en pointant sur lui sa lampe de poche.

Andreï gémit en guise de réponse. Il avait si mal qu'il n'arrivait pas à articuler le moindre mot.

Forcément, à entendre des bruits en cascade, c'est Fabrizio qui, alerté à son tour, surgit à vive allure. Dracki, encore chez lui, venait de lâcher son chien dans son jardin. Ce dernier aboya tant qu'il finit de réveiller le Vhan. Et dans la minute, le Français s'annonça en frappant à la porte. Il était moins fin que les autres et n'avait même pas pensé à essayer de passer par la fenêtre. D'ailleurs, comme tous arrivaient, Fabrizio ouvrit la porte, jusqu'ici close de l'intérieur. Et le Vhan débarqua. La pièce exiguë avait même du mal à contenir tout le monde.

— Par où ? cria Zuang. Par où ils sont partis ?

Andreï, toujours à terre, geignit à nouveau. Il n'avait rien vu, il ne les avait même pas vus, eux. Il n'avait fait que les sentir. Et il les avait très mal sentis.

— Ils sont déjà loin, regretta Dracki.

Dans la foulée, Juineski attrapa le chat et le garda contre lui. La bête, encore hagarde, se laissa faire.

Fabrizio d'un côté, le Français de l'autre, ils soulevèrent Andreï pour le couler aussi doucement que possible dans son fauteuil. Au contact du dossier, il grogna de douleur. Et c'est là que chacun découvrit l'ampleur des dégâts. Son front était rouge sang. Une longue plaie sillonnait la naissance de ses cheveux et laissait jaillir un impressionnant débit. Alberto tourna vite les talons et quitta le 114 en courant. Sans avertissement, il s'en alla chercher des doigts plus délicats pour prendre soin du dégât. Sa femme, peut-être. Ou la première qu'il croiserait.

— Les salopards ! marmonna Fabrizio, à genoux près de son camarade.

Ce dernier reprenait vie. Les plaintes laissaient petit à petit place aux mots. D'abord uniques, entrecoupés de longs silences. Puis des petites phrases bredouillées :

— Je ne les ai pas vus… Rien… Il faisait trop sombre.

— Tu dis *les* ? Ils étaient combien ? demanda l'Italien.

— Deux, je crois.

— Deux sur un ! s'offusqua Dracki. Et dans le noir ! Les fils de…

Son insulte fut interrompue. Alberto revenait déjà, haletant, avec, sur ses pas, la mère Fericelli.

— Gamin ! lança-t-elle d'entrée. Qui t'a fait ça ?

Au ton de sa voix, chacun savait qu'elle était en colère. Et la *Madre* fondit sur lui sentiment au cœur. Malgré tout, elle ne laissa pas sa fureur guider ses gestes et employa toute sa douceur pour juger de l'état de sa tête.

— T'es bien ouvert ! constata-t-elle. Et sur du long !

Déjà derrière, Jamal s'emmêlait les doigts dans une trousse débordante de petites bouteilles et de compresses.

— Donne l'alcool ! lança-t-elle en tendant sa main.

Alberto fit le lien. Et vite, la *Madre* renversa la rincette sur le crâne d'Andreï. Au contact, le blessé hurla. Elle y avait mis la dose.

— Encore une, déclara-t-elle. Et maintenant, un truc pour tapoter !

— Tapote pas trop fort quand même, souffla Fabrizio, en souffrance pour son camarade.

Cette précaution ne fit qu'augmenter la rage de la mère Fericelli. Fort heureusement, elle la maîtrisa bien. Et c'est toujours doucement qu'elle tapota le front ouvert après l'avoir recouvert une nouvelle fois d'alcool pur.

— Appuie donc au lieu de dire des bêtises ! ordonna-t-elle à Fabrizio.

L'Italien pressa la bande épaisse sur la plaie. Le blanc cassé du duveteux se teinta lentement.

— Faudrait pas recoudre avant que ça croûte ? demanda Juineski.

— Faudrait..., rétorqua la mère Fericelli. Mais j'suis pas douée pour ça !

— Li-Mei l'est ! lança Zuang, sûr de la chose. Je reviens !

Et comme un beau diable, il s'extirpa de la masse.

— Faites-lui de la place ! gueula la *Madre*. Faut qu'il respire !

Tous s'écartèrent un peu sans pour autant quitter la pièce.

Les Irlandais, Darren et Daniel, pour occuper leur esprit et leurs mains prêtes à la riposte, s'activèrent à ramasser les débris de verre qui jonchaient le sol et risquaient de blesser un distrait. Alberto et Dracki, à côté de Juineski et du chat, discutaient en sourdine. Jamal, à genoux près de Fabrizio, du blessé et de la mère Fericelli, s'interrogeait sur la suite.

— On devrait peut-être appeler les gendarmes, finit-il par murmurer naïvement.

Il ne récolta que des regards sceptiques.

— Faut pas se leurrer, finit par répondre Alberto. On sait tous qui a fait ça.

— Enfin, pas exactement qui a fait ça, précisa Fabrizio. Mais qui l'a voulu, qui l'a commandité.

Et un autre Italien, plus ancien, pénétra dans le salon. Michelino, atterré et mal fagoté dans son peignoir délavé, trottina vers Andreï, toujours sonné.

— Des pratiques de mafieux ! lâcha-t-il. Ces gens, là-bas, sont prêts à tout !

— Pourquoi ? marmonna le battu.

— Vous avancez trop vite, remarqua la *Madre*.

— Et vous faites ça trop bien, ajouta Michelino. Ce n'est pas concevable pour ces gens-là. Voir la patience, l'ingéniosité, l'expertise tenues par des pauvres leur fait peur. Et puis, y a le dicton ; *Á sortir du Vhan, les miséreux baladent la tempête.* Ils pétochent que la tempête n'arrive chez eux et ne dérange leurs petites affaires. L'arrangement est plus léger qu'une plume. Un petit coup de vent et il est balayé ! Alors imaginez ce que peuvent provoquer des rafales !

— Faut agir ! s'irrita Fabrizio.

— Agir, gamin ? marmonna Michelino. La règle est la règle. Frapper un riche, c'est un crime. Frapper un pauvre, c'est l'éduquer.

— Michelino a raison, concéda Dracki. On ne peut rien faire d'autre que de veiller les uns sur les autres.

Là-dessus, Zuang revint avec Li-Mei. La gentille native d'Hangzhou s'était habillée à la va-vite. Elle portait encore son bonnet de nuit en soie brodée de fins lotus et d'un majestueux paon qui, de par les plis, avait perdu de sa superbe.

— Pauvre garçon ! s'emporta-t-elle.

Fabrizio, lentement, souleva la compresse qu'il maintenait jusque-là. Et l'effet fut immédiat ; le sang reprit de suite son débit et coula en sillon.

— Laisse appuyé le temps que je prépare…, dit-elle en ouvrant déjà un petit rabat en cuir craquelé. Son contenu fit briller les yeux de chacun. C'était une véritable trousse de chirurgien. La partie gauche se dépliait encore pour s'étendre. Et bien rangés, alignés et tenus, des instruments tranchants, piquants, pinçants, mais scintillants s'étalaient.

Une bougie allumée fut apportée au plus près. La mère Fericelli déroula un morceau de fil jusque-là enfermé en bobine dans un dur carton soudé. Li-Mei, elle, choisit son aiguille. Et sous le regard inquiet de Fabrizio, sous celui évasé d'Andreï, elle brûla sa pointe pour la désinfecter et passa le fil par le chas à son opposé.

— Je vais y aller franchement, prévint-elle. Vite fait, bien fait.

Andreï, autant assommé par la fatigue que par les coups reçus et le sang perdu, ferma simplement les yeux. Les autres, tout autour, les gardèrent grands ouverts pour ne rien manquer. Non pas qu'ils y prenaient un plaisir quelconque. Il n'y avait là-dedans qu'une solidarité sans borne. À le voir pincé, ils souffraient avec lui. Et ainsi, le partage était complet.

Li-Mei, attentive, y alla comme annoncé. Vite. La mère Fericelli avait pris la place de Fabrizio et épongeait le sang coulant à mesure que l'aiguille piquait la peau fendue et que le fil rapprochait les chairs séparées. Ainsi fait, à quatre mains, la trouée se trouva refermée en un temps respectable.

De nouveau, la *Madre* l'aspergea d'alcool. Plus pour nettoyer le front du blessé que pour désinfecter cette fois, elle en recouvrit jusqu'à ses cheveux. Et Li-Mei finit la suture puis lui enroula délicatement le haut du crâne dans une bande blanche lignée de rouge.

— Voilà…, murmura-t-elle en posant l'attache. Vite fait, bien fait.

Et chacun regagna son logis non sans une hésitation. Seul Fabrizio passa la nuit là. Pour protéger son camarade et pour le veiller aussi. Car même s'il s'endormait, le dos ankylosé et la tête dans la brume, le battu avait besoin d'un esprit attentif à ses côtés.

Trop esquinté, Andreï se retrouva incapable de travailler. Prenant la relève, ses camarades s'y remirent sans lui. Le chantier devait, coûte que coûte, continuer.

Pour éviter tout nouvel incident, Juineski prit le relais de Fabrizio et ne quitta pas le blessé. Les autres, eux, montèrent à l'église en reconstruction.

Au chantier, relégué à l'arrière, le chariot ne servait déjà plus. L'élévation qu'il produisait n'atteignait pas la hauteur de deux pierres, impossible d'y hisser une troisième. C'est dans une petite grue mobile que Fabrizio s'installa. Déjà trop large de base, il ne l'amena pas dans l'édifice même, mais au-dehors, au bord de la ligne murale. Cela nécessitait plus de manœuvres, donc plus de temps entre les pierres à poser, donc plus de chipotage en somme.

Pierre après pierre, les travailleurs montèrent le mur sud, le plus long. La première journée sans Andreï, pauses comprises, ils n'avaient avancé que d'un étage. Une déception pour chacun. Surtout que tous brûlaient de continuer à travailler. Mais dix-sept heures avaient sonné, et les proches voisins de l'édifice – comme les plus éloignés, par solidarité – avaient déposé une plainte contre le bruit et récolté la victoire : à dix-sept heures tapantes le chantier devait chaque jour s'arrêter. Comme si voir exploiter les plus miséreux n'était pas suffisant à leurs yeux, les bourgeois, dorénavant, les obligeaient à travailler dans la chaleur des après-midi.

L'été indien passa, puis le grand vent s'installa. Et malgré le retour d'Andreï, les bâtisseurs virent l'allure générale ralentir. Lorsqu'il s'agissait de monter un peu plus, tout le mouvement était freiné par le tatillonnage inéluctable.

Ainsi, à l'approche de la Toussaint et de son temps particulier, seul un mur était presque érigé. Sur les trois et demi à rebâtir, ça faisait peu.

XVI

De ceux qui sabotent

Outre les prémices de l'hiver, le mois de novembre amena quelques difficultés supplémentaires, comme l'approvisionnement de plus en plus irrégulier du matériel, ou la lenteur générale des travaux.

Un matin, Andreï constata même que cela n'avançait plus du tout. Pire, cela régressait. Le pan gauche de la façade s'était écroulé. Pourtant, tous les travailleurs pouvaient en jurer, le pan avait été correctement monté et chaque pierre avait été scellée à ses voisines avec grand soin. Il y avait donc là incompréhension et sérieux doutes. À douter de tout, Andreï en arriva à douter précis. Et il soupçonna bien vite un sabotage. Il en avait d'ailleurs touché un mot à Rémy qu'il avait prié de venir voir, malgré le froid et la neige fine qui commençaient à tomber. Par amitié, ce dernier avait accepté de se déplacer.

Sans même faire le tour complet de la destruction, Martin Rémy se fendit de suite d'un assuré ; « Sabotage ! »

— Tu es certain ? lui demanda Andreï.

— Hélas oui. Tu vois là…

Il l'amena au bord du mur écroulé. De sa main gantée, il balaya le sol pour enlever les flocons accumulés et découvrir, en dessous, des jets et autres caillasses. Rémy en attrapa un, le plus gros qui lui apparut ; un morceau de pierre de la longueur d'une main, de l'épaisseur d'une cheville. Un beau morceau bien fendu.

— Tu vois la marque juste là ?

— L'éclat, tu veux dire ? rétorqua le Polonais.

— Précisément. C'est la marque d'un outil. D'une pioche, sans doute. Et vu le reste parfaitement taillé, ce morceau vient d'un angle.

Épaté par l'acuité du regard de Rémy, Andreï resta muet. Et l'entrepreneur poursuivit :

— Ils ont tapé dans les angles pour désolidariser le mur.

Il passa en revue le reste, s'attardant sur le pan qui ne s'était pas écroulé. C'était celui qui constituait l'angle avec le mur long. En d'autres termes ; le pan de façade effondré était celui côté porte – côté, tout du moins, qui devait l'accueillir une fois terminée.

— Qui a bien pu faire ça ? balbutia Voronov. Et pourquoi ?

— Je n'en ai pas la moindre idée, l'ami. Peut-être des gens qui ne veulent pas vous voir réussir. Pas dans les délais, en tout cas.

— Comme le bourgmestre ?

— Je vois mal le bourgmestre se relever les manches pour faire tomber un mur. À vrai dire, je le vois mal se relever les manches pour réaliser quoi que ce soit. Mais quelqu'un s'en est peut-être chargé pour lui.

— S'ils se mettent à saboter, on est foutus ! souffla le logeant du Vhan.

— Qui que ce soit, il va arrêter net, je te le dis !

Sans en révéler davantage, Rémy traversa le parvis puis la rue pour s'arrêter devant une porte blanche à joli encadrement. Là, il tapa quatre grands coups. Et avant toute réaction, il invita Andreï à le rejoindre. Ce dernier arriva à sa hauteur au moment pile où la porte s'ouvrait.

— Monsieur Ballant ! claqua l'entrepreneur. Vous me devez toujours ces 2 000 francs pour la réparation de votre toit de l'an dernier !

— Je compte bien vous les payer, bredouilla l'homme. C'est juste que j'ai eu cette montagne de factures qui m'est tombée dessus et...

— Et ça ne change rien au fait que votre dernier délai a pris fin lundi dernier. D'ailleurs, depuis, les intérêts courent. Vous allez avoir une facture finale extraordinaire, savez-vous ?

Abattu, l'homme faisait presque pitié. Presque seulement. Car Andreï le connaissait bien. Rien que dans ce bourg, il possédait trois maisons. Et deux d'entre elles avaient été louées tout l'été par de riches Hollandais. Nul doute donc qu'il avait les poches pleines, et que la seule chose qui l'empêchait d'honorer sa dette était qu'à leurs sommets trônaient deux oursins.

— Ça vous dirait de la voir simplement effacée ? Je parle de votre ardoise, lâcha Rémy.

La proposition laissa le mauvais payeur pantois.

— Il y aura forcément une condition, ajouta l'entrepreneur.

— Tout ! balança Ballant. Tout ce que vous voulez !

Dieu, il semble vraiment prêt à tout pour ne pas sortir 2 000 francs de sa poche ! songea intérieurement Andreï.

— Vous avez vu qui a fait ça à l'église ? Vous avez vu qui est venu saboter le mur juste là ?

Ballant avala bruyamment sa salive avant d'ajouter, en bégayant presque :

— Je… Je ne sais pas… Non, pas sûr…

— Voyons, Ballant ! le relança Rémy. Je sais pertinemment que vous passez vos journées à votre fenêtre à regarder au-dehors. Et de votre fenêtre, justement, vous avez une vue imprenable sur l'édifice !

— Admettons, lâcha-t-il alors. Je vous donne un nom, et puis quoi ?

— Et puis nous irons, ensemble, donner ce nom à la gendarmerie.

— Ah ! s'exclama vivement l'homme, en riant aux éclats.

Andreï et Rémy se regardèrent l'un l'autre, guère sûrs du pourquoi de cette soudaine réaction.

— Quelle blague ! ajouta Ballant. Le gendarme, le gros ; c'était lui ! Il est hors de question que j'aille à la gendarmerie le trouver et lui expliquer que je l'ai vu saboter votre travail ! Et puis quoi encore !

Accablé, Andreï fit un pas de côté pour s'appuyer contre le mur. Son dos, portant encore nombre d'ecchymoses, lui donna une décharge de douleur. Le pire, c'est qu'il imaginait sans mal ce bourru gendarme en chef mener l'affaire. À force d'avoir eu l'honneur de faire respecter les lois, il se voyait au-dessus d'elles et ne les respectait plus qu'à sa guise.

— Dans ce cas, décréta Rémy, ramenant les pensées d'Andreï au problème, vous allez venir avec moi.

Et Ballant, paniqué, secoua vivement la tête.

— Je vous emmène parler aux gendarmes du bourg d'à côté, poursuivit l'entrepreneur.

— Vous êtes fou ? Ils se connaissent tous ces gens-là ! Et ils se couvrent tous ! Je n'aurai pas encore mis un pied dans la gendarmerie que le képi d'ici sera prévenu !

— Je vous assure du contraire. Les gendarmes des *Deux-Ponts* ne peuvent pas encadrer les gendarmes d'ici. Je le sais. J'ai fait quelques travaux dans leurs locaux ce printemps, et j'ai pu constater la chose par moi-même. Ils se font la guerre pour des broutilles et se cherchent misère tous les jours. Nous allons donc leur apporter matière. Allez vous habiller, Ballant ! Je vous y emmène maintenant !

Toujours pas convaincu, Ballant se refusait à bouger.

— Venez, je vous dis ! insista Rémy. Ou je laisserai aller ma langue dans tous les bourgs voisins pour faire savoir à chacun que vous me devez 2 000 francs, plus les intérêts, et que vous refusez de me payer !

Pour l'argent, Ballant céda et rentra passer des vêtements plus propres et plus chauds. Pendant ce temps, l'entrepreneur tenta de rassurer Andreï :

— Il va déposer plainte et ils vont faire une enquête.

— Ça risque d'énerver encore plus tout le monde.

— Ça risque seulement d'être amusant ! Ce lâche de gradé ne va pas mettre longtemps à dénoncer celui qui lui a donné l'ordre. Sans doute le bourgmestre. Et ce dernier devra se tenir à carreau s'il veut que sa défense soit entendue.

— Tu viens quand même de perdre 2 000 francs par ma faute.

— Je n'ai rien perdu du tout.

Et, après avoir jeté un œil vers l'intérieur de la maison de Ballant pour juger de son endroit, il s'approcha d'Andreï pour lui chuchoter :

— Il n'a pas eu de nouvelle charpente, comme je le lui ai fait croire. Je ne lui ai posé que du matériel récupéré sur mes autres chantiers pour un prix arrondi de 3 500 francs. En réalité, cela m'est revenu à un cinquième, peut-être un sixième du prix réclamé. Comme j'avais pris soin de lui demander un tiers avant travaux, il a déjà largement payé sa facture.

Andreï sourit.

— Et puis, j'allais le lui dire mais il m'a énervé à chipoter sur les détails de mon travail.

Le logeant du Vhan le crut sans mal. Martin Rémy avait toujours eu l'honnêteté maladive. Là, il avait fait exception. Une pour confirmer la règle. Une qui l'arrangeait bien aujourd'hui.

C'est en traînant les pieds que Ballant sortit de chez lui ; en traînant les pieds et en râlant.

— En plus, il fait froid ! ronchonna-t-il. Si j'attrape la grippe, vous m'entendrez !

— Je vous entends déjà, cher ami ! rit Rémy. Montez donc dans ma camionnette.

— Ce tas de boue ?

— Ce tas de neige plutôt ! À moins que vous ne préfériez y aller à pied ? Je vous préviens, ils n'ont pas dégagé les trottoirs. Ce sont de vraies patinoires.

Maugréant toujours, Ballant abdiqua et s'en alla rejoindre la camionnette de l'entrepreneur pour s'y hisser avec difficulté.

— Je vous laisse, lança Andreï en retournant déjà vers l'édifice pour balayer les nouveaux débris et s'atteler à ce qu'il y avait à refaire.

— Tu m'abandonnes ? rétorqua Rémy. Vraiment ? Tu vas me laisser seul avec lui ?

Il mima le grand affecté, et ajouta en riant *Je n'arrive pas à croire que tu abandonnes un camarade sur le champ de bataille !*

— Tu n'es pas non plus blessé, remarqua le Polonais.

— Mes oreilles le seront bientôt !

Et à tendre les siennes, Andreï entendit Ballant bougonner. Il était pourtant dans la camionnette et les portières étaient fermées. C'est dire s'il râlait fort. C'est dire aussi comme Rémy allait souffrir. Mais le Polonais n'avait pas le temps. Car c'était la Toussaint aujourd'hui, à savoir le jour où on fleurissait les dernières demeures des morts en prévision de la commémoration des fidèles défunts, jour où on les laissait tranquilles. Par habitude, et par mimétisme surtout, le jeune Polonais avait attrapé cette tradition des Italiens du Vhan. Par-dessus tout, ceux-là chérissaient la Madone. Andreï suivait donc comme il le pouvait les rites chrétiens catholiques de ces derniers. Ainsi, il avait pris l'habitude d'aller fleurir la tombe de son père en même temps que Michelino, Fabrizio et les familles Culpi et Fericelli.

Cette année, l'épouse Culpi avait recueilli le pot commun dans lequel chacun avait mis son argent pour acheter cinq fleurs. Andreï les avait aperçues la veille ; de beaux chrysanthèmes rouille.

Devant chez l'ouvreur du Vhan, la mère Fericelli compta les troupes. Tout le monde était là, à l'exception d'un de ses fils, le petit Matteo, qui souffrait d'une grippe corsée. Les autres gamins s'entraidaient et portaient la fleur qu'ils s'en allaient poser sur la tombe de leur père, le regretté Rico. Ils étaient encore si petits qu'Andreï se demanda s'ils avaient conscience des choses ou même s'ils avaient encore souvenir de leur père. À en juger par leur mine dépourvue de tristesse, probablement pas. Ils n'avaient l'air excités que par la neige qui tombait et ennuyés de se coltiner la chose. Et le contraste était saisissant. Entre eux et les autres. Entre eux et Michelino, surtout. Le pauvre vieillard s'en allait le cœur lourd couvrir la tombe de sa belle Roza. Elle était morte horriblement. Du jour au lendemain, elle était tombée raide, sans annonce, sans prémices, sans indice. Et Michelino en avait eu le cœur déchiré. D'ailleurs, chez lui, il n'y avait plus qu'elle. Chose curieuse à dire, mais encore plus à voir. Il avait recouvert les murs d'instantanés. La belle Roza le jour de leur mariage, à la mer, au pays. Sous différents angles, à différentes dates, montrant différentes joies. Quelle belle femme elle était, cette Roza !

Pour les autres, les esprits apparurent mitigés. Un peu d'obligation dans le geste, un peu d'envie aussi de montrer du respect. Et beaucoup de froid.

— Sûrement…, marmonna même Fabrizio en constatant ses doigts gelés, sûrement que Dieu le fait exprès, tu sais.

— De quoi ?

— De refroidir ce jour pour distinguer ceux qui respectent vraiment leurs morts de ceux qui ne font que le prétendre.

Qui pouvait le nier, après tout. Et cette année en particulier. Car en ce 1er novembre, il faisait un froid record, un froid que le Polonais n'avait connu qu'une seule fois dans sa vie, plus à l'est, au pays.

Sur la place ovale du cimetière, là où les logeants du Vhan se laissaient couler, quelques âmes – vivantes – attendaient. La Toussaint était une bonne occasion de discuter avec des gens que l'on ne croisait jamais le reste de l'an. Ainsi, il y avait dans l'air glacé de petites réunions. Des oncles éloignés venant fleurir un aïeul, des tantes rabougries sur les traces de leurs souvenirs. Et tout ça sous la surveillance de ceux qui n'habitaient pas loin. Comme par exemple ; l'aigrie Paulette. La vieille caquette avait une maison démesurée qu'elle occupait seule depuis la mort de son époux. Pourtant, c'est sur la place du cimetière qu'elle accueillait sa famille éloignée. Et il ne fallait pas croire que ce n'était là qu'une étape avant de rejoindre le chaud et le cosy de la vieille dame. Non. Aussitôt les fleurs posées et les mots échangés, les visiteurs s'en retournaient chez eux. Un bel exemple d'hospitalité à la mode bourgeoise, se disait toujours Andreï.

Pourtant filant discrètement, Fabrizio ne put s'empêcher d'attirer tous les regards lorsqu'il pénétra, le premier, dans le lieu mort. La faute à la grille grinçante qui aimait se jouer du discret. Et de suite, à la vue des gens d'en bas, les grandes gens, couvertes de fourrures, y allèrent de leurs commentaires.

Michelino, gelé, n'y prêta pas une oreille et accéléra même le pas pour gagner au plus vite la tombe de sa Roza. Les autres descendirent l'allée de cailloux pour quitter le groupe au compte-gouttes suivant que leur tombe à fleurir approchait.

Andreï, lui, était celui qui avait le plus de chemin à parcourir. Son père Maksim était logé au fond, près du muret écroulé – muret toujours pas refait, comme il l'avait prédit au lendemain de la tempête. Sous la neige, ça jurait davantage. Comme quoi, le manteau blanc couvrait mais ne cachait rien.

Sur la tombe de feu Maksim Vladimirovitch Voronov, Andreï déposa son chrysanthème qui montrait déjà signe de trépas. Ces fleurs ne supportaient pas le froid. Demain, il n'y aurait plus rien. Mais l'important était autre ; l'important était le geste.

Fabrizio, qui avait déjà posé sa fleur, se posta derrière Andreï, silencieux.

— Regarde-moi ça ! tonna l'Italien.

Andreï sursauta. Et devant sa réaction, l'Italien s'excusa.

— Désolé, je n'avais pas idée que tu priais.

— Je ne priais pas. Et qu'est-ce que je dois regarder, au juste ?

— Les tombes… C'est exactement ce que je te disais.

— Ce que tu me disais ?

— Oui, sur Dieu qui fait exprès de rendre ce jour froid. Regarde !

Andreï contempla les sépultures alignées, les concessions enneigées. Et elles l'étaient, assurément. Elles étaient, pour la grande majorité, couvertes de blanc et uniquement de blanc.

— Presque pas de fleurs ! souligna Fabrizio. La nuit tombe, et il n'y a presque pas de fleurs.

Cette année marquait un contraste. À croire que son camarade avait raison. Le ciel avait pris plaisir à pleurer sa neige.

— Ça parle ! Ça parle ! ronchonna-t-il. Mais ça ne fait rien !

À vite compter, Andreï en était même choqué. De son côté, celui de son père, il n'y avait que douze tombes qui avaient eu droit aux fleurs. De l'autre, à peine vingt. Fort heureusement, le bas peuple avait apporté les siennes pour honorer ses morts. Cela répartissait un peu la couleur. Cela cassait le blanc, le gris, le terne.

XVII

De ceux qui résistent

Pour entrer dans les délais, pour essayer tout du moins, les travailleurs forcés n'avaient plus droit à l'erreur et ne pouvaient plus subir aucun sabotage. En comptant un hiver classique – à savoir au moins cinquante jours rêches – et les jours de pluie qui suivraient ces allures maussades, ils allaient avoir, si la chance les berçait, soixante jours de temps clément pour terminer avant les prochaines Pâques, soit deux mois complets.

Afin d'avancer autant que possible ce qui pouvait l'être, et livraison faite des matériaux, le Polonais avait réussi à motiver une équipe. Fabrizio forcément, ainsi qu'Alberto et Jamal avaient commencé la pose des carreaux de sol.

Rémy, bonne âme, leur avait prêté de longues et solides bâches bleues qu'ils avaient tendues fermement pour en faire un toit provisoire. Ces toiles formaient une pente naturelle à cause – ou grâce, c'était selon – à l'avancée différente des trois murs en construction. Ainsi, la neige ne s'y accumulait pas et les travailleurs se retrouvaient, quel que fût le temps, toujours bien protégés.

Les nouvelles dalles choisies pour le sol par le rapiat bourgmestre étaient affreuses. Particulièrement prises individuellement. De couleurs bleues, elles étaient déjà toutes marquées par l'usure. En revanche, elles paraissaient solides. Et, de deux largeurs de pouces au moins, l'épaisseur les rendait difficilement maniables. Mais, vaille que vaille, et motivés par les autres, les quatre faisaient besogne.

Jamal, maître d'œuvre, avait eu l'idée d'y mettre sa touche. Il manœuvrait donc pour dessiner une belle mosaïque en jouant des différentes teintes de bleu que lui offrait la matière. Cela lui rappelait ses temples à lui, là-bas, dans son pays. Des *mosquées*, les appelait-il. Des lieux de culte plus colorés, mieux travaillés.

À la veille de la Saint-Sylvestre, le sol était presque entièrement posé. Andreï avait donc donné congé à ses camarades avec interdiction de revenir sur le chantier avant l'année suivante. Et cela avait fait rire tout le monde.

En ce dernier jour de l'année, l'allée du Vhan se trouva bercée d'une étrange chaleur. C'était jour de fête. Certains avaient coutume de dire que l'on tournait une page. Pour le peuple misère, on changeait carrément de livre. Et à livre nouveau, nouvelle histoire. C'était ce que chacun souhaitait, ce que chacun espérait.

L'apogée de l'an était prévu chez Dracki. Le Français avait le plus gros chalet du Vhan, il pouvait donc y accueillir tout le monde. Et comme de coutume, chacun se devait d'apporter quelque chose. Andreï passa son après-midi aux fourneaux pour préparer un *karkówka*, le seul plat de chez lui qu'il savait correctement cuisiner. Il l'avait fait goûter au préalable à Fabrizio qui en avait raffolé. Et ça changeait des habituelles saucisses qu'il apportait d'ordinaire. Non, cette année, il avait fait un effort. Et il espérait qu'il serait apprécié. En tout cas s'il arrivait à cuire dans les temps son collet de porc. Car, évidemment, son four jouait avec ses nerfs. Il l'avait déjà bourré de dix bûches, mais la chaleur ne se faisait pas. Pas là où il le fallait tout du moins. Car sa cuisine était brûlante. Preuve en était, même Miouchki – pourtant grand partisan des vives chaleurs en hiver – se voyait contraint de sortir pour respirer un air frais.

Chez Dracki, à dix-sept heures tapantes, le Vhan débarqua.

Afin d'offrir le confort à chacun, le Français avait pris soin de descendre six tréteaux du chantier. Sa première idée avait été de pousser les meubles et de profiter de la longueur du chalet et de l'absence de murs entre les pièces pour disposer une unique et longue table. Mais il l'avait abandonnée au profit de quatre ensembles. Ainsi, à une table s'installèrent les enfants, à une autre les moins jeunes, à une autre encore les Italiens et à la dernière ceux qui restaient. Andreï, lui, se trouva chanceusement à la table des Ritals, entouré des Culpi et de Marisa Fericelli. Michelino était aussi là, comme Fabrizio.

Dracki, au service avec Hubert, déposa sur chaque table cinq plats contenant un assortiment. Ainsi, Andreï vit poser devant lui quelques fines tranches de son *karkówka*, ainsi qu'un plat débordant de riz en sauce, un récipient de pommes de terre grenailles, du ragoût et un mélange de feuilles de chou revenu au beurre et à l'ail. Tout dégageait une odeur alléchante. Tout se mélangeait même à merveille. Et ça donnait envie. Une envie folle. Pourtant, ils avaient déjà tous bien mangé. Les rouleaux de printemps concoctés par Li-Mei et grignotés en mise en bouche n'étaient déjà plus qu'un souvenir, comme les tartines grillées aux rillettes ou à la tapenade. Même les gamins s'en étaient gavés. Mais il fallait attaquer les plats. Et ce, autant par tradition que par gourmandise. D'ailleurs, à regarder autour de lui, Andreï constata qu'aucun n'hésitait malgré les bedaines déjà bien remplies.

Le temps passant, les boissons chargées amorcèrent les rires. Et les chants aussi.

Jamal se lança dans une ballade de chez lui. Dracki sortit son accordéon pour l'accompagner et Zuang son piccolo – qu'il appelait *bangdi*. Les trois formaient une étrange harmonie. À dire vrai, chacun s'étonna de constater comme l'ensemble s'accordait bien. Trop bien même. Quand l'Occident se voyait ainsi marié au Moyen et à l'Extrême Orient, ça résonnait mélodieux, comme un chant parfait du monde. Et sur ces joies, ils passèrent minuit. Sans même s'en rendre compte, sans que personne ne marque le décompte, ils traversèrent le pont qui reliait les deux années ensemble ; l'ancienne, morte à jamais, et la nouvelle, encore inconnue. C'est Juineski qui le fit remarquer à tous une fois la performance des trois musiciens finie.

— Il est minuit deux !

Et chacun, dès lors, se leva pour embrasser son voisin et se souhaiter, autant que se voir souhaiter, toute la chance du monde, et la santé. Surtout la santé. Car, au fond, seul cela comptait.

XVIII

De ceux qui continuent

À la mi-février, le plus gros de l'hiver était passé. C'est donc sans appréhension que les travailleurs firent revivre le chantier.

Avec l'énergie accumulée, le travail reprit vite et bien. Tant d'ailleurs qu'une fois lancés, ils arrivèrent à terminer, jusqu'à son sommet, un des murs longs. Ne restaient plus que celui de la façade et celui de l'intérieur pour délimiter la zone d'entrée.

L'objectif, partagé par tous, était d'achever la façade et son mur parallèle avant le 3 du mois qui suivait. Ils avaient en tête de poser ensuite le toit en quatorze jours pour laisser ainsi les trois semaines restantes à l'érection du clocher et aux multiples et interminables finitions.

— Toujours là, gamin ? lui lança Louis, à la fin d'une journée.

— Toujours ! souffla Andreï.

— Il est tard et il fait bien froid. Tu veux venir manger du chaud ? La Claude a fait un pot-au-feu. Et puis, elle aimerait bien te causer d'une affaire. Tu sais, de l'affaire…, dit-il en faisant de petits gestes pour désigner la sacristie.

Chez le fermier, rue des Juifs, la Claude l'accueillit avec le sourire. Elle l'installa même sans attendre à la table, dos au four pour qu'il profite de la chaleur qui s'en échappait.

— Alors, petit, marmonna-t-elle, tu dois te retrouver bien seul depuis que ton camarade courtise la jolie Juliette.

— Seul, sans doute. Mais ça donne du repos à mes oreilles.

La dame éclata de rire.

— Ça doit faire vide quand même. Mais ils vont si bien ensemble. Je les ai vus se balader dans la neige ainsi, main dans la main. Et ça m'a rappelé de bons souvenirs.

— Ça lui a rappelé le temps où on se baladait nous aussi comme ça, admit Louis.

— Et pourquoi vous ne le faites plus ?

— Se balader dans la neige ? Fieu ! On a déjà les guibolles qui se baladent toutes seules les trois quarts du temps ! Imagine les glissades !

En laissant son rire s'étendre, la Claude vint déposer au milieu de la table une énorme cocotte couleur terre. Elle n'avait pas de couvercle – pas à proprement dit. La Claude, en guise, y avait mis une pâte qui avait joliment gonflé, joliment roussi.

— Je sers ? demanda Louis.

Et la Claude lui tendit les assiettes en lançant la discussion.

— Pour notre affaire, on a bien cherché, annonça-t-elle en préambule. Et avant de t'en dire davantage, je dois te raconter ce qui s'est passé avec le curé ! Pour avoir une idée de ce qu'étaient devenus tous ces gens apparaissant sur ces listes, j'ai donc été dans le bourg d'à côté poser quelques questions. J'ai pris grand soin de choisir mes mots. Pourtant, l'une a répété une chose à une autre qui a fait pareil et ainsi de suite jusqu'à ce que ça arrive aux oreilles du curé.

— Et qu'est-ce qu'il a fait ? demanda Andreï.

— Il est venu ici. C'était quand… réfléchit Claude. Peut-être deux jours avant Noël.

À côté, se régalant déjà, Louis laissait son épouse dérouler l'histoire.

— Il a toqué, *Bonjour bonsoir*, l'imita-t-elle. Et là, il a commencé à nous causer du passé. Comme ça. Il a causé de la guerre, la grande guerre, l'affreuse guerre. Enfin, tu sais comme il cause !

Andreï acquiesça. Il causait irritant. Il causait mal, pour tout dire. Ou bien, c'était selon. Car il était curé et son rôle était de pousser les gens à prier. À l'entendre causer, l'on priait pour qu'il s'arrête. L'un dans l'autre, il faisait bien son travail.

— Il est resté ici une bonne heure, lui apprit la dame. Une bonne heure à se justifier.

— Se justifier de quoi ? demanda Andreï.

— C'est justement ça qui était drôle ! À l'écouter, il n'a rien admis. Je dirais même qu'il justifiait la possibilité d'avoir participé à quelque chose sans admettre d'y avoir participé.

Un morceau de paleron dans la bouche, Andreï essayait de comprendre ce que Claude venait de lui dire.

Non, à la vérité, il essayait de comprendre ce que le curé avait essayé de faire. Et, guère sûr d'y être vraiment arrivé, il décida d'avancer :

— Il a posé des questions ? Des questions précises ?

— Précises, je ne sais pas. Mais il a posé des questions, pour sûr.

— Des questions sur toi, gamin ! intervint Louis.

— À mon avis, relança Claude, il essayait de savoir quel genre d'homme tu es… Genre voleur ou genre maître chanteur, tu vois…

— Je ne suis ni l'un ni l'autre ! se défendit le Polonais.

— On le sait bien, gamin.

— Bien sûr qu'on le sait, renchérit Claude. S'il y a un voleur dans l'histoire, c'est bien lui. Et seulement lui, apparemment.

— Seulement lui ?

— Oui, annonça la vieille dame, car mes questions posées dans le bourg d'à côté m'ont apporté de très intéressantes réponses. Ainsi, on m'a confirmé que le curé de l'époque, sous lequel l'Emmanuel faisait son séminaire, n'avait déjà plus le cerveau en état, et ce depuis longtemps ! Il aurait même dû prendre sa retraite au cours de l'année 1940. Mais la guerre ayant éclaté, et la chose n'étant plus prioritaire pour les évêchés, il a été maintenu à son poste. Mais il avait perdu la logique. J'ai même entendu dire qu'il n'avait plus toujours conscience que c'était la guerre.

— Donc tout a bien été manigancé par l'actuel curé ! ajouta Louis.

— Et quand on y pense, ça paraît même plus cohérent, poursuivit la Claude. À l'époque, il devait avoir dans les vingt ans ?

— Oh, bien vingt ans ! affirma Louis.

— À côté, l'autre curé approchait les septante. Il n'a donc eu aucun mal à agir derrière son dos.

— Et qu'a-t-il fait, au juste ? marmonna Andreï, entre deux bouchées.

— Mon idée de départ, c'est qu'il avait passé un accord avec la Gestapo, déclara-t-elle. Mais en farfouillant un peu, en cherchant une famille qui apparaissait sur la liste, j'ai eu quelques remontées qui me font penser autrement.

— Raconte ? insista Andreï.

— Prends la famille Epstein. Ce nom me titillait, tu sais. J'étais convaincue de l'avoir déjà entendu quelque part. En tout cas, avant… Mais c'était il y a fort longtemps. Alors j'ai cherché, cherché… Et une nuit, je me suis rappelé ! Gabriel ! Gabriel Epstein ! Un petit garçon avec qui je jouais à l'époque. Mais ça, c'était bien avant la guerre. Je devais moi-même n'avoir que neuf ou dix ans.

À vite calculer l'affaire, et en connaissant à peu près l'âge de la Claude aujourd'hui, Andreï tenta de ramener le contexte. Ça le plongea, en effet, bien avant la guerre. Bien avant les deux guerres, même.

— Et c'était la même famille ? demanda Andreï. Parce que moi, au pays, je peux te dire qu'il y en a une flopée, de Voronov. Et je ne suis ni frère ni cousin de la plupart. Alors des Epstein…

— C'était la même, malheureusement, se désola Claude. Pour être sûre, j'ai demandé à une amie qui travaille dans l'administration de me faire une rapide copie du recensement des âmes du bourg à cette époque. Et Gabriel était bien dedans. Il était revenu y habiter en janvier 1939 avec sa propre famille. Et à force de chercher, j'ai même retrouvé son frère. On s'est écrit et il m'a raconté les faits.

Pendu à ses lèvres, Andreï avait arrêté de manger. Ce n'était pas seulement une histoire, c'était l'Histoire. Et de son poids véridique, elle pesait lourd sur l'attention du jeune homme.

— Qu'a-t-il écrit ?

— Ce qu'il a écrit, c'est que son petit frère était convaincu d'être à l'abri, ici, dans ce bourg. C'était même ce qu'il lui avait confié peu avant d'être raflé. Il lui avait écrit que le jeune séminariste du bourg était venu le voir. Il avait une liste à la main ; une liste recensant les personnes de confession juive de la région. Le séminariste lui avait alors dit que s'il voulait échapper aux Boches, il devait montrer solidarité envers l'Église catholique. Il le devait en donnant ses valeurs. Et en échange, il était assuré d'une protection. Dans sa lettre à son frère, Gabriel pleurait ses biens mais se réjouissait d'avoir ainsi mis à l'abri sa famille. Sa lettre, datée du 23 juillet 1942, fut la dernière qu'il envoya. Le frère, lui, n'a pas eu idée de ce qui était arrivé jusqu'à la fin de la guerre. Pire même, il m'a confié qu'il n'a découvert le tout que très récemment. Gabriel et sa famille ont été pris et envoyés à Dossin dans la foulée. Le 4 août suivant, ils étaient déportés vers Auschwitz.

Un silence, forcément, suivit la révélation. Un silence dur, de colère. Un silence d'impuissance aussi. Et il y avait le reste qui flottait au-dessus de leurs têtes ; l'incompréhension, le questionnement, le gâchis. Cela donnait mal au cœur.

— Aucun n'est revenu ? demanda le logeant du Vhan. De cette famille, des Epstein ?

— Non. Son frère m'a confirmé que non. Il avait l'espoir qu'un des enfants ait survécu, mais même pas. Je lui ai envoyé les bijoux recensés sous leur nom. Il y avait une broche, des alliances, une montre aussi, et deux autres bagues. Je lui ai tout envoyé.

— Tu as bien fait, assura Andreï. Et qu'a-t-il répondu ? Est-ce qu'il a posé des questions ?

— Oui, tout récemment. Mais j'ignore encore quoi lui dire.

— La vérité. Réponds-lui la vérité. C'est ce qu'il mérite, après tout. C'est ce qu'ils méritent tous. La vérité.

Cette fois, c'est Louis qui acquiesça. Et le problème résolu, il attrapa sa fourchette pour continuer son repas.

— Pour les autres, tu as trouvé ? demanda Voronov, en s'y remettant lui aussi et en faisant honneur aux belles carottes et autres poireaux qui enrichissaient la *chance*.

— Malheureusement non, regretta la dame. Enfin, j'en ai tout de même retrouvé huit.

— Huit ? Mais c'est épatant, huit !

— Je n'arrête pas de le lui dire ! intervint Louis.

— C'est peu, confessa-t-elle. J'aurais aimé les retrouver tous. Mais il y a des noms qui ne mènent plus à rien. Et ça me désole.

— En même temps, ce n'est pas évident. Puis il faut voir le bon côté des choses, insista Andreï. Huit, c'est mieux que ce que c'était avant. Avant, ce n'était rien.

— Le gamin a raison, lâcha Louis. Et faut pas oublier que le curé a tout perdu ! Ça aussi, ça pèse dans la balance !

Repu, Andreï repoussa son assiette et soupira. Il ne soupirait pas d'être plein. Il soupirait d'une gêne liée justement à l'ecclésiastique.

— J'ai toujours peur, avoua-t-il. J'ai peur qu'il me cherche misère.

— Qu'il essaye seulement ! brandit Louis.

— Il n'y a aucun risque, ajouta Claude. Tu aurais dû le voir quand il est venu ici. Il trônait là, dans ses petits souliers, à tâtonner pour savoir ce que nous, on savait. Non. Ce qu'il va falloir décider, c'est ce qu'on fait du reste. J'ai encore quelques gens à contacter. Mais il y en a déjà pas mal pour qui c'est sans espoir de retrouver une parenté. À moins, peut-être, de pousser plus loin dans les branches familiales. Mais je n'ai aucun moyen de faire ça.

— Une fois les derniers passés en revue, décréta Andreï, on donnera le reste au Mémorial juif de la grande ville.

Et chacun acquiesça.

— On fera donc ça ! confirma Claude. Et plus vite ce sera fait, mieux je m'en porterai ! Et tiens, parlons d'autre chose… J'en ai une bonne à te raconter sur le bourgmestre !

Andreï se redressa. Quoi qu'il en dise, il raffolait des potins du bourg. Particulièrement lorsqu'ils touchaient ceux qu'il ne considérait pas.

— Il a acheté une baraque, une énorme ! balança Claude en mimant la démesure. Et dans un beau coin ! Près du *Mont*, de l'autre côté du fleuve. Tu vois, là où ce n'est que prés et chevaux ? Par-delà le petit pont, il y a de grosses demeures. Eh bien, il a acheté la plus grosse de toutes !

Andreï acquiesça, même s'il ne voyait pas vraiment. À la vérité, il n'était que rarement sorti du bourg. Même, à compter, il avait dû en sortir huit ou neuf fois. Cela ne faisait même pas dix. Cela ne faisait rien.

— Avec quel argent ?

— Va savoir, dit-elle. Mais ce n'est pas le pire. Le pire, c'est le chemin de fer ! Il s'arrête, pour l'instant, aux abords des *Tons*, à deux kilomètres de là.

Ça, Andreï le savait. C'est en train qu'il avait échoué ici avec son père.

— Et qu'est-ce que les rails viennent faire là-dedans ? demanda le Polonais.

— Eh bien, ils avaient pour projet de les prolonger jusqu'à la frontière. Et ils en auraient fait de même de l'autre côté, pour ainsi relier d'une traite les deux pays. Mais le maïeur, apparemment, ne voit pas ça d'un bon œil. Et pour cause, la ligne passerait juste derrière sa nouvelle maison. Du coup, il paraît qu'il fait pression sur les autorités du rail pour qu'ils repoussent leur ligne plus loin, sans aucun doute près des maisons des plus pauvres.

— Quel mauvais ! ronchonna Louis.

— Surtout que ça s'éternise cette affaire ! Et il en est le seul responsable ! Il prive les trois bourgs d'un accès facile aux trains pour ne pas être personnellement dérangé. Ça en dit long sur le personnage.

— Un mauvais, je te dis ! répéta Louis. Moi, ça ne me dérangerait pas de voir passer le train.

— En même temps, plaisanta son épouse, tu es sourd comme un pot !

— Pas faux, rétorqua le vieil homme.

Et tous rirent. L'égoïsme était une maladie répandue mais pas toujours contagieuse, et cela consolait.

Et la Claude en raconta d'autres. Des potins de partout, des histoires croustillantes. Et sur tous ceux qui avaient mis Andreï et ses camarades dans le pétrin. Le clerc, l'apothicaire, le facteur. Même le docteur Joseph en prenait pour son grade. Et les caquettes d'ici tout autant. La Paulette qui n'arrivait plus à terminer une journée sans être ivre. La Huguette qui avait vu son fils revenir d'un long voyage avec une épouse africaine. Et la Myriam qui avait trouvé son époux batifolant avec une de ses cousines. Ça racontait autant que ça riait. Et ça faisait passer le temps. Ça faisait passer les maux.

XIX

De ceux qui constatent

Avançant vaille que vaille, les travailleurs tenaient jusqu'ici les délais, ce qui relevait du miracle car ils enchaînaient les embûches et autres déconvenues. Et sur le chantier autant qu'au Vhan. Car au Vhan, rien n'allait vraiment. *Jamais deux sans trois* d'après le dicton. Et ce diable se vérifiait. Aux deux premières coupures d'électricité avaient succédé une troisième. Et celle-ci se prolongeait sur une période record. La première avait duré dix-huit heures, la seconde autant, la troisième, en cours, finissait presque sa complète semaine. Et ces six jours sans lumière, même si l'hiver touchait à sa fin, étaient des plus inconfortables. Les logeants du Vhan ne parvenaient à vivre que huit heures par jour.

Aidé par Jamal, Alberto était allé jusqu'à la boîte de la grand-route pour tenter de remettre le courant, mais sans la clé, c'était peine perdue.

Michelino, accompagné de la mère Fericelli et conduit par Louis avait, lui, essayé d'expliquer le cas au bureau du fournisseur de réseau de la grande ville, mais personne n'avait même daigné le recevoir, sous le prétexte qu'il n'avait pas rendez-vous et que les réclamations de tout ordre devaient être introduites par courrier. La *Madre* avait tapé scandale – autant que tapé le vigile de l'entrée du bâtiment –, mais rien ne fut résolu pour autant.

Pour pallier ce désagrément, ça s'était depuis organisé au Vhan. Quelques bonnes âmes – Louis, son frère Léopold, Rémy ainsi que deux de ses ouvriers – avaient eu le cœur de prêter aux désœuvrés des groupes électrogènes qui donnaient, à heures précises et comptées, un peu de lumière et de chaleur chez ceux qui en avaient le plus besoin. Là où il y avait des marmots surtout. Et c'était bien normal. Le cinquième groupe électrogène allait au besoin. Un soir chez Michelino, un autre chez Dracki, un autre encore au fond du Vhan chez le vieil Hubert ou Pie.

Pour charger les engins, ils avaient dû se répartir la peine. L'essence coûtant cher, ils avaient d'abord fait pot commun pour aller chercher quelques litres par-ci par-là. Avec la générosité de Louis qui en apportait lui aussi quand il le pouvait, ça faisait tenir un groupe quelques heures. Mais arrivait un moment où la machine s'arrêtait. Et tous avaient, les quatre premiers jours, vécu dans cette crainte. Au cinquième, les logeants du Vhan avaient eu le plaisir de découvrir échoué à l'entrée de la rue une douzaine de jerricans pleins à ras bords. Après enquête, ils avaient appris qu'ils venaient d'Anatole, pompiste du bourg des Avelanches – et grand camarade de Léopold. L'homme, ayant une épouse immigrée de Slovaquie et ne connaissant que trop bien la méchanceté et les coups bas de certaines gens contre les différends, avait vu sa générosité exploser. Par solidarité, il était donc venu déposer ces douze jerricans sans demander un sou ni un merci. Le lendemain, il avait recommencé son partage. Plus que la lumière, ce bon homme apportait l'espoir au Vhan.

Au soir du septième jour de la coupure d'électricité, et profitant de l'obscurité qui régnait chez Andreï, des indésirables vinrent visiter son logis. Par chance, le Polonais n'était pas chez lui. Dracki avait hérité d'un groupe électrogène pour la soirée et la moitié du Vhan privée de jus avait échoué chez lui pour jouer aux cartes, lire ou simplement bavarder sous la lumière.

C'est peu après minuit que Voronov découvrit les dégâts. Son chez-lui, sens dessus dessous, lui apparut tristement ruiné sous l'éclairage des lampes à piles. Fabrizio, sur ses talons, soupira même en découvrant le massacre.

— Quel désordre ! constata-t-il. T'avais pas fermé ta porte ?

— Non, avoua Andreï. Avec les pièges, tout ça…

Zuang, bricoleur habile, en avait fabriqué une trentaine et les avait disposés à l'abri des regards tout le long des clôtures qui séparaient les parcelles du champ. Seul Louis avait été prévenu. Après réflexion, les logeants s'étaient dit que les vils assaillants du pauvre Andreï avaient dû suivre ce chemin pour venir l'attaquer la nuit de son agression. Ainsi fait, s'il leur venait à l'idée de recommencer, ils seraient bien mieux accueillis. Mais de toute évidence, le fouilleur avait pris un autre chemin. Ou il avait eu beaucoup de chance.

— Y manque quelque chose ? demanda Fabrizio en éclairant de sa lampe l'amoncellement apparent.

— Que veux-tu qu'il manque ? Je n'ai rien qui vaille la peine d'être volé, fit remarquer le visité.

— Alors pourquoi ? Juste pour mettre le désordre ?

Andreï haussa les épaules afin de mieux réfléchir.

— Les papiers ! Ceux de Novsky ! lâcha soudain l'Italien, frappé par une révélation.

À ces mots, un bruit résonna au-dehors. Ni une ni deux, Fabrizio le rejoignit, prêt à en découdre avec celui qui l'avait provoqué. Et s'il n'y avait eu son camarade pour l'arrêter, il aurait détruit le tremblant qu'il venait d'attraper.

Le voleur saisi par le col ne résista même pas. Il avait le corps lâche, les jambes molles, et pendait littéralement au bout des mains de l'Italien.

— Me frappez pas, s'il vous plaît ! supplia-t-il.

— Ton nom ? rétorqua Fabrizio.

— Fabien. Je travaille à l'étude.

— L'étude ? Quelle étude ?

— Celle de mon père.

N'y comprenant rien, Andreï éclaira son visage sans ménagement. Le gamin, d'une quinzaine d'années, suintait la frousse.

— Qu'est-ce que tu es venu faire ici ? insista Fabrizio.

— C'est le vieux Novsky. Il m'a payé pour que je vienne récupérer des papiers.

À sa réponse, l'Italien desserra un peu sa prise sans pour autant lâcher sa proie.

— Mais je n'ai rien pris, je le jure ! poursuivit le gamin.

— Tu n'as rien pris parce que tu n'as rien trouvé, nota Andreï.

Le gamin esquissa un sourire nerveux.

— Et combien il t'a payé, le vieux Novsky ?

— L'accord c'était 1 500 avant et 1 500 de plus à la réception, monsieur.

— 3 000 francs en tout ? Eh bien, petit, tu coûtes cher ! plaisanta le Polonais avant de demander à Fabrizio de le lâcher complètement et d'aller chercher les papiers.

Guère sûr, son camarade le regarda et, dans la pénombre, tenta de lire ses traits.

— Tu plaisantes ?

— Non. On sait tous les deux ce que sont ces papiers. Que Novsky les récupère. Ça le délestera de 3 000 francs.

Voyant les choses sous cet angle, Fabrizio s'exécuta sous l'œil hagard de l'apprenti voleur.

— Ne bouge pas ! lui dit-il en levant un doigt avant de disparaître.

— C'est un piège ? marmonna le garçon.

— Du tout, se contenta de répondre Andreï.

— Alors, vous allez me les donner et me laisser partir ? Comme ça ?

— Non, pas *comme ça*.

Et le gamin, figé, attendit, mal à l'aise, les conditions autant que les papiers. D'ailleurs, il n'était pas sûr lui-même de vouloir attendre. À bien regarder son air terrifié, il rêvait certainement de prendre la fuite. Mais quelque chose l'en empêchait. Pas Andreï, pour sûr. Il était à plus d'un mètre de lui et lui tournait même à moitié le dos. Non. Ce qui l'empêchait de prendre ses jambes à son cou, c'était les papiers, la possibilité de les avoir, celle encore plus belle de toucher sa deuxième part et d'empocher en tout 3 000 francs.

Et Fabrizio revint et coupa le fil des pensées du jeune voleur.

— Là ! dit-il en tendant l'épais dossier à Andreï.

Ce dernier, d'un geste du menton, indiqua à son camarade le jeunot. Et l'Italien, non sans faire la moue, s'exécuta et lui tendit les documents. Avant que Fabrizio ne desserre sa prise, le Polonais lâcha, lui, sa condition :

— On te les donne si tu acceptes de mentir à Novsky.

— Lui mentir ? balbutia le gamin.

— Tu devras lui dire que tu les as bien volés, qu'on ne t'a rien donné. D'ailleurs, tu lui diras que tu ne nous as même pas vus.

— Juste ça ? Mais oui, je le dirai. Je dirai exactement ça !

Intérieurement, Andreï se régala. Il n'avait pas douté qu'il accepte. Il n'avait même pas douté de son entrain.

Entendu donc, Fabrizio laissa les papiers lui échapper des mains. Et sans se faire prier, le garçon sauta la clôture et disparut dans la nuit. À le voir faire, les deux comprirent pourquoi il n'avait pas déclenché les pièges. Il avait bondi large et était retombé loin. Les pièges étaient beaucoup trop près du fil.

— Quel abruti, ce Novsky ! rit Fabrizio. Payer 3 000 francs pour récupérer des papiers sans valeur !

— Il a payé pour soulager sa conscience, fit remarquer Andreï. Mais ça ne l'aidera pas. Les remords de nous avoir bernés le hanteront tôt ou tard, si ce n'est déjà le cas.

— Et lui, tu le laisses reprendre de la confiance ? Ce gamin va croire qu'il a réussi son coup et sera moins hésitant à recommencer.

En éclairant le sol où s'était tenu le voleur, Andreï sourit avant d'ajouter :

— Confiance ? Vu la tache, il n'en tirera aucune !

Le sol, maculé d'urine, parla de lui-même. Et après une grimace dégoûtée, Fabrizio éclata de rire.

— C'est que je fais peur quand je veux ! Ça doit venir de mes gros muscles, ou de mon regard… J'ai un regard, parfois…

Sur le chantier de l'église, un nouvel embêtement vint plomber la marche. Coup sur coup, l'équipe perdit au labeur le vieil Hubert et Dracki par la grippe, et Darren par blessure. Andreï souhaitait les revoir bien vite, mais n'y comptait pas trop. Il n'avait pas l'énergie pour couvrir de multiples espoirs. Il devait donc veiller à bien les répartir, et surtout à ne pas trop étirer sa totale espérance pour ne pas la déchirer.

Comme prévu pourtant, au soir du 3 mars, les pierres délimitant l'entrée à cinq mètres cinquante de la façade ainsi que celles de la façade étaient montées et scellées entre elles. Ils pouvaient dès lors commencer le toit. Et une fois le toit posé, tous en verraient enfin le bout.

Le premier jour de la construction du faîtage, les travailleurs forcés furent surpris de voir débarquer sur le chantier deux inconnus.

Rémy était arrivé avec eux. Et d'entrée, il expliqua le pourquoi de leur présence :

— Ce sont des amis. Ils sont là pour immortaliser l'affaire.

Dans la foulée de l'annonce, les deux hommes sortirent leurs appareils. Andreï n'en avait jamais vu de semblables. Des boîtes à pellicules de tailles et de formes différentes, tous reliés par une lanière. Et de suite, ça cliqua fort, ça flasha vite.

— J'avais fait des photographies avant les travaux, déclara Rémy en sortant de sa mallette un grand carton plié. Pour le devis que m'avait demandé le bourgmestre.

Afin de mieux juger du travail effectué, tous laissèrent ce qu'ils s'acharnaient à faire et rejoignirent l'entrepreneur au centre de l'édifice. Et les uns les autres, ils se passèrent les images. Ce fut un réel choc pour chacun. Surtout que les instantanés étaient tous pris en drame, ne montrant que le pire. D'ailleurs, il fallait attendre d'avoir vu la dernière image pour constater que l'arrière de l'édifice avait survécu à la foudre. Sur les autres, on ne voyait qu'amoncellement de ruines sous un ciel gris tristesse.

— Parfait ! lança l'un des photographes. Nous allons vous prendre…

Et consultant son camarade, il choisit deux images des ruines. Deux dramatiques ; deux parfaites aux yeux de Rémy.

— Oui, ces deux-là, affirma le second bonhomme.

Une fois fait, les photographes se dispersèrent dans l'édifice et les invitèrent à venir prendre la pose un par un.

Ne sachant au juste ce qu'ils entendaient par là, Andreï et Fabrizio remontèrent simplement sur leur échelle et s'en retournèrent sur les traverses déjà posées là-haut ; deux longues poutres reliant un mur à l'autre.

Pour coller au plus près de l'ancienne charpente, ils reproduisaient à l'identique celle qui avait survécu à la tempête. Les trois Sibériens avaient dû casser le plâtre qui la recouvrait de l'intérieur. Ainsi, l'ensemble apparaissait d'ailleurs bien plus joli.

— Il faut mettre les pannes ! lança Jamal d'en bas. Déjà les deux sablières de chaque côté.

Les pannes sablières étaient celles qui couraient sur les murs. C'étaient les plus faciles à poser.

Rapidement, d'une corde tendue, les deux camarades du Vhan restés en haut mesurèrent la longueur nécessaire. Mesure prise de la sablière gauche, Andreï lança la corde marquée à Jamal qui ne traîna pas à reporter le calcul sur un bout de bois. Ceci fait, il relança le corde-mètre à Fabrizio qui était déjà passé sur l'autre côté pour mesurer la sablière droite.

Et ça sciait en bas quand ça mesurait en haut.

Appareils photographiques en main, les rapporteurs se voyaient impressionnés. En tendant l'oreille, Michelino, toujours bien là sur sa chaise pliante, ne perdit pas une bribe de leur conversation :

— Et ils font ça depuis quand ? interrogea l'un d'eux.

— Depuis peu après la tempête, répondit Rémy. Ils ont taillé chacune de ces pierres à la main. Ils ont travaillé dans les plus fortes chaleurs aussi ! Vous vous souvenez du dernier mois d'été quand il a fait si lourd ?

Les deux acquiescèrent et soufflèrent en même temps, signe qu'ils en avaient souvenir – bon et mauvais.

— Ils étaient ici à travailler ! insista Rémy. Et à des heures inhumaines car ils étaient forcés d'arrêter avant dix-sept heures, juste quand ça commençait à être respirable !

— Pourquoi le devaient-ils ?

— À cause du voisinage qui se plaignait du bruit.

— C'est pas possible ! Quelle belle bande de…

Il ne finit pas sa phrase, à la tristesse de Michelino. Le vieil homme adorait entendre les gens jurer. Il adorait, à la vérité, apprendre de nouvelles insultes. Mais la réserve journalistique frappait le photographe.

Alors que ça discutait et photographiait toujours en bas, les deux pannes sablières sciées à bonnes longueurs étaient hissées au sommet.

Une fois qu'elles furent positionnées, et tel un funambule, Andreï monta dessus. Une craie à la main, mi-accroupi, il avança le long de chacune en traçant de part et d'autre le dessin des arêtes du bois sur le haut des pierres qui formaient le mur. Il fallait être malin et compenser par des idées son manque d'expérience en construction de larges édifices. Ici, l'idée trouvée était simple ; tailler, creuser le sommet des murs pour pouvoir encastrer à demi la première panne, puis l'y souder pour avoir une assise tenace sur le reste de la charpente. Ça sonnait, ainsi expliqué, comme du bricolage, mais ce n'était ni plus ni moins qu'un acte de montage comme un autre. Le but était que le tout tienne solidement. La méthode n'était que littérature.

Les photographes, loin de s'inquiéter de la règle, s'extasièrent devant la manière. Et ils mitraillèrent Andreï dans les airs. Ils l'immortalisèrent en contrechamp se baladant sans peur, ainsi dans les hauteurs.

— Et la cloche, où est-elle ? demanda un photographe.

— Évacuée… Elle était gondolée d'un côté. Les gamins l'ont sortie et, apparemment, le diocèse a envoyé des bras pour la récupérer.

— Ils ont laissé un mot ! cria Fabrizio, d'en haut.

Du doigt, il indiqua le *tréteau du travail* ; un tréteau qui accueillait les plans, les crayons et les cordes-mètres de chacun.

Le pas toujours chancelant, et accompagné du photographe curieux, Michelino alla voir le papier. Il le trouva bien vite car flanqué de la marque de l'Église.

— Ici…, bredouilla-t-il en posant ses vieilles lunettes sur le bout de son nez.

Par-dessus son épaule, le plus âgé des photographes lut : *Le diocèse fournira une nouvelle cloche à l'église Saint-Servais en date du 17 mars.*

— Le 17 mars ! cria l'ouvreur du Vhan à la cantonade. Ils apportent la nouvelle cloche le 17 !

La plupart, déjà au courant, ne réagirent pas. Les autres, par contre, se mirent à compter sur leurs doigts, comme le photographe, comme Rémy par là-bas.

— On enverra quelqu'un de discret ce jour-là, déclara le photographe en recopiant la note dans un petit carnet. Pour prendre quelques clichés du diocèse abandonnant la cloche sur le parvis et laissant ces pauvres hommes à leurs travaux forcés.

À l'entendre parler, Michelino comprit là que ce bonhomme avait pris position. Et pour le vieil Italien, il avait pris bonne position, à savoir la leur, la position des gamins, des pauvres du Vhan exploités sans vergogne.

Et Rémy siffla un coup sec et mit fin à tout. Son sifflement faisait écho à un autre plus lointain. Celui de qui ? Nul n'en avait idée. Au son cependant, l'on aurait facilement parié sur un enfant.

— Sortez par-derrière ! dit l'entrepreneur aux rapporteurs. En suivant la route, vous tomberez directement sur la rue du Pont !

Sans en demander plus, en flashant une dernière fois, ils s'échappèrent par le chœur.

Une minute plus tard, à peine, le bourgmestre fit son entrée, flanqué de ses sbires et de deux caquettes du village ; la Paulette et la Myriam. L'élu parcourut d'abord le chantier, faisant mine d'inspecter chaque mur, presque chaque pierre, avant de rejoindre le petit groupe qu'il avait amené, de regarder en l'air – littéralement vers le ciel, vu l'absence encore de toit –, de lever son bras gauche, de découvrir sa montre, de tapoter d'un doigt son cadran et de lancer :

— Le temps passe ! Et vous n'avancez pas !

Et sa cour, forcément, ricana. Au bout de la moquerie, le curé arriva. Et de suite, l'ecclésiastique lâcha ses *Mon Dieu, mon Dieu, mon Dieu !*

— Quand est-ce déjà, monsieur le curé ? gouailla le bourgmestre. Quand est-ce les Pâques ?

— Le 10 du mois prochain, claqua l'ecclésiastique.

— Ça vous laisse quoi, un mois ? Et nulle trace du toit ni du clocher ! Nulle trace même d'une porte d'entrée ? Franchement, vous êtes des bons à rien !

Andreï, descendu pour l'occasion, rassembla son calme et lança à ses camarades, distraits par la présence des moqueurs, un *On reprend !* Et, dans la foulée, le Polonais ajouta pour l'élu seul :

— Si j'étais vous, mon bon monsieur, je ne resterais pas là ! Les bons à rien sont souvent maladroits. Ce serait dommage que vous receviez un marteau sur le coin de la gueule !

Ceci dit, il regrimpa au sommet. Et en gravissant son échelle, le bâtisseur réalisa qu'il existait trois types de personnes en ce bas monde ; ceux qui faisaient, ceux qui constataient pour en témoigner, et ceux qui constataient pour critiquer. Et des trois, Andreï était heureux d'être de ceux qui faisaient. Il était aussi heureux pour ceux – les photographes, Michelino, le vieux Louis ou même la Claude – qui transmettaient, qui témoignaient. Et il était presque malheureux pour les autres. Oui, échelon par échelon, ses pensées s'alignaient et il se retrouva bientôt à les plaindre. Pauvre bourgmestre ! Pauvre curé ! Pauvres caquettes ! qui n'étaient capables de rien d'autre que de mal constater, que de propager critiques et autres moqueries. Pauvres d'eux tous !

XX

De ceux qui médisent

Grâce aux talents d'Alberto, les sommets des murs devant accueillir les pannes sablières furent taillées en deux jours. Il avait, en plus, taillé cela juste, presque à la poussière. Tant d'ailleurs qu'il avait fallu aux Sibériens de sacrés coups de marteau pour enfoncer les longues poutres dans leurs socles tout juste formés.

Le temps qu'Alberto eût fini cela, un groupe de sept travailleurs – Zuang, Juineski, Jamal, Ronan, Clément et Pie, ainsi que Fabrizio – avait attaqué la porte et son encadrement. C'était chipotage. C'était désespérant. Le temps que les deux longues pannes soient imbriquées, ceux-là n'avaient que scié les bois à longueur et creusé çà et là les pierres pour former les encoches destinées à recevoir le cadre. Deux jours pour presque rien autrement dit.

Le matin du 6 mars arriva et, selon leur plan, l'ensemble du toit, ardoises comprises, devrait être posé dans onze jours maximum. Leur chance, dans tout cela, c'était justement les ardoises dégotées par le bourgmestre et son équipe de radins. Ils avaient acheté en quantité et au moins cher. Les plates n'étaient donc ni petites ni précieuses.

Après les pannes sablières bien imbriquées, et profitant déjà de la forme du mur de façade, les travailleurs prolongèrent les deux pannes courantes et celle du sommet, la panne faîtière. Cette dernière tenait au niveau de la façade par un montage astucieux de poutres. Astucieux selon Jamal qui l'avait réalisé. Car à regarder l'ensemble, on pouvait avoir peur que le tout s'écroule. Mais le Marocain avait été formel, cela pouvait tenir mille ans en l'état, et bien plus lorsque le clocher serait monté.

Pannes mises, donc, chacun s'activa désormais à poser les chevrons et à les clouer serrés. Il fallait réaliser un treillage précis et solide permettant d'accueillir ribambelles d'ardoises.

Le soleil de mars tapant déjà fort, les travailleurs juchés dans les hauteurs n'hésitèrent pas à se délester de quelques couches. Passer d'une panne à l'autre, d'un chevron au suivant, demandait agilité et effort. Il fallait aussi se balader les poches remplies de clous et veiller à ce que les marteaux ne tombent pas sur le sol soigneusement dallé par Jamal. À leurs aises, donc, ils opéraient bien mieux.

Et ils se relayèrent équitablement. Certains, souffrant de vertige, ne pouvaient monter trop haut. C'était le cas de Clément, de Juineski et de Ronan. Du coup, ces trois-là accompagnés de Zuang et de Pie s'occupèrent de la porte. Le jeu était de la finir avant le toit. Et les charpentiers jouaient aussi la course. En toute logique, ces derniers partaient avec un handicap ; la surface à faire était plus grande. Mais l'avantage de la clarté était de leur côté. Ils n'avaient pas à chipoter. Ils avaient juste à hisser les chevrons, compter deux mains d'écart entre chaque et les clouer. Les pauvres qui travaillaient aux portes avaient bien plus de soucis. Le pire était le plan. Ou plutôt son absence.

— Faire des portes, c'est un métier ! fit bien vite remarquer Zuang.

— Et c'est loin d'être le nôtre, avoua Juineski.

— En plus, tu as vu la porte que c'est ? Et regarde-moi la taille de ces charnières !

Derrière eux, sans qu'ils s'en aperçoivent, cinq habitants du bourg étaient arrivés. Du haut du toit, alerté par leurs petits bruits de discussion, Andreï avait fini par jeter un œil pour découvrir, assis sur la droite de la place, trois des caquettes du village accompagnées du curé Emmanuel et de l'ancien tenancier Ernest – pour une fois, guère saoul. Les bougres avaient installé là une table ronde et cinq chaises. Et ils jouaient aux cartes. Tout du moins, les caquettes jouaient aux cartes. Les deux hommes, eux, avaient les yeux rivés sur ceux qui travaillaient et ils distillaient çà et là quelques commentaires. Andreï ne les entendait pas distinctement. Seul un brouhaha de désordre titillait à ses oreilles. Mais il les voyait bien montrer du doigt ceux qui s'affairaient sur la porte. Il les observait même rire, se moquer. Et ça l'énerva.

— Regarde donc ceux-là ! marmonna-t-il à Fabrizio, juste en dessous de lui.

L'Italien enfonça son clou avant de se hisser à hauteur pour découvrir la scène.

Et un autre arriva. Puis un autre encore. Piotr et Feliks, les Sibériens, s'approchèrent aussi pour voir. Et tous deux n'en revinrent pas.

— Qu'est-ce qu'ils font ? demanda même Feliks.

— Ils viennent observer, répondit Fabrizio.

— Critiquer, tu veux dire ! marmonna Andreï.

À la réplique répondit en écho le rire du curé.

À entendre critiques, les travailleurs d'en bas se laissèrent vite déconcentrer. Et la porte n'avança pas.

À la fin de la journée, ils n'avaient finalement réussi qu'à placer le linteau et les chambranles. Ils avaient mesuré aussi. Et Juineski avait commencé à scier. Mais rien de plus.

À dix-sept heures pile, ceux du toit descendirent pour retrouver leurs camarades dépités au milieu de l'édifice.

— Qu'est-ce qu'on fait s'ils reviennent demain ? demanda Pie, irrité comme les autres.

— Vous continuerez à construire la porte mais à l'intérieur, décréta Jamal.

— Et je vais demander à Louis et Claude de venir s'installer à côté d'eux, proposa Andreï. Je vais leur demander de s'asseoir sur la place avec Michelino. On verra bien s'ils osent encore lancer des critiques !

Satisfait de l'idée, Pie retrouva le sourire.

— Et puis, demain, on récupère mon frère ! lança Daniel.

— La main de l'Irlandais va mieux ? s'enquit Fabrizio.

Le pauvre Darren avait reçu un mauvais coup de marteau avant même que le toit ne soit attaqué. Un manque de chance, assurément.

— C'est sa mauvaise main, confia son frère. En plus, ça le démange de rester au Vhan. Quand je rentre, il m'oblige à lui raconter dans les moindres détails tout ce que j'ai fait. Et à chaque passage, il y va de son commentaire !

— Ah ! ton frangin ressemble à une épouse ! plaisanta Alberto. Encore que, la mienne n'est pas comme ça…

— La mienne non plus, assura Zuang. Mais elle n'est pas du genre collante.

— Donc j'ai un frère qui me sert d'épouse collante ? rétorqua Daniel. Vous êtes malins, les gars ! Maintenant, je vais garder ça en tête !

Et tous rirent.

— Allez ! finit par lancer Andreï en consultant l'horloge qu'il avait apportée sur le tréteau de travail. Ça ira mieux demain !

C'est ce qu'il se disait lui-même tous les soirs pour mieux passer la nuit. Et à force, il finissait par penser que c'était peut-être vrai.

Au lendemain, malheureusement, les dénigreurs du bourg avaient décidé de monter en masse jusqu'à l'église. C'était lundi, les retraités s'ennuyaient et le temps était étrangement bon. Il n'était donc guère étonnant de voir la mauvaise populace s'agglutiner de la sorte.

Prévoyant, Andreï avait été quérir la présence de Claude et de Louis avant de venir sur le chantier. Elle avait dit oui tout de suite. Lui devait d'abord faire le tour de ses champs avait promis de les rejoindre.

Ainsi, sur la place de l'église légèrement en pente, quatre tables firent face à une. Sur la plus petite, Michelino jouait aux dames avec Claude. Les quatre autres, quant à elles, se voyaient occupées par des joueurs de couillons et des liseurs de journaux. Curieusement, le tout ne parlait pas beaucoup. De l'édifice, du chantier, Andreï n'entendait même que la Claude faire causette avec le vieux logeant du Vhan. Des autres tables, en tendant à l'extrême l'oreille, il entendait fleurir çà et là quelques mots. Mais guère à leur propos, toutefois. À propos du temps, du printemps, des beaux jours qui s'annonçaient. Il y avait retenue, ça se sentait. Et la gêne des bourgeois faisait même plaisir à voir.

Là-haut, sur le toit en chantier, les travailleurs arrivèrent bien vite au bout d'une étape ; la pose des chevrons. Une fois midi passé, ils entameraient celle des ardoises.

Andreï, pourtant concentré, ne put s'empêcher de voir Alberto zieuter les critiqueurs installés sur la place. À chaque clou qu'il enfonçait, il jetait un œil.

— Tu attends quelqu'un ? plaisanta-t-il.

— Ma femme… Et les gosses aussi ! Elle m'a dit qu'ils passeraient nous apporter à manger. D'ailleurs, la femme de Zuang doit venir aussi, avec ses petites. Ça m'emmerderait sévère d'entendre ces bourgeois les critiquer !

Pire, ça m'emmerderait que ma famille les entendent. Surtout les enfants !

Et des trous laissés par le treillage, Andreï scruta l'horloge. Midi approchait. Et comme Alberto, il se retrouva frappé d'inquiétude. Ces gens-là, il le savait, étaient capables du pire. Il savait surtout qu'au fond, rien ne pouvait arrêter la méchanceté en meute. La solitaire, il y avait toujours moyen de la faire museler. Car le méchant n'a, seul, pas assez de courage pour ne serait-ce qu'oser. Mais à additionner les méchants, l'on additionnait leurs courages – même ridicules. Et un tas de ridicules pouvait vite faire naître une montagne de rage.

À midi pile, la famille Culpi arriva au grand complet. Ils avaient eu la bonne idée de ne pas passer par la rue de l'église, mais par l'arrière. Hélas, l'épouse de Zuang et ses gamines n'avaient pas pris le même chemin. Et de loin, et de haut, Andreï aperçut le visage de Li-Mei se décomposer à la vue de la place bondée.

À la vitesse de l'éclair, Alberto descendit du toit pour accueillir sa moitié et la débarrasser de ses fardeaux. La Claude fit de même avec Li-Mei. Elle fondit sur elle à une vitesse folle pour l'aider à porter ses plats autant que pour la rassurer face aux villageois.

Les trois fillettes, à la fête et à mille lieues d'imaginer que tous ces gens leur étaient hostiles, coururent dans les bras de la vieille dame pour la couvrir de câlins. Elles s'étaient revues de nombreuses fois depuis leur première rencontre. Preuve en était, le langage des enfants. Il s'améliorait à vue d'œil. Et sans accent.

— Qu'est-ce qu'ils font tous là ? marmonna Li-Mei, terrifiée.

— Ils sont venus embêter les hommes. Mais ne t'en fais pas, ils n'y arrivent pas.

Livide, la pauvre Li-Mei se vit accueillir par Zuang sur le pas de l'église. D'un geste, il fit entrer les gamines qui s'exécutèrent sans rechigner. Et dans le mouvement, les trois fillettes rejoignirent les enfants Culpi, déjà bien à l'abri à l'intérieur.

Et à peine Li-Mei avait-elle eu le temps de se décharger qu'une voix gueula au-dehors.

— Quelle bande d'emmerdeurs, j'vous jure ! cria la mère Fericelli en pénétrant dans l'édifice.

Et avant de rejoindre complètement ses voisins du Vhan rassemblés au centre de l'église, elle se retourna pour crier à plein poumons :

— Z'avez pas mieux à faire que de traîner là un lundi midi ? Si vous vous emmerdez, je vous suggère d'aller vous sortir le bâton que la Haute vous a coincé dans l'cul !

Et la *Madre* rejoignit l'épouse Culpi et retrouva son calme en posant son plat de pâtes froides sur la table. Encore que, la bouillonnante mère Fericelli ne l'avait pas entièrement retrouvé à en juger par la façon dont elle balança sa poignée de fourchettes juste à côté.

— Tu ne pouvais pas t'empêcher de nous les énerver ! constata Michelino.

— Moi ? rétorqua-t-elle, feignant l'offensée. Z'avaient qu'à pas être là !

La logique de la mère Fericelli épata Andreï. Son francparler épata tous les autres. Et chacun, déjà mangeant, savait qu'en cas de bagarre, il valait mieux l'avoir de son côté. Car elle parlait fort, mais frappait dur aussi. De tous, Fabrizio était celui qui pouvait le mieux en témoigner. Dieu seul savait le nombre exact de fois où il s'était fait botter les fesses par la *Madre*. Et pour des broutilles la plupart du temps. Parce qu'il avait dérobé quelques biscuits à peine sortis du four ou une part de tarte qu'elle avait nonchalamment laissé reposer sur le rebord de sa fenêtre. Ou encore parce qu'il avait dit gros mot en sa présence. La mère Fericelli traitait n'importe qui comme son gamin, qu'importait son âge. Ça mettait de l'ambiance dans le Vhan. Ça apportait tout autant réconfort aux orphelins.

— Allez, mangez donc ! gronda-t-elle en voyant que certaines bouches riaient plus qu'elles ne mastiquaient.

Et tous s'exécutèrent.

Louis, exténué, arriva un peu plus tard chargé d'une caisse. Il apportait du pain frais et du café chaud, juste ce qu'il manquait, avant que les corps ne se remettent au travail.

Le treillage fini, c'est plus motivés que jamais que les hommes dépourvus de vertige remontèrent sur la charpente, des paquets d'ardoises sous le bras. Il fallait, si possible, avancer en ordre. C'est pourquoi au sommet, Fabrizio marqua une pause et réfléchit. Pas longtemps, à peine une minute. Mais cet arrêt permit à chacun de se préparer et de retrouver son stable.

— Bon…, tâtonna-t-il. On se divise en deux groupes ? Et rapidement, il compta les têtes.

— Cinq de chaque côté pour ne pas qu'on se marche dessus ? proposa l'Italien.

Du côté des plus longues pannes nues s'en allèrent Andreï, Fabrizio, Jamal et les frères irlandais. Du côté des plus courtes restèrent Alberto, Zuang et les trois Sibériens. Et aussitôt, les coups de marteau se répondirent. En bas, les enfants qui jouaient s'amusaient des résonances. Michelino faisait causette avec Louis. La Claude, quant à elle, tenait la discussion avec Li-Mei, Fabiola et la mère Fericelli. Tout à côté, Juineski, Pie, Clément et Ronan s'acharnaient toujours à monter les portes. Ainsi à l'intérieur, tous étaient protégés des mauvais mots des bourgeois ravitaillés par la femme du bourgmestre et le curé Emmanuel. Ce dernier, comme à son habitude, avait marqué son arrivée d'une horripilante série de *Mon Dieu, mon Dieu, mon Dieu !*

— Qu'est-ce qu'il me gonfle ! avait de suite tiqué Jamal.

— Il nous gonfle tous, à commencer par Dieu ! avait plaisanté Fabrizio.

Le temps de deux longueurs de pose, les ardoisiers n'entendirent rien de bien méchant. Les médisants avaient goûté et joué aux cartes. Mais ceci fait, ils reprirent hélas vie. Et ce fut le curé en personne qui lança les vagues d'allusions déplacées :

— Regardez-moi ce travail de cochon ! Le Seigneur, j'en suis certain, n'est pas des plus heureux aujourd'hui !

— C'est sûr qu'ils pourraient s'appliquer davantage, marmonna l'épouse de l'apothicaire. Mais j'ai mon idée du pourquoi ils ne le font pas.

— Et pourquoi ? demanda la vieille Huguette, rance depuis naissance.

— Parce que… voyez…

Elle mima des gestes, certainement. Mais aucun des ardoisiers ne put la voir. Ils devinèrent cependant qu'elle devait mimer quelque chose de déplacé en entendant l'hilarité des repus.

— Et puis, ils n'aiment pas Notre-Seigneur, affirma la soutane. J'aurais aimé constater le contraire, mais lorsque je vois leur travail de sagouin, j'en ai la preuve !

— J'espère que ça ne leur ouvrira pas les portes du Paradis ! avança la Huguette. Imaginez donc qu'ils y soient accueillis pour avoir rebâti notre église !

— Saint Pierre n'est pas idiot ! affirma l'ecclésiastique. Le Paradis n'est réservé qu'aux gens de bonne foi !

— De bonne foi ! s'entendit répéter Fabrizio.

— Quel abruti ! lui confia Andreï.

— Si le Paradis est peuplé de gens comme eux, je préfère mille fois aller me griller les miches en Enfer !

Les frères irlandais, un peu plus loin, n'avaient que bribes de la conversation d'en bas, mais ne rataient rien de celle d'en haut. C'est donc sans retenue qu'ils éclatèrent de rire. Et quel rire ils avaient ! Un si puissant qu'il alerta aussi bien ceux qui s'attelaient en face à poser les ardoises que ceux qui s'acharnaient à construire la porte, que ceux qui médisaient au-dehors. Et de tous, ce furent ces derniers qui s'en retrouvèrent choqués. D'ailleurs, de leur toit, les logeants du Vhan perçurent même un *Diantre ! Ils s'amusent en plus !*

— Des incultes, voilà ce qu'ils sont ! lança soudain Paulette qui avait eu la grâce de la fermer jusqu'alors. C'est pour ça qu'ils sont pauvres, savez-vous. C'est parce qu'ils sont déficients !

— Il doit y avoir quelque chose dans ce goût-là en effet, soutint l'épouse du docteur Joseph. Peut-être ont-ils le cerveau mal fait.

Dans l'édifice, les femmes autant que les vieux, tenus par leurs conversations, n'entendirent pas les médisances du dehors. Et ce n'était pas plus mal. D'un côté, parce que ça touchait au cœur et que ça faisait mal. Et de l'autre, parce que la mère Fericelli aurait sans doute entamé un pugilat. Elle était forte, costaude, mais coup vite donné était aussi vite rendu. Et vu la hargne de ces gens-là, elle n'aurait pas été à l'abri d'en recevoir un mauvais.

Alors que la quatrième longueur d'ardoises était entamée, Rémy débarqua sur le chantier. L'entrepreneur, l'air fatigué, sortait à peine du sien. Et au lieu de s'en retourner vite chez lui, il avait la gentillesse de passer par l'église pour voir si les travailleurs n'avaient besoin de rien.

À sa surprise, il découvrit les nantis attablés en plein vent. Et c'est l'air mauvais que ces derniers le regardèrent passer. Lui ne leur prêta rien ; ni un vrai regard ni un sourire ni une pensée. Il traversa simplement la place en diagonale pour rejoindre un des côtés de l'édifice et pour monter à la première échelle qu'il voyait. De ce côté du toit travaillaient les Sibériens et Alberto. Comme la longueur était moins grande que l'autre, Zuang les avait abandonnés pour prêter main-forte à ceux qui n'en pouvaient plus de la porte. Mine de rien, elle avançait malgré tout. Pie avait eu l'idée, comme le bois ne manquait pas, d'en faire deux doubles renforcées. Si bien que les planches se retrouvaient en quinconce et formaient un parfait rectangle, idéal pour une porte. L'un des deux battants était même déjà achevé. Ne restait plus qu'à faire l'autre pareillement et à poser les détails.

Avec agilité, Martin Rémy traversa la charpente pour rejoindre Andreï.

— Ça avance ? demanda-t-il d'entrée.

— Doucement..., avoua le Polonais en plaçant une nouvelle ardoise.

— Doucement, mais bien ! affirma l'entrepreneur. Je passe en coup de vent voir si rien ne vous manque.

Réfléchissant, Andreï se redressa. Ses camarades en profitèrent pour l'imiter. La position qu'ils devaient tenir était des plus inconfortables. Le dos, comme les genoux, en prenaient un sacré coup. Et ils usaient avec plaisir les coussins prêtés par Rémy.

— Va nous falloir plus d'échelles ! lança Jamal en s'étirant à l'extrême.

— Des échelles, je pourrais vous en apporter davantage, mais ça ne sera pas pratique pour travailler, réfléchit Rémy.

Et il se plaça à l'endroit où devait, prochainement, sortir le clocher pour s'en aller tenter de rejoindre le ciel.

— L'idéal, reprit-il, serait d'installer un échafaudage sur la façade.

Andreï le rejoignit pour découvrir les yeux des nantis braqués sur eux. Son premier réflexe fut de soupirer. Décidément, ces bourgeois mettaient ses nerfs à rude épreuve. Et il s'étonna d'autant plus de ne constater chez Rémy aucune marque d'irritation. D'ailleurs, intrigué par l'attitude sereine de l'entrepreneur, le Polonais lui demanda comment il faisait.

— Franchement, tu ne les vois que si tu prends la peine de les regarder ! lui donna-t-il en réponse.

— C'est qu'il est philosophe ! s'amusa derrière Fabrizio.

Et Rémy éclata de rire.

— Non, assura-t-il. Ou peut-être un peu. À la vérité, j'ai appris.

— Tu as appris ? demanda Andreï.

— Ça les énerve, sais-tu. Ça les énerve de ne pas être considérés. Avant, je faisais comme vous quand je travaillais ; je m'acharnais à les ignorer. Mais ils le sentent. Ils savent que vous luttez pour rester calme.

— Et tu ne luttes plus, toi, pour ne pas les voir ?

— Je ne lutte plus depuis longtemps ! J'arrive à les considérer comme une partie du décor. Comme un arbre ou un pissenlit.

Pendant l'explication, Jamal les rejoignit.

— Des orties, plutôt ! affirma le Marocain. Parce qu'un pissenlit, c'est encore joli. Et ils sont loin d'être jolis.

— Alors, des orties ! concéda Rémy. Imaginez-les comme une grosse touffe d'orties. Avec moi, ça fonctionne !

Andreï en était heureux. Mais il doutait que la stratégie fonctionne aussi pour lui. Il pouvait les imaginer d'apparence différente, ça n'allait pas empêcher leurs mauvais mots d'atteindre ses oreilles. Et son problème principal, c'était bien ça.

— Je disais donc un échafaudage. Un long que vous rehausseriez au fur et à mesure de la montée.

Les logeants du Vhan acquiescèrent, reconnaissant la bonne idée.

— Pour quand il vous le faudrait ?

Les trois se regardèrent et calculèrent chacun dans leur tête. Et si le nombre de jours fut vite dans tous les esprits, c'est Jamal et seulement Jamal qui donna la réponse :

— Dans une semaine.

— Une semaine ? J'enverrai donc quelques-uns de mes ouvriers vous le monter dimanche soir prochain.

— Ou tu peux juste nous l'apporter, on le montera bien nous-mêmes, assura Fabrizio.

— Ça sera encore du temps de perdu pour vous. Non, il n'y a pas de problème. Je les paye à l'heure, et certains seront bien heureux d'avoir un supplément.

— Sûr ? insista Andreï.

— Certain ! Allez, je dois rentrer, madame m'attend !

Et Rémy disparut par le chemin d'où il était venu.

À le voir ainsi partir, la mère Fericelli décréta subitement que c'était son heure. Et les ardoisiers l'entendirent d'ailleurs le faire savoir à chacun :

— Faut que je rentre ! Je ne sais pas dans quel état je vais retrouver mes gamins !

— Et où les as-tu laissés ? demanda Michelino, tout à coup surpris.

— Chez le gros Dracki ! Sa grippouille va un peu mieux. Du coup, je lui ai envoyé les marmots.

— Sûr qu'il reviendra travailler demain ! rit Fabrizio en reprenant sa ligne d'ardoises.

Le pauvre Français, Andreï le savait pour l'avoir vu ce matin, n'allait pas vraiment mieux. Et le logeant du Vhan l'imaginait bien voulant s'aérer un peu avant midi et s'installer confortablement pour pêcher au soleil avant de voir débarquer les monstres de la mère Fericelli. Matteo, Milo et Michele étaient de vraies boules d'énergie. Ils n'en avaient jamais assez de rien et adoraient le bruit. Mais ils étaient gentils, au fond, et toujours polis. Et pour Andreï, c'était bien le plus important.

— Quelle heure il est ? lança Fabrizio aux parleurs d'en bas.

Ce fut la Claude qui se leva pour aller consulter l'horloge :

— Presque seize heures, répondit-elle.

— Encore une heure, broncha Daniel qui, lui, n'avait pas arrêté un seul instant. On va tâcher de finir cette ligne et d'en faire la moitié de la suivante avant d'arrêter.

Andreï tomba à genoux sur son coussin et apposa une nouvelle ardoise. Sans traîner, c'était possible.

Les coups de marteau reprirent. Les remarques des bourgeois fusaient toujours, mais aucune n'accrochait plus les oreilles des travailleurs. Rémy avait raison, il ne fallait pas se contenter de les ignorer, il fallait à tout prix les oublier. L'oubli n'impliquait plus aucun effort. Alors qu'ignorer en demandait un constant.

— Vous en êtes où en face ? demanda Daniel qui s'acharnait à faire le plus complexe du travail ; celui de relier les nouvelles ardoises à celles qui avaient résisté à la tempête.

— On est à la..., commença Alberto en comptant ses lignes.

— Sixième ! lança Piotr.

— Quoi, déjà ? balança Fabrizio.

— Compte qu'ils ont moins long que nous, précisa Andreï.

— Taratata ! claqua Alberto. Compte surtout qu'on est bien plus doués et bien plus ordonnés ! D'ailleurs, comme on est d'une grande générosité, on viendra vous aider une fois notre côté fini !

— J'te jure ! répliqua Jamal. Faudra toutes les entendre !

Et en riant lui aussi, Andreï s'informa du reste, c'est-à-dire de ceux restés au chœur à terminer les portes.

— Et par là-bas, vous en êtes où ?

D'en bas, justement, Zuang répondit ; « On en est où on en est ! »

Une rétorque qui finit par amuser tous les ardoisiers.

— Ils galèrent, marmonna Fabrizio en continuant sa besogne.

— C'est pas évident, reconnut Darren. Et encore, ça sera toute une affaire quand ils devront la poser !

Ils n'en étaient plus très loin de cette étape-là. À bien regarder, les cinq hommes avaient fini de monter, à la mesure près, les deux battants. Et déjà, ils essayaient de comprendre le système des charnières. Elles étaient lourdes, longues et, par conséquent, encombrantes. Andreï réalisa que Darren avait raison. Ils allaient en baver à poser la porte. Mais ça serait pour le lendemain car, sur l'instant, ils s'affairaient tous autour d'une feuille à dessiner des plans.

— Ces ardoises…, s'énerva Jamal. Elles sont horribles !

Il en avait, apparemment, cassé une nouvelle. Ce n'était pas la première ni la dernière. À compter jusqu'ici, Andreï en avait lui-même brisé onze. La qualité n'avait pas été prise en compte par le maïeur au moment d'acheter le tout. D'ailleurs, mis à part les pierres, tout était de piètre acabit. Même les clous se tordaient sans raison.

— Au moins, concéda Fabrizio, ils ont décampé !

Et, surpris, tous sur le toit levèrent la tête vers la place. L'Italien avait raison, les riches gens s'en étaient retournés chez eux. Avaient-ils continué leurs méprisantes médisances ? Peut-être. Mais Andreï n'avait plus rien entendu. Et peut-être étaient-ils partis pour cela, en vérité. Peut-être avaient-ils compris qu'ils n'étaient plus regardés ni entendus, et donc ne voyaient plus intérêt à rester.

XXI

De ceux qui avancent

Le lundi qui suivit, les logeants du Vhan furent heureux de découvrir sur la façade de l'édifice un échafaudage monté. Rémy l'avait dit, Rémy l'avait fait.

En une semaine, les ardoisiers avaient bien avancé. Ils avaient, de part et d'autre des pentes, posé seize longueurs d'ardoises. En calculant qu'il en fallait vingt – ou plutôt dix-neuf et demie – pour que la charpente soit complètement recouverte, ils avaient bien réalisé le plus gros.

La porte d'entrée, à force d'acharnement, était en place. Ils avaient dû s'y reprendre à onze fois, Andreï avait compté. Dix fois, Zuang avait râlé, pesté, juré même, que rien n'allait, que c'était impossible, qu'il n'avait pas de chance. Mais la chose était faite et bien faite. D'ailleurs, en la découvrant une nouvelle fois ce matin, Michelino le souligna encore.

— Quelle belle porte ! affirma-t-il. Surtout comparée à l'ancienne ! L'ancienne était affreuse ! D'ailleurs, ce n'était même pas celle d'origine. Parce que celle d'origine, Dieu qu'elle était belle !

Le fermier, arrivé de bonne heure pour admirer l'échafaudage, s'engagea :

— Tu veux dire celle d'origine volée par l'ancien ministre ?

Michelino acquiesça. Et Andreï, friand de nouvelles histoires, se laissa couler vers les anciens. Pour les relancer, il n'avait guère besoin de beaucoup de mots. À la vérité, il lui suffisait de répéter les deux derniers :

— L'ancien ministre ?

Et Michelino se laissa aller.

— C'est vrai que tu ne l'as pas connu ! Un homme d'ici devenu ministre à la capitale !

— Un beau salopard ! intervint Louis.

— Un escroc, même ! n'hésita pas Michelino. Le pire, je crois, c'est qu'il était entré dans un gouvernement socialiste !

— Non, le pire pour moi, c'est qu'il avait pris le poste des finances ! Quand on sait tout l'argent qu'il avait détourné ici !

— Sûr ! affirma Michelino. Remarque, il n'a pas fait long feu. Il est mort, quoi, cinq ans après, non ?

— Oui, dans ces eaux-là…

— Et comment a-t-il volé la porte ? demanda Andreï.

— Techniquement, il n'a rien volé, gamin ! Ces gens-là, tu sais, ils ne volent pas. Ils s'arrangent.

Tout à côté, Louis ajouta ironiquement :

— Il avait trouvé la porte bien jolie, et sa femme avait décrété qu'elle le serait encore plus dans leur demeure de la capitale. Du coup, l'élu a fait affaire avec le curé.

— Comme ça ?

— Comme ça ! Je te le dis ; ils s'arrangent. Ils font leurs petites affaires dans leur coin…

— En dessous de leurs petits manteaux, plaisanta Michelino.

— Et les petites gens n'ont rien à dire. Ainsi va le monde.

Andreï se sentit du coup triste et nauséeux. Il n'était pas naïf. Il savait bien que le monde tournait ainsi. Mais le fait d'en avoir un nouvel exemple, une preuve de plus surgie du passé, lui donna mal au cœur.

— C'est pas tout ça, marmonna finalement le fermier, mais faut que je m'en aille mener ma Claude dans le bourg d'en face. Elle a causerie à faire avec une de ses cousines !

Annonce faite, il s'en alla, non sans jeter une dernière fois un œil à l'imposant échafaudage. Ce dernier donnait une allure étrange à l'église. Presque encagée, emprisonnée, comme retenue pour ne pas qu'elle s'en aille. Mais où irait-elle si elle le pouvait ? À Rome, peut-être.

Déjà, grimpant dessus, certains travailleurs testaient la solidité de l'armature. Et elle était appréciable. D'ailleurs, ce jour-là, aucun n'usait d'échelle si ce n'était les petites en corde qu'ils plaçaient sur les ardoises déjà en place pour empêcher leurs pieds de glisser et d'entraîner leur corps en contrebas.

Dans la journée, les ardoisiers posèrent deux lignes et demie tandis que les autres édifiaient l'étage de l'entrée. L'architecture de ce dernier était complexe, car il ne s'agissait pas seulement d'un espace carré rehaussé pour accueillir une cloche. Il s'agissait plutôt d'un étage à colonnes, lesquelles accueillaient, outre le clocher à son extrême sommet, trois petites salles en hauteur ; deux carrées et une étroite au centre où trônaient, logiquement, *et* la base du clocher *et* l'orgue. On y accédait, en théorie, par un escalier. Mais celui-ci n'était pas encore fixé car pas encore reçu. Les bâtisseurs n'avaient construit que le plancher de cinq mètres cinquante de profondeur sur toute la largeur de l'édifice ; plancher qui reposait sur les murs de délimitation de l'entrée et sur deux colonnes de pierre bien espacées. Dans l'église, avant la tempête, ces colonnes existaient déjà mais avaient une tout autre allure. Elles étaient en pierres taillées rondes. Ici, elles étaient en pierres rectangulaires superposées. Alberto avait un temps pensé à les tailler concaves, mais il avait vite abandonné l'idée. L'opération, à la main, lui aurait pris un temps fou. Et le temps manquait.

À la fin de la journée, les deux groupes avaient bien avancé. Et le parvis était miraculeusement déserté par les nantis.

— Où est-ce qu'on en est, au juste ? demanda Alberto, pour faire le point.

Andreï sortit de sa poche arrière une feuille de papier pliée trois fois. Elle était noircie par le charbon mais se laissait encore déchiffrer. Et dessus, il y lisait l'avancée.

— On en est presque à la fin ! déclara-t-il avec conviction. En tout cas, on peut dire qu'on a largement fait le plus gros !

— Et on reste dans les délais ? osa demander Zuang.

— Oui, je le pense. Si on arrive à finir le toit demain, on est bien, plus que bien même.

Le Polonais avait été contraint de revoir son plan d'avancement. Finir le toit pour le 17, soit trois jours plus tard, risquait de ne pas leur laisser assez de temps pour le clocher. Et c'était ce qu'il redoutait le plus. C'était ce qu'ils redoutaient tous ; terminer la structure en bois plein, puis y monter la cloche, former une charpente pointue et la recouvrir. Sans parler encore de toutes les finitions.

C'est donc plus motivés que jamais que les travailleurs se retroussèrent les manches le lendemain. En hauteur ceux qui ne souffraient pas de vertige, au sol les guibolles tremblantes.

Zuang, un des plus agiles, avait décidé de rester avec ceux qui avaient une sainte horreur du vide. Et, prenant les choses en main, il alla consulter Andreï pour avoir le planning du jour, l'objectif à atteindre. Plan reçu, il le passa à son groupe et se mit à l'œuvre.

Le soir suivant, l'ensemble des ardoises étaient posées et le joint fait. Ils avaient largement dépassé dix-sept heures, mais aucun bourgeois n'était venu se plaindre. Il y avait un mariage à la salle des fêtes, nul doute qu'ils étaient tous là-bas à trop boire.

En bas, ils avaient, eux aussi, remarquablement progressé. Le plus épatant de tous était Juineski. Pourtant privé d'une main, il parvenait, en calant les longues planches, à les scier à sa guise et à une vitesse impressionnante.

Pour désencombrer le passage, Clément avait eu la bonne idée de tout monter au fur et à mesure. Ainsi, sur la plate-forme étaient déjà entassés nombre de planches, marteaux et autres sacs de clous qui n'attendaient plus que d'être utilisés.

Le lendemain, le ciel changea de visage. Les travailleurs n'arrivèrent d'ailleurs plus à en détacher un œil. Ils redoutaient tous la pluie, l'immobilisme forcé. Mais par chance – ou miracle, peut-être –, midi passé, les nuages finirent par prendre la fuite.

En attendant la cloche qui devait bientôt arriver, les travailleurs s'acharnèrent à monter son réceptacle. Louis avait dégoté un livre qui expliquait le mécanisme des carillons. Andreï et Jamal tentèrent de le déchiffrer. Apparemment, la cloche était attachée sur un joug par deux anses. C'était en tout cas ce qu'expliquait l'épais bouquin. Le joug était lui-même relié à une sorte de demi-roue reliée, elle, à une corde raide. À tirer sur la corde, on initiait le mouvement de la cloche qui emportait son battant et le tintement se produisait.

— Pourquoi faire simple quand on peut faire compliqué ! marmonna le Marocain, déprimé par autant d'instructions.

Et encore, c'était là le modèle de base. Car dans le livre trouvé par Louis, il y avait mille mécanismes recensés.

— Une fois qu'on aura la cloche, on improvisera, conclut Andreï.

Lui non plus n'en pouvait plus de déchiffrer ces plans.

À travailler sérieusement, les autres avaient déjà bien monté le réceptacle. L'espace pour la porte, délimité par le creux pour les chambranles et le linteau, était même déjà donné. De sorte qu'à la fin de la journée, ils n'étaient tous animés que de deux sentiments ; celui du devoir accompli et d'une certaine crainte de se voir ralentir. Et c'est Alberto, à l'habituelle réunion du soir, qui le formula à haute voix :

— Et s'ils n'amènent pas la cloche comme convenu ? S'ils ne l'amènent qu'à la fin du mois ? Ou pire, plus tard encore ?

— Dans ce cas, marmonna Daniel, on est foutus !

Forcément, la fatigue amenait mille doutes. Comme la peur aussi. Et à force d'avoir été roulés, volés, arnaqués, malmenés, trompés, escroqués, les logeants du Vhan avaient adopté pour principe de ne plus croire en rien.

— Si c'est le cas..., réfléchit Michelino. Si c'est le cas, j'irai personnellement gueuler au diocèse ! Et j'emmènerai la mère Fericelli avec moi ! Je les emmènerai, elle et son rouleau à pâtisserie !

Un rire se propagea. Même Fabrizio qui, à l'évocation du rouleau avait vu ses fesses bondir en réflexe, se laissa aller.

— Faites votre travail, les gamins ! continua l'ouvreur. Ne vous inquiétez pas pour ça !

Le travail, s'ils n'avaient pas la cloche, serait rapidement bloqué. Mais ces mots rassurèrent chacun sur l'instant. Et c'est même le cœur léger qu'ils s'en retournèrent tous au Vhan.

La veille de l'arrivée de la cloche, les bâtisseurs virent se balader sur le chantier un drôle d'énergumène accompagné du bourgmestre et du curé. Les travailleurs avaient maintenant pour habitude de nier toute intrusion, mais c'était difficile cette fois. L'énergumène avait l'allure d'un journaleux patenté, se permettait de prendre notes et photographies à tout-va. Encore que, aucun logeant du Vhan n'était véritablement dérangé. Et pour cause, l'amené ne flashait que les murs, le toit, la structure ou le sol. Et il s'appliquait à attendre qu'aucun homme ne soit dans son champ de vision pour mitrailler. Non, tout ça ne sentait pas bon.

Curieux, Fabrizio avait fini par abandonner son travail pour faire mine d'en réaliser un autre, toujours au plus près des gênants. Andreï l'enviait d'en avoir eu l'idée. Et il l'enviait d'autant plus qu'il ne pouvait pas la copier. Car tous, lui y compris, étaient coincés à l'étage à monter l'enclave qui, lentement mais sûrement, s'extirpait du toit.

— Vivement qu'ils partent, se vit nombre de fois marmonner Andreï.

Et Jamal jetait des coups d'œil vers le bas à chaque planche qu'il clouait, jusqu'à ce que les intrus aient enfin quitté l'édifice.

— Alors ? se vit bombarder l'Italien par presque tous ses camarades lorsqu'il remonta à l'étage.

Ils avaient tous vu les chuchotements échangés par le bourgmestre et son invité. Ils redoutaient autant la réponse qu'ils l'attendaient.

— C'est bien un journaliste ! rapporta Fabrizio. J'ai entendu au moins vingt fois le mestre dire *On arrangera ça !*

— On arrangera ça ? rétorqua Alberto. Arranger quoi ?

Fabrizio haussa les épaules.

— Je l'ai aussi entendu dire qu'ils avaient dégoté un parfait homme de paille.

— Et c'est quoi un homme de paille ? demanda Piotr le Sibérien.

— Un prête-nom, lui expliqua Pie. Quelqu'un qui va être mis en avant pour…

— Pour masquer ce qu'il y a derrière, continua Ronan.

— Et c'est nous, derrière ! remarqua Alberto.

Immobilisé par la réflexion, chacun chercha de quoi il retournait. Un homme de paille ? Mais pour quoi faire ? Et ce journaliste, à prendre des photographies et des notes, montrait qu'il allait pondre un article. Mais de quel ordre ?

— Oh ! J'ai compris ! lâcha finalement Michelino sur son siège.

Le vieil ouvreur du Vhan avait fait l'immense effort de grimper près d'eux. L'échelle lui avait donné du fil à retordre, mais il avait tenu à venir au plus près pour les encourager. Et comme ils ne manquaient pas de place, les autres étaient heureux de le voir tout à côté.

— Ce type est journaliste, reprit-il. Le bourgmestre l'a payé pour qu'il ponde un article élogieux !

— Sur quoi donc ?

— Eh bien, à coup sûr, il a trouvé quelqu'un... Un entrepreneur, sans doute. Et il a dû lui donner une petite enveloppe pour qu'il prétende être l'auteur des travaux. Au lendemain de Pâques, on pourra lire dans une gazette un article sur la reconstruction de l'église par cet homme de paille. Et il y aura, à mon avis, de belles mentions pour le bourgmestre... D'où le *On arrangera ça !*

Même si ce n'était que supposition, les logeants du Vhan y virent une vérité. La réputation du bourgmestre et l'attitude du journaliste ne pouvaient qu'en apporter les preuves.

— Il faut voir avec Rémy ! lança alors Alberto. Lui pourra questionner ses copains photographes et savoir de quoi il retourne. Si c'est vraiment comme ça, si Michelino a deviné juste, il suffira que notre vérité soit publiée avant leur mensonge.

Les hommes acquiescèrent. De toute manière, ils étaient coincés. Ils n'avaient aucune prise là-dessus. Ils comptaient, et Andreï plus que les autres, sur l'honnêteté de Rémy.

XXII

De ceux qui haussent

Pour la première fois de sa vie, Andreï vit l'église tenir une promesse.

Au matin du 17 mars, le diocèse déposa la cloche sur le parvis. Un des photographes, ami de Rémy, immortalisa le moment, caché derrière une bâche au sommet de l'échafaudage. La chose, donc, se déroula comme prévu.

La nouvelle cloche était bien différente de l'ancienne. En stricte fonte, elle était nue. Ni dessins ni inscriptions. Elle était des plus banales, des plus affreuses aussi. Autrement dit, l'investissement, encore une fois, avait été minime.

Une fois la cloche livrée, les employés du diocèse filèrent prestement. Et c'est seuls devant l'objet que se retrouvèrent les travailleurs et le photographe. Ce dernier s'appelait Giovanni et venait d'Italie. De fait, il avait accroché avec Alberto. Surtout que les deux hommes avaient en plus et à peu près le même âge.

— Le grand, là, habillé d'un costume gris avec son col serré..., marmonna Giovanni. C'est l'évêque !

— Ah oui ? réagit Alberto. C'est la première fois que je vois un évêque en vrai !

Andreï rit.

— Pour qu'il se déplace, il en faut beaucoup, affirma le photographe. Je me demande...

Et tous se turent pour lui laisser le loisir de réfléchir.

— Où habite-t-il votre bourgmestre ? demanda-t-il.

— Par là-bas, lui montra Andreï. Pourquoi donc ?

— Je parierais qu'il est parti le rejoindre !

C'était fort possible. Et voyant le cheminement de son idée, Andreï fit passer le mot à Alberto d'accompagner discrètement le photographe aux abords de chez l'élu. Qui sait, peut-être aurait-il la possibilité de faire d'intéressants clichés ou même d'entendre quelques échanges.

Après un moment passé à contempler la fonte, les logeants du Vhan, privés d'Alberto en mission s'activèrent. La moitié remonta en hauteur avec une paire d'échelles tandis que l'autre prit d'assaut l'échafaudage. Seul Jamal et Juineski restèrent près du monument. La veille, le vieil Ukrainien avait hérité du livre sur les clochers. Il avait passé sa nuit à l'étudier et avait réussi à comprendre la manœuvre. C'est donc avec Jamal qu'il allait tâcher de mettre en place le dispositif. Le but était d'accrocher la cloche sur ses chevrons pour ensuite n'avoir plus qu'à la déposer au sommet et solidement la fixer, puis de refermer le tout. En théorie, cela coulait. En pratique, cela grinçait.

Et ainsi chacun œuvra. Ils n'arrêtèrent qu'une fois ce jour-là. Ils n'arrêtèrent que sur le coup des onze heures pour manger rapidement et écouter le rapport d'Alberto qui, avec Giovanni, s'en était allé espionner le bourgmestre. Comme deviné, l'évêque l'avait bien rejoint. Ils s'étaient même, avec le journaleux débauché par ce dernier, le curé et le clerc, installés dans son jardin, à moins de deux mètres du mur. À la volée, l'ami de Rémy avait réussi à prendre deux photographies. Et il avait noté le moindre mot échangé. Alberto leur transmit les grandes lignes :

— Un homme de paille de la région, un entrepreneur reconnu ! Hélas, son nom n'a jamais été prononcé. Son prix, par contre, oui. Au moins quinze fois le bourgmestre a répété qu'il avait dû le payer pas moins de 100 000 francs !

Au montant, tous avaient réagi. 100 000 francs c'était une somme. Ça l'était d'autant plus pour rien. Car cet énergumène l'avait touchée seulement pour prétendre, mentir, parader. Non, c'était cher payé.

— L'évêque a même tiqué au début, en entendant la somme. Mais le bourgmestre lui a expliqué que les devis qu'il avait eus étaient du double. Donc, l'un dans l'autre, ils avaient fait belle économie.

Belle économie ? Belle arnaque plutôt ! pensa Zuang, en regrettant de ne pas connaître le nom du saligaud qui avait empoché 100 000 francs pour finir d'arranger leur combine. À ses yeux, c'était presque le pire de tous.

— Le journaleux est envoyé par le diocèse, finit-il d'expliquer. Ils redoutent que l'affaire ne s'ébruite un peu partout. Mais avec un entrepreneur attitré et quelques fausses factures, si une rumeur venait à être lancée, ils pensent pouvoir s'en sortir…

— Lancée par qui, la rumeur ? demanda Fabrizio.

— Par les rats, répondit Alberto. Par nous, je suppose. Vu que tout le bourg est déjà au courant et complice, ça ne pourrait être que par nous.

— Ils s'arrangent ! lâcha finalement Michelino avant que tout le monde, l'esprit encombré par l'explication de cette vile diablerie, ne s'en retourne travailler.

Et c'est silencieusement qu'ils terminèrent leur journée. C'est même silencieusement qu'ils travaillèrent les six jours suivants. Puis la chance commença à se jouer d'eux. Le ciel, qui avait tenu bon jusqu'ici, déversa son trop-plein d'un coup. Et durant trois jours, il plut.

Giboulées de mars ! avait déclaré la mère Fericelli. *Vous ne pouviez pas y échapper.*

Ils l'avaient pourtant tous si fortement espéré qu'ils s'en retrouvèrent autant déçus que fatigués.

Au matin du 25, plutôt à midi, le temps que le chantier soit débâché, les logeants du Vhan entreprirent une manœuvre périlleuse ; le hissage de la cloche et son installation au sommet.

La grue de Rémy, la plus grande et la plus puissante qu'il avait pu leur prêter, montra d'entrée des signes de faiblesse. Une fois le moteur s'éteignait seul, une autre fois la tourelle refusait d'obéir et partait dans la direction contraire à celle demandée. Avec la cloche au bout, ça se révélait dangereux. Et à s'énerver, ils perdaient du temps. D'ailleurs, à la fin de la journée, Andreï réalisa qu'ils en avaient perdu beaucoup. Surtout que la cloche avait finalement retrouvé le sol à l'endroit même où elle avait été déposée.

Le lendemain, ragaillardis par une providentielle motivation, les travailleurs arrivèrent sur le chantier vers sept heures, et tous en même temps.

Ils n'avaient pas le choix ; ils devaient hisser la cloche au sommet et finir les murs qui allaient, en toute logique, l'enfermer à jamais.

Aux manettes de la grue, Fabrizio prit donc place. Andreï n'était pas attaché à la manœuvre et il s'était tant énervé la veille que c'est avec plaisir qu'il laissa sa place. Il resta cependant tout à côté, avec Alberto et Juineski. Les autres, eux, grimpèrent au clocher. Ils avaient calculé au centimètre près. Et il manquait, à peine, cinq couches de planches pour atteindre le sommet.

Avant dix heures, le clocher n'attendait plus que sa cloche. Et Fabrizio, plus à l'aise avec la machine, manœuvrait déjà. Avec lenteur, il la hissa solidement fixée sur ses deux chevrons.

En haut, les autres avaient rallongé l'échafaudage. D'autres, les moins appelés par le vide – à savoir les Sibériens – avaient apposé des échelles sur le toit. Ils y étaient déjà, au sommet. Ils se tenaient contre un des murs tout juste achevés à attendre sans trembler. En bas, ceux qui étaient sensibles au vertige regardaient le tout le cœur battant.

— Vas-y ! cria Zuang, côté façade.

Par petits gestes, il indiqua la distance à Andreï qui la transmit à Fabrizio.

À quelques mètres derrière, Giovanni s'était posté. Pour être certain de ne pas être reconnu comme un photographe par les habitants du bourg, il avait pris soin de s'habiller en bâtisseur. Il avait même été jusqu'à recouvrir son pantalon de poussière. Et il gardait à portée de main un grand sac où il avait dissimulé son appareil.

À une certaine hauteur, Fabrizio arrêta toute manœuvre et passa sa tête hors de la cabine. Le moteur faisait un bruit fou, il n'entendait rien. Zuang, au sommet, criait de monter encore. À côté de lui, Andreï aussi.

À chaque *encore*, l'Italien abaissait le levier et hissait le poids de dix centimètres.

Encore et encore. À cette allure, la cloche se retrouva bien vite à plus de dix-huit mètres dans le vide. À la louche, tout du moins. Chose certaine, elle était bien plus haute que le clocher.

— Maintenant, avance ! lui cria Zuang en mimant de balancer la masse vers l'intérieur de l'église.

Il s'agissait alors de prier. Et c'est ce que firent Alberto et Michelino qui s'étaient dressés au-dessus de leur chaise pour l'occasion.

La Claude et son Louis arrivèrent à cet instant. Aussitôt, Giovanni se pressa de ranger son matériel, mais Michelino lui fit signe de n'en rien faire. Il le ressortit aussi vite et mitrailla l'énorme grue, la cloche et les hommes s'acharnant autour d'elle.

Étonnamment, aucun nanti ne se déplaça. En tout cas, pas au plus près. Au centre du village, en hauteur, le clocher de l'église se laissait presque apercevoir de chaque pas de porte. Sûr que certains étaient au-dehors à suivre de loin le spectacle.

— Un peu plus à droite ! cria Piotr.

— L'autre droite ! ajouta Feliks.

Dans sa cabine, malgré la tension, Fabrizio éclata de rire. Il n'en pouvait plus, mais il devait rester concentré. Si la cloche tombait à ce moment-là, à cet endroit-là, pour n'importe quelle raison, certains de ses camarades seraient perdus. Et ce risque lui tordait le ventre.

— Vas-y, ramène ! marmonna Zuang.

Et Andreï lui répéta la chose.

La cloche était dans l'axe, elle était bien. En toute logique, si elle ne déviait pas en descendant, elle s'insérerait pile dans le réceptacle, pile dans le clocher.

Retenant son souffle, chacun attendit que Fabrizio enclenche l'autre levier et la fasse descendre. Lui avait calé le tout pour se donner le temps de respirer. La chaleur de la cabine venait encombrer ses yeux de sueur. Et son cœur battant n'en finissait plus de lui déranger la poitrine.

— C'est quand tu veux ! lança Piotr.

Soufflant une dernière fois, l'Italien posa le bout de ses doigts sur le petit levier rouge et, cette fois, par à-coups, le poussa vers le haut. Chacun de ses gestes faisait descendre la cloche de dix centimètres. Comme à la montée donc, la masse progressait à la même vitesse.

La Claude, en bas, était pâlotte. Louis, les jambes flageolantes, avait dû s'asseoir sur une grosse pierre.

— Doucement… Doucement…, répéta encore et encore Zuang en mimant de sa main les gestes de Fabrizio.

Et aussi doucement qu'il le put, celui-ci s'exécuta.

La base de la cloche se retrouvait à présent pile dans sa zone d'accueil. Mais sans raison apparente, le moteur de la grue s'arrêta net. Comme ça. Et forcément, à moteur éteint, manœuvre bloquée. Alors, un silence s'installa. Et ceux du haut regardèrent ceux du bas qui regardèrent la grue pour ensuite regarder ceux de derrière – les Michelino, Claude, Louis et le photographe – pour après tourner leurs regards vers ceux du haut. Une chaîne de fuyants, d'apeurés, de désœuvrés, d'attentistes. Et sans l'humeur plus forte d'un des Sibériens, cette chaîne de regards aurait pu être sans fin.

— Nom de Dieu ! gueula Feliks de là-haut.

Et tous virent leur langue se délier. Certains lancèrent alors des jurons, d'autres prièrent leur Dieu. Et d'autres encore pressèrent Fabrizio de redémarrer le moteur.

— Rallume ! Rallume ! balancèrent en cascade les frères irlandais.

Sans bouger sa main du levier rouge, l'Italien utilisa l'autre pour tourner la clé. Le moteur toussa. Tout du moins, les quatre premières fois. À la cinquième, il se ralluma enfin et provoqua, comme redouté silencieusement par chacun, une vague. Du moteur au châssis, vers la tourelle et ses cordages, jusqu'aux moufles et, forcément, ce qu'elles portaient, l'onde se propagea. Et la cloche trembla. Pire, à bien l'observer, elle se balançait d'avant en arrière. Il s'en fallut même de peu – de deux millimètres, à vue d'œil – pour qu'elle ne vienne buter sur l'un des murs du clocher.

— Descends-la, maintenant ! cria Zuang.

Et Fabrizio y alla sans autre précaution ni hésitation. Il releva d'un coup sec le levier rouge, ce qui eut pour effet d'abaisser la masse d'un bon mètre et d'un coup. Ceux d'en haut s'acharnèrent à bien placer les deux poutres qui la soutenaient. Les deux chevrons devaient reposer sur le sommet des murs érigés. En théorie, ils avaient correctement mesuré. En pratique, cela se vérifia.

— Maintenant, doucement ! indiqua Andreï pour mettre des mots sur les gestes de Zuang.

À la manœuvre, l'Italien reprit sa vitesse de dix centimètres par dix centimètres et finit de descendre la cloche jusqu'à sa limite, c'est-à-dire jusqu'à ce que les traverses butent.

Et tous soupirèrent bruyamment. La Claude, en bas, applaudit avec entrain.

Traverses posées dans les encoches dédiées, le tout s'avéra d'une stabilité redoutable. Et comme Dieu avait pour coutume de veiller sur ses églises – tout du moins, lorsqu'Il ne les oubliait pas dans la tempête –, celle-ci semblait à chacun suffisamment solide pour tenir dans le temps.

Fin mars, sans traîner, les ouvriers avaient fini de renforcer l'ensemble et de monter l'escalier qui menait à l'étage de l'édifice. Ils avaient aussi terminé les pièces et posé les balustrades sur le devant. Tout était en place, à l'exception de l'orgue. Juineski s'en chargerait dès le lendemain avec Clément, Pie et Dracki. Les autres avaient encore une dernière grosse besogne à achever ; le toit du clocher. Il était en pente raide et la charpente seule allait leur donner du fil à retordre. C'était, en tout cas, ce à quoi ils s'attendaient.

Enfin, un matin, chacun se retroussa les manches. L'orgue, livré en mille morceaux, attendait d'être monté. Et dans les deux sens ; monté à l'étage puis monté tout court. Au toit du clocher, aussi, l'organisation était sans faille. Alberto avait dessiné le plan de la charpente qu'Andreï mettait en œuvre.

Au premier jour d'avril, les travailleurs entreprirent de recouvrir le dernier pan de charpente apparent. Moins d'ardoises à poser signifiait, en théorie, du temps gagné. Mais en théorie seulement, car ils devaient toutes les retailler. Sur l'échafaudage, à l'étage d'en dessous, la tâche était confiée aux plus patients ; Fabrizio, Jamal et Zuang. Et un à un, les autres se relayèrent pour grimper et les clouer.

— Il va vraiment falloir se bouger ! déclara Daniel. J'ai entendu à la radio que le temps se gâterait dès demain.

— Et jusqu'à lundi, au moins ! ajouta son frère.

Prévisions partagées, ils travaillèrent plus vite encore. Et dans une humeur agréable. Ils l'avaient bonne, pour tout dire. Tous, sauf Andreï. Et les autres ne manquèrent pas de le remarquer.

— Plus on avance et plus tu râles ! plaisanta même Jamal.

— Je ne râle pas, se défendit le Polonais.

Il ne râlait pas, pour sûr. Il était simplement inquiet. Et chez lui, l'inquiétude se manifestait en marquant étrangement ses traits.

— Alors quoi, si tu ne râles pas ?

Il haussa les épaules en guise de réponse. À cet instant, il n'avait pas envie de partager son tracas. Il avait juste envie que le temps passe pour voir où il allait le mener. Mais Fabrizio ne voulait rien entendre. C'est d'ailleurs pour cela qu'il insista :

— Jamal a raison, tu fais la tête !

— Ça se voit tant que ça ?

— Un peu… Raconte !

Andreï soupira d'abord avant de tout déballer d'une traite à son camarade :

— C'est Rémy. J'ai essayé de le voir. J'ai même été chez lui hier soir, mais il n'y était pas. Avant ça, j'étais passé sur son chantier. J'ai parlé à certains de ses ouvriers qui m'ont dit ne pas l'avoir croisé depuis une semaine au moins.

— Et ?

— Je trouve ça étrange. Avec cette histoire d'entrepreneur acheté par le bourgmestre, tout ça…

D'un coup, Fabrizio écarquilla les yeux. Le doute venait de le frapper net.

— Non, lâcha-t-il.

Andreï n'était pas sûr de l'intention de ce *non.* Question ou affirmation ? Un peu des deux ou aucune des deux, sans doute. Et le silence qui suivit ne l'aida en rien à deviner.

Finalement, Fabrizio hasarda :

— Tu crois que c'est possible ? Tu crois qu'après tout ça, il aurait pu accepter l'offre de ce salopard d'élu ?

— Je n'en sais rien. Je dirais que non en première intention. Mais on parle de 100 000 francs. C'est une somme considérable ! Imagine seulement ce que tu aurais fait, toi, en pareil cas !

L'Italien imagina. En tout cas, il essaya.

— Franchement, qu'est-ce que tu aurais fait ? insista Andreï.

— Je n'aurais jamais accepté ! affirma Fabrizio. Toi ?

— Non. Moi non. Mais lui n'est pas moi. Il n'est pas toi non plus.

— Il vaut mieux que ça ! Sûr qu'il n'a pas accepté une telle offre ! Et même, tu crois vraiment que le bourgmestre la lui aurait faite ? À lui ? Jamais ! Honnêtement, je ne vois pas pourquoi tu doutes.

— Je doute parce que Novsky, lâcha Andreï.

Et il rappela par là même le coup tordu de l'ami de son père. Du coup, l'Italien comprit. Mais lui n'arrivait toujours pas à douter.

— Non. Sûr que non ! Le maïeur n'est pas stupide à ce point. Il n'aurait jamais osé le lui proposer par peur qu'il ne vienne nous le répéter. Ç'a aurait mis tout son plan à l'eau, son plan de départ.

Il avait trouvé là un bon argument. Mais il n'empêchait pas le Polonais de penser au pire. Et les pires pensées tuaient ses espoirs.

— De toute façon, finit-il par dire, foutu pour foutu…

Et c'était bien là le pire, à y penser ; il ne pouvait rien y faire. Même prévenu mille ans à l'avance, il devait regarder la chose arriver, la chose se produire puis passer.

Ce soir-là, le toit du clocher fut enfin et entièrement recouvert et, à son sommet, la croix érigée. Pour y parvenir, ils avaient usé, cassé plutôt, un nombre considérable d'ardoises. Heureusement, ils en avaient reçu une palette supplémentaire ; palette dont, à la fin, il ne restait plus rien. C'était la seule chose que le bourgmestre n'avait pas comptée trop juste. Le reste avait été au près. Au bois près, au bloc de pierre près, presque au clou près. Déprimant.

Désormais, ils ne devaient plus régler que les détails. Il y en avait un tas, mais considérant l'ensemble, ça apparaissait comme rien. D'ailleurs, les travailleurs terminèrent dans une belle humeur. Un groupe aux vitraux, un autre au sol, un troisième au montage de l'orgue. Tant et si bien que le 7 avril, il n'y avait plus qu'à remplir l'édifice. Pas de fidèles, encore, mais de mobilier. C'était, là, la dernière étape. Et par chance, l'ensemble des pièces fut livré pendant la nuit qui précéda. Le Vendredi Saint apparut donc comme le dernier jour des travaux.

En ce jour de fête, de libération, en quelque sorte, tous, femmes et enfants du Vhan compris, montèrent dès l'aube jusqu'au centre du village. Et pour en profiter pleinement, chacun avait convenu la veille de s'activer d'entrée. Ainsi, s'ils avaient la chance d'avoir tout pour midi, ils déjeuneraient une dernière fois dans l'église et pourraient, grande première, profiter vraiment du repas.

Ils s'engagèrent donc dans une course contre la montre. Le vieux Louis et sa Claude se remontèrent les manches. Et le fermier entreprit de balayer le sol et de pousser au-dehors la montagne de poussière accumulée jusqu'ici.

Sur le parvis, le mobilier avait été déposé en vrac. Michelino et les femmes du Vhan se chargèrent de le trier. Les hommes, eux, se regroupèrent pour porter les plus lourdes pièces. La Claude avait inscrit sur un plan la disposition de chaque meuble. Et, parfaitement huilé, le ballet s'engagea sur un bon rythme. L'église avait droit à un nouvel autel. Un lourd, mais fort joli. Et c'était la première pièce de mobilier qui entrait dans l'édifice. Il fallut même six hommes pour le porter. Suivirent d'autres grosses pièces : les confessionnaux, les stalles, les fonts baptismaux. Puis volèrent les chaires, lutrins et autre crédence. À chaque fois, posés directement à leur juste place sous le regard déconcerté de Jamal.

— Sérieusement ! lâcha-t-il. Quelqu'un peut-il me dire pourquoi je me suis acharné à faire un sol si beau ?

— Et encore ! plaisanta Andreï. On n'a toujours pas installé les chaises !

Pour elles, pour les cent prie-dieu, les hommes firent une chaîne. À l'intérieur, par contre, ça bouchonna.

Jamal voulut les installer lui-même, pour tenter, sans aucun doute, de ne pas entièrement masquer la mosaïque qu'il s'était décarcassé à faire. D'abord, cela fit rire tout le monde. Tout du moins jusqu'à ce que la mère Fericelli crie un bon coup.

Après la gueulante de la *Madre*, deux autres paires de bras prêtèrent main-forte au Marocain. Un Irlandais et un Sibérien – Daniel et Piotr – accélérèrent d'un coup le mouvement. Et avant midi, comme prévu autant que souhaité, tout était prêt. Même le chemin de croix en quatorze haltes avait trouvé ses crochets sous les vitraux. Les bénitiers, solidement fixés de part et d'autre de l'entrée, finissaient d'orner les murs.

XXIII

De ceux qui surprennent

Dans l'église, on tentait de s'organiser pour savoir qui allait chercher quoi et où. Il était midi passé, les estomacs criaient famine. Cette discussion, bien engagée, se vit pourtant interrompue par un vrombissement tonitruant.

— Une vieille charrette ! lança Louis, sans réaliser que sa *Vieille Berthe* faisait pire bruit parfois.

Curieux, Andreï alla voir la source du vacarme.

— Une vieille charrette, tu l'as bien dit ! cria-t-il au fermier en découvrant la camionnette rouillée qui venait de se garer.

Des vitres avant sortirent des têtes connues. Et Andreï fut heureux d'en apercevoir une en particulier. D'ailleurs, il se rua dessus.

— Je commençais à croire que tu étais mort ! lança-t-il tout de go.

Et Rémy l'entrepreneur rétorqua ;

— J'ai préféré me cacher pour ne pas l'être !

De l'autre côté du véhicule s'extirpaient le photographe Giovanni et, de l'arrière, ses confrères. Les trois, dans la foulée, déchargèrent la benne.

— Je me suis permis d'apporter quelques victuailles, expliqua Rémy en attrapant lui aussi une caisse.

Celle-ci débordait de bouteilles de vin. Elles s'entrechoquaient même à en faire un agréable bruit.

— Vous avez terminé, n'est-ce pas ?

— À l'instant, déclara le logeant du Vhan.

Les journalistes induits sourirent largement.

Dans l'église rebâtie, leur arrivée fut saluée par des applaudissements. À moins que ce fût plutôt celle des paniers chargés de bonnes choses à boire et à manger.

— Alors dis-moi…, demanda sans tarder Andreï à Rémy une fois les paniers posés. Tu t'es caché ?

Avant de lui répondre, l'entrepreneur leva un doigt pour signifier au logeant du Vhan de ne pas bouger et courut jusqu'à sa camionnette. Il n'y resta pas longtemps. Juste assez pour que les réjouissances s'enflamment et que les bouches ne commencent à se remplir.

Apparemment, cela plut d'entrée à chacun. Andreï le devina aux rires qui se propageaient autant qu'aux conversations qui s'engageaient. Lui s'était écarté du groupe et n'attendait que le retour de Rémy. Et il revenait bien, il revenait vite les bras chargés d'un sac.

— Viens donc t'asseoir là que je te raconte tout, lui dit-il en disposant deux prie-dieu face à face.

Andreï s'assit volontiers et attendit en silence.

— Pour commencer, déclara l'entrepreneur, il faut m'excuser. J'ai appris que tu étais venu jusque chez moi. Et je sais comme la distance est longue d'ici, surtout à pied. J'ai aussi appris que tu étais venu sur mon chantier nombre de fois.

De sa main, Andreï indiqua que ce n'était rien. Et Rémy poursuivit :

— Tu dois te demander pourquoi j'ai disparu ainsi ?

— Ainsi et aussi longtemps.

— Eh bien, pour tout te dire, je me suis vu proposer une offre. Une offre étrange.

— Une offre qui ne se refuse pas ? tâtonna Andreï, sentant arriver ce qu'il avait tant redouté.

— Une offre difficile à refuser, avoua Rémy. Tu sais de quelle offre je parle, pas vrai ? Giovanni me l'a dit.

Andreï acquiesça tristement. Et toujours muet, il sentit de durs sentiments lui monter. C'était de la rage, de la fièvre, de la consternation aussi, du désespoir surtout.

— Dieu, ne fais pas cette tête-là !

Surpris, Andreï lâcha son râle :

— Cette tête-là ? Tu m'as roulé ! Quelle tête je devrais faire ?

Et Rémy, éclatant de rire, rétorqua :

— Tu crois vraiment que je t'ai roulé ?

Là, pour tuer le doute – la certitude à la vérité – du logeant du Vhan, il ouvrit le sac qu'il tenait entre ses jambes.

— C'est…, bredouilla le Polonais en découvrant son contenu.

— Ceci ? rit Rémy. C'est exactement, et au billet près, 100 000 francs, mon cher ami ! Et ils sont pour toi. Ou… plutôt, pour vous tous.

— Tu plaisantes ?

— Jamais ! Ce salaud de bourgmestre a voulu m'inclure dans sa sale combine ! Personne n'inclut Martin Rémy dans quoi que ce soit !

— Mais tu as accepté ?

— J'ai fait mine. Ma femme dit d'ailleurs que je suis très doué pour ça ; acquiescer et ne pas en penser un mot.

— Alors quoi ? Je ne comprends rien.

— C'est très simple. Monsieur le bourgmestre et sa clique sont, ce jour, convaincus que, le lundi de Pâques, je viendrai témoigner auprès des journalistes qu'il a payés que je suis le chargé des travaux et que seule mon équipe a agi ici. Sauf que je ne viendrai pas. Je ne serai même pas chez moi… Le lundi de Pâques, je serai en train de siroter un bon verre de vin dans un château dans l'est de la France.

— Ils feront quand même paraître leur article le lendemain.

— Ça m'étonnerait fort ! lâcha une voix juste derrière.

C'était le plus vieux des trois journalistes, l'ami de Rémy.

Et tout en traînant une chaise pour s'installer près d'eux, il développa :

— Nous ferons paraître notre propre article dans la gazette de lundi, expliqua-t-il en s'asseyant. Quatre pages seront consacrées à l'affaire avec photographies et témoignages. Celui de Rémy est déjà enregistré. Comme celui du clerc Novsky. Lui, il a eu du mal à parler mais il a finalement consenti à déballer toute l'histoire.

— On a aussi le témoignage de Ballant, ajouta Rémy.

— Oui, nous avons là une très très belle enquête, affirma le journaliste. Je dois même dire que, dans toute ma carrière, je n'en ai jamais sorti une aussi belle !

— Ce n'est pas encore fait, fit remarquer Andreï.

Et les deux rirent.

— Son deuxième prénom est *Prudence*, plaisanta Rémy.

La prudence est comme la patience, c'est une vertu dont chacun devrait disposer. Mais pas là. Là, il n'y en avait nul besoin.

Curieusement, Andreï le savait. Et c'est soulagé du poids du monde qu'il se sentait désormais. C'était remarquable. L'instant d'avant, il pliait sous la masse. À présent, il respirait largement. Et ça dura bien une longue minute avant qu'il ne soit à nouveau frappé violemment. Mais ce n'était plus par le doute, la crainte, la peur, la tristesse. Non. C'était par un étrange mélange de sentiments. Des sentiments dont il n'avait pas l'habitude ; l'excitation, l'euphorie, une pointe de quiétude, un espoir aussi. Un vif, intense. Un qu'il n'avait jamais vu traverser son esprit. L'espoir en des jours meilleurs, l'espoir d'avoir été justement traité, en fin de compte. Car c'était ce qu'il faisait dans sa tête ; il faisait le calcul.

— 100 000 francs ! se vit-il lâcher bien malgré lui.

Et il se leva pour compter ses camarades. En même temps qu'il calculait, il se réjouissait de partager avec chacun d'eux cette fortune. Et en s'approchant d'eux, le sac remplis de billets, le Polonais se vit tout tremblant. Une fois au milieu de ses camarades, il lâcha même sèchement sa charge qui s'ouvrit et déversa son trésor sur le sol. La réaction de chacun fut alors à hauteur de ce qu'il avait imaginé. Certains se retrouvaient muets, d'autres pleuraient. D'autres encore secouaient la tête, se refusant d'y croire parce que ça ne pouvait pas arriver, pas pour eux, pas là, pas comme ça. Sauf que si ; c'était en train d'arriver. Et cet instant, comme cet argent, était à eux.

Ce jour-là, dans l'église Saint-Servais d'un bourg tenu par des corrompus et des aigres, les miséreux se retrouvèrent joyeux. Et jusqu'à la nuit tombée, sans jamais être dérangé, le Vhan fêta sa solidarité.

XXIV

De ceux qui soufflent

Au lendemain de Pâques, au lundi pascal, alors que les bourgeois digéraient encore leurs agneaux de lait engloutis la veille et se préparaient à remettre le couvert dès midi, certains découvrirent la gazette du jour. En première page le nom du bourg, et juste dessus : *De ceux que la honte n'étouffe pas !* Un titre accrocheur qui poussait quiconque à lire la suite. Et les bourgeois, justement, le firent. Ils découvrirent comment le peuple misère avait été, depuis l'été dernier, vilement exploité, comment les notables du bourg s'étaient associés pour les duper et les asservir, comment la chose avait été gardée sous silence, et comment l'Église elle-même, bien renseignée sur l'affaire, avait aidé les instigateurs de ce scandale.

Dans le Vhan, la même gazette avait été largement distribuée. C'est Giovanni, dès l'aube, qui en avait déposé une pleine caisse chez l'ouvreur Michelino. Ce dernier avait hésité à attendre le réveil de ses camarades pour en découvrir le contenu, mais il n'avait pas tenu longtemps. Il avait donc eu la primeur de ce régal au petit matin.

À dix heures tapantes, dans le deuxième virage de l'allée, sur une estrade improvisée – une vieille porte posée sur deux pierres –, Dracki lisait à voix haute l'article à ceux incapables de même le déchiffrer. Il n'y avait pas véritablement d'illettrés au Vhan. Simplement des gens qui avaient appris un autre alphabet ou n'avaient pas l'aisance du nôtre car pas l'habitude. Et, pour tout dire, Dracki lisait si bien que même ceux à l'aise avec la langue profitaient du spectacle. C'était le cas d'Andreï qui, assis à côté de ses camarades, l'écoutait gaiement.

— Quatre pages…, constata le Polonais installé près de Fabrizio, lui-même assis près de sa Juliette. Le journaliste n'a pas menti !

— Ça en fait même cinq, nota Juliette en feuilletant l'exemplaire sur ses genoux. Avec la première, ça en fait cinq.

— C'est vrai. Et la première page, c'est la meilleure, admit son amoureux.

Elle l'était bel et bien. Le titre, la photographie et le texte commençant formaient un tout délectable. Et surprenant surtout. Un lundi de Pâques, chacun s'attendait aux habituelles nouvelles ; les propos du pape, les traditions reprises en page 2, les comptes rendus des chasses aux œufs auxquelles s'adonnaient les enfants des riches gens… ; mais guère cela. Et du Vhan, les travailleurs en perçurent sans mal l'effet. Le bourg, là-haut, gardait

inhabituellement le silence. Un silence mortifié qui n'existait pas ici. Car Dracki, bien à l'œuvre, l'empêchait de
s'installer. Et les mots qui s'envolaient amenaient sourire aux lèvres autant que gais soupirs et gloussements ravis. D'ailleurs, à peine eut-il terminé la lecture complète de l'article qu'il fut poussé par les autres à recommencer.

— Du début…, le pria Michelino.

— Une nouvelle fois, le supplia le vieil Hubert.

Et sans se faire prier, le Français du 101 de l'allée du Vhan revenait à la première page, à la première ligne ;

— *Ils ont travaillé sous une chaleur accablante, par un froid dévorant…*, déchiffrait-il avec bon ton. *Ils ont subi abus, sabotage, violences, mais ont réalisé prouesse. Révélations sur l'affaire du Vhan où la misère s'est vu contrainte à labeur par simples soucis d'économie et absence totale d'empathie…*

Zuang, hypnotisé par la révélation, en répétait certains passages pour mieux s'en délecter. Ainsi, on l'entendait créer d'agréables échos :

— *Coupures d'électricité dans leur rue misère…*, murmura-t-il en se remémorant les faits. *S'ajouta à cela un cambriolage organisé par le clerc Novsky…*

Et Li-Mei de s'y mettre elle aussi ;

— *Le gendarme en chef du bourg de Heuse s'est adonné au sabotage…*

Dégoûté, Michelino grommela.

— Heureusement que le voisin d'en face a consenti à témoigner, nota le vieil Italien.

Et les autres d'acquiescer.

Ainsi Dracki partagea encore et encore l'article jusqu'à ce que le matin fane complètement.

C'est alors que Louis et sa Claude débarquèrent. Ils avaient tous les deux la gazette à la main et l'éclat aux yeux. Ils étaient fiers.

— Nom de Dieu, les gamins ! dit le fermier. Quel brouillamini vous nous avez fait là !

Comme un enfant, il sautillait sur place.

— Alors ? demanda Andreï brûlant d'avoir, comme chacun ici, des nouvelles du bourg.

— J'ai fait le tour, annonça Claude. Et forcément, il y a deux camps ; ceux qui savaient sans savoir et qui abusent du *mais*, et ceux qui jurent qu'ils ne savaient rien.

Andreï se demanda un instant lesquels étaient les pires. Et après quelques pensées bataillantes, il en vint à se dire que ce devait être ceux usant du *mais*. Car lui-même détestait les *mais*. Cette conjonction, mise au milieu de n'importe quelle phrase, embrouillait celui qui l'entendait en annulant ce qu'il y avait avant.

— Il y en a qui prétendent qu'ils ne savaient pas ? s'enquit Zuang.

— Oh que oui ! affirma Claude. Et une flopée !

Et le natif d'Hangzhou de se demander si c'était vraiment chose possible, si certains avaient pu ne pas savoir. La réponse était non, bien évidemment. Les habitants du bourg avaient pour principal défaut la plus dévorante des curiosités. En huit mois de chantier, donc de bruits, il était impossible pour quiconque de ne pas avoir constaté l'avancée des travaux.

Et tous y allèrent de leurs petits commentaires. Jamais méchant, le commentaire. Juste entendu. Comme pour se passer le mot qu'ils savaient tous, au fond, mais que c'était ainsi.

— Le curé a même fait un esclandre ! lança Louis de derrière.

— C'était à prévoir, ajouta son épouse. Il a vu la populace débarquer sur le parvis de l'église !

Les camarades regrettèrent presque d'avoir manqué la scène. Surtout que ce curé-là méritait, à leurs yeux, tous les maux.

— Et l'élu ! claqua Louis. Diable, comme il est colère ! Je crois même que jamais je ne l'avais vu en porter une telle !

Andreï haussa les épaules. Après tout, comme le disait fort justement le dicton, on récolte toujours ce que l'on sème. Et le mestre, assurément, avait semé mille tourments.

— Restez méfiants, les supplia tout de même Claude. Avec ce bougre, on ne sait jamais.

Sa remarque, basée sur la prudence qui sauve plus souvent qu'elle ne dévoie, n'atteignit cependant pas les logeants du Vhan. Ces derniers avaient l'esprit et le cœur trop à la fête pour ne serait-ce que la considérer sur l'instant. Que l'élu soit colère, qu'il soit remonté, ruminant, contrit ou pas, embarrassé certainement, ne leur provoquait rien. Pas encore, tout du moins.

Forcément, une fête se déclara dans le Vhan. Les logeants avaient tenu jusqu'en fin d'après-midi avant de laisser éclater leur joie, mais guère plus longtemps.

Surtout que personne n'arrivait ; ni curé remonté comme un coucou ni bourgmestre rouge de rage ni clerc ni caquette. Chacun s'en étonnait, même la Claude et Louis. Mais c'était peu importe. Oui, peu importait s'ils ne venaient que plus tard. Peu importait s'ils ne venaient même jamais. Les logeants étaient bien et voulaient le fêter.

Dracki à l'accordéon et les gamins aux casseroles jouèrent ainsi des airs chantants jusqu'à la nuit. Ils firent un boucan monstre, mais personne ne vint se plaindre.

Trois jours durant, la fête ne diminua pas et battit même son bruyant plein. De mémoire de ceux vivotant dans les bas-fonds du bourg, jamais aucunes Pâques n'avaient été à ce point célébrées. Aux chrétiens la résurrection de leur Sauveur, à la *misère* celle de l'espoir ; l'espoir qu'il y avait, en fin de compte, une justice. Et même si elle n'était pas pleine, même si certains agissements, comme ceux du curé Emmanuel, restaient impunis, l'humeur d'Andreï – tout comme celle de ses camarades – était bercée par plaisants soulagements et profonde satisfaction.

TABLE

Cet ouvrage a été mis en page par IGS-CP
à L'Isle-d'Espagnac (16)

CET OUVRAGE
A ÉTÉ ACHEVÉ D'IMPRIMER
SUR ROTO-PAGE
PAR L'IMPRIMERIE FLOCH
À MAYENNE EN MARS 2019

N° d'édition : L.01ELIN000502.N001. N° d'impression : 94132
Dépôt légal : avril 2019
Imprimé en France